사르비아 총서 · 510

수호지(하)

시내암 지음 / 최 현 옮김

범우사

국립중앙도서관 출판시도서목록(CIP)

수호지. 하 / 시내암 지음 ; 최현 옮김. -- 서울 : 범우사, 2003
  p. ;   cm. -- (사르비아 총서 ; 510)

ISBN 89-08-03303-3 04820 : ₩6000
ISBN 89-08-03202-9(세트)

823.5-KDC4
895.134-DDC21   CIP2003000818

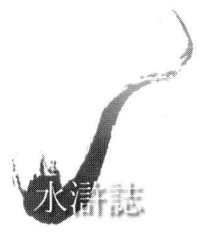

水滸誌

차 례

등장 인물

관승, 호연작(關勝, 呼延灼)

김대견, 배선(金大堅, 裴宣)

단정규, 위정국(單廷珪, 魏定國)

손립, 목춘(孫立, 穆春)

손신, 고대수(孫新, 顧大嫂)

송만, 양림 (宋萬, 楊林)

안도전, 황보단(安道全, 皇甫端)

왕정륙, 이준(王定六, 李俊)

이곤, 항충(李袞, 項充)

이응, 공왕(李應, 龔旺)

주부, 욱보사(朱富, 郁保四)

초정, 포욱(焦挺, 鮑旭)

채복, 채경 (蔡福, 蔡慶)

추연, 추윤(鄒淵, 鄒潤)

탕륭, 학사문(湯隆, 郝思文)

한도, 팽기(韓滔, 彭玘)

해진, 해보(解珍, 解寶)

후건, 능진(侯健, 凌振)

수호지(하)

43. 확장되는 양산박

　오학구가 송강에게 이야기한 계략은 이미 축가장을 공격한 것과 거의 동시에 일어난 일이었다.

　산동 등주登州의 성 밖 산기슭에는 해진解珍, 해보解寶라는 형제 사냥꾼이 있었다. 두 사람은 모두 키가 7척이 넘고 천제의 창을 쓰는 솜씨가 능하여 해진은 양두사兩頭蛇, 해보는 쌍미갈雙尾蝎이라는 별명을 갖고 있었다. 특히 동생은 양쪽 넓적다리에 비천야차飛天夜叉의 문신을 새기고 있었으며 화가 나면 나무를 뽑고, 산을 흔들고 하늘을 날며 땅을 뒤흔들 만큼 그 기세가 굉장했다.
　당시 성 밖에 있는 산에 호랑이가 나와 사람을 해치므로 등주부의 지사는 이들에게 사냥꾼을 모아 사흘 이내에 호랑이를 퇴치하라는 엄명을 내렸다. 그래서 두 사람은 호랑이 가죽을 쓰고 산으로 올라가 독시毒矢를 장치해 놓고 하루 종일 나무 위에서 기다렸으나 허사였다. 다음날에도 같은 나무

위에서 새벽까지 기다렸으나 역시 허탕이었다. 드디어 마지막 날인 사흘째가 되자,

"오늘도 호랑이가 걸리지 않으면 지사에게 호되게 야단을 맞을 텐데 어떻게 하면 좋지?"

하고 걱정했다.

두 사람은 새벽 2시경까지 기다리고 있다가 며칠째 잠을 자지 못해 피로한 탓으로 형제가 서로 등을 마주 대고 잠깐 졸았다. 그 사이 갑자기 장치한 화살이 퉁기는 소리가 들려왔다. 두 사람은 벌떡 일어나 창을 들고 주위를 살펴보니 한 마리의 큰 호랑이가 독시를 맞고 몸부림을 치고 있었다. 호랑이는 두 사람을 보고는 화살이 박힌 채 도망쳤으나 산 중턱도 못 가서 몸에 독기毒氣가 퍼져 "으르릉!" 하고 외마디 울음을 내더니 떼굴떼굴 아래로 굴러갔다.

"됐어! 저곳은 모毛 나리의 집 뒷산이야. 집으로 호랑이를 가지러 가자."

하고 두 사람은 곧 산에서 내려와 모 노인의 대문을 두들겼다. 날은 훤히 밝았는데, 하인이 안으로 알리러 간 지 한참만에야 모 노인이 나타나서 물었다.

"이렇게 아침 일찍 웬일인가?"

"잠을 깨워서 죄송합니다. 실은 저희들이 쏘아 맞힌 호랑이가 뒷산으로 이 집 뒤뜰로 굴러 떨어졌으므로 잠깐 들어가 꺼내 오려고 합니다."

"그래? 좋아, 좋아. 그런데 어차피 우리집 뜰에 굴러 떨어졌으니 급할 것 없지 않나? 배도 고플 테니 아침 식사나 하고 꺼내 가게."

하고는 두 사람에게 술과 밥을 대접했다.

두 사람이 다시 자리에서 일어나려고 하자,

"우리집 뜰에 떨어진 이상 뭐가 걱정인가? 천천히 차라도 마신 뒤 꺼내 가게."

하고 권하므로 두 형제는 이를 뿌리칠 수가 없어 자리에 다시 앉았다. 차를 다 마시고 나자,

"그럼 가 볼까?"

하고 영감이 앞장서서 두 사람을 안내했다.

그런데 뒤뜰 입구의 문에 걸린 자물쇠가 녹이 슬어 도저히 열리지가 않았다. 이들은 쇠망치로 두들겨 부수고 들어갔다. 그리고 사방을 두루 찾아보았으나 호랑이는 온데 간데 없었다. 그러자 영감이 말했다.

"자네들이 잘못 본 것은 아니겠지?"

"네, 절대로 잘못 본 것이 아닙니다."

"그렇다면 자네들이 찾아내어 마음대로 메고 가게."

이윽고 해보가 말했다.

"형님, 잠깐 이리 와 보십시오. 이 근처의 풀이 모두 쓰러져 있어요. 그리고 핏자국도 있습니다. 이것이 무엇보다도 증거예요. 이것은 이 집에서 어떤 놈이 호랑이를 어디론가 메고 달아난 겁니다."

"무슨 소리야? 호랑이가 뒤뜰에 있는 것을 이 집에서 누가 안단 말이냐? 더구나 그것을 메고 도망치다니 말도 안 돼. 자네들도 보다시피 자물쇠를 부수고 들어오지 않았나?"

하고 모 노인이 말했다.

"노인장, 부탁입니다. 제발 호랑이를 돌려주십시오. 관청

에 신고해야 합니다."

"아니, 왜 이러는 거야? 나는 친절하게도 너희들에게 술과 밥을 먹여 주었는데 오히려 트집을 잡으려 하다니!"

"트집이라구요? 촌장 어르신네, 너무 심하십니다. 남이 잡은 호랑이를 새치기하여 혼자 상을 타고 우리는 매만 맞도록 하려고 하시다니요."

"자네들이 매를 맞는 것과 내가 무슨 관계가 있나?"

두 형제는 눈을 크게 뜨고 서로 마주 보았다.

"그럼, 집 안을 뒤져 봐도 되겠습니까?"

"뭐, 집을 뒤진다고? 이런 괘씸한 놈 보겠나. 무례해도 분수가 있지!"

해보는 성큼성큼 집 안으로 들어가 찾아보았으나 호랑이는 눈에 띄지 않았다. 그는 화가 치밀어 닥치는 대로 두들겨 부수면서 돌아다녔다. 해진도 대청의 난간을 부러뜨리고 안으로 들어가면서 잡히는 대로 때려 부쉈다.

"이놈들! 대낮에 강도질을 할 셈이냐?"

두 사람은 마루에 놓인 의자와 탁자를 두들겨 부수다가, 이들이 이미 모든 준비를 갖추고 있음을 간파하고 대문 밖으로 뛰어나오며 큰 소리로 외쳤다.

"도둑놈아, 시치미 떼지 말아!"

두 사람이 고래고래 고함을 치고 있는데 두세 사람이 말을 타고 많은 관원을 거느리며 저택에 이르렀다. 앞장선 사람은 모 노인의 아들 모중의毛仲義였다. 해진이,

"댁의 하인이 우리가 잡은 호랑이를 감췄는데 촌장께서 돌려주지 않으시고 오히려 우리를 때리려고 합니다."

하고 말하자, 모중의가 대답했다.

"그놈들은 농부라서 아무것도 몰라. 아버지도 아마 속았을 거야. 그러니 화내지 말고 안으로 들어가세. 호랑이를 돌려줄 테니까."

두 사람은 고맙다고 인사를 하고 따라 들어갔다. 그런데 두 사람이 문 안에 들어서자마자 문을 닫아걸면서,

"덤벼라!"

하고 외쳤다. 그러자 양쪽 복도에서 2, 30명의 하인들이 뛰어 나왔다. 아까 말 뒤로 따라온 것은 관원들이었다. 사실 모중의는 날이 밝기 전에 호랑이를 주청에 갖다 바치고 해진과 해보를 체포하기 위해서 관원들을 데리고 왔던 것이다. 두 사람은 감쪽같이 그 계략에 걸리고 말았다.

두 사람은 옷을 벗기고 뒤로 손을 묶인 채 주청으로 끌려갔다. 취조를 담당한 관원은 왕정王正이라는 공목으로 모 노인의 사위였다. 두 사람은 변명도 제대로 하지 못하고 강도라는 죄목으로 25근의 칼을 쓴 채 사형수의 감방에 갇히게 되었다. 모 노인과 모중의는 후환을 염려하여 두 사람을 없애 버리기로 의논하고 전옥인 포길包吉에게도 돈을 쥐어 줬다.

그런데 옥졸 중 한 사람이 해진과 해보를 감옥에 데리고 가서는 주위에 사람이 없는 것을 확인하고 살짝 말했다.

"여보게, 나를 알겠나? 나는 자네들 형의 처남이라네."

"우리는 형제뿐이고 따로 형이 없는데요."

하고 해진이 말하자,

"그렇지만 당신들은 손 제할의 동생이 아닌가?"

하고 반문했다.

"손 제할은 이종 사촌입니다. 처음 뵙겠습니다. 혹시 악화樂和라는 분이 아니십니까?"

"그래, 내가 바로 악화야."

악화는 손 제할 아내의 동생이었다. 악화는 대단히 영리한 사나이로 어떤 악기도 다룰 줄 알았으며 노래를 잘 부르기 때문에 철규자鐵叫子 악화라고 불렸다. 그리고 무예를 밥보다 좋아하여 매형인 손 제할에게서 창술槍術을 익혔다. 그는 해진과 해보를 호한으로 보고 어떻게 해서든지 도와주려고 생각했다.

"포 절급包節級은 모 노인으로부터 돈을 먹고 자네들을 죽이려고 하네. 자네들에게 힘이 되어 주고 싶은데 혼자서는 어떻게도 손을 쓸 수가 없어."

"그럼, 우리 사촌 누이에게 알려 주십시오. 이 사촌 누이는 손 제할의 동생에게 시집가서 동문 밖 십리패十里牌에서 선술집과 푸주를 하고 있습니다. 모대충母大蟲 고대수顧大嫂라고 부르는데 그녀는 남자 2, 30명이 덤벼들어도 끄덕하지 않지요. 남편 손신孫新도 꼼짝 못할 정도입니다. 우리가 갇혀 있는 줄 알면 반드시 도우러 올 겁니다."

악화는 곧 십리패로 가서 고대수에게 알렸다. 고대수는 깜짝 놀라 남편 손신과 의논했다. 손신은 군관 자손으로 힘이 장사이며 형인 손 제할에게서 무예를 배워 창술에 능하였다. 사람들은 형인 손 제할을 당나라 무장武將 위지경덕尉遲敬德을 본따 병위지病尉遲 손립孫立이라고 부르고, 동생을 소위지小尉遲 손신이라고 부르고 있었다.

고대수가 말했다.

"당신들 두 분이서 오늘 밤 그 형제를 빼내 오세요."

"당신은 무리한 요구만 하는군. 앞으로 닥칠 일도 좀 생각해 봐야지. 감옥을 부수고 어디로 갈 거야. 그건 우리 둘만으로는 안 되는 일이야. 내 형과 다시 두 사람이 힘을 모아야 해."

"두 사람이라니요?"

"내 친구인 추연鄒淵과 추윤鄒潤 말이오. 지금 등운산登雲山에서 산적 노릇을 하고 있지."

"등운산이라면 여기서 가깝잖아요. 곧 가서 불러오세요."

"알았어. 음식 준비를 하고 기다리고 있어."

손신은 저녁때 두 호한을 데리고 돌아왔다. 추연은 산동 내주萊州 태생으로 도박꾼 출신이었으나 호탕하고 무예에도 능하여 세상에서 출림룡出林龍이라는 별명으로 통했다. 그리고 추윤은 추연의 조카로 나이는 비슷하나 키가 크고 괴상한 모습을 하고 있었다. 뒤통수에 혹이 나 있어서 남들과 싸움을 할 때는 이 머리로 부딪쳐 물리쳤다. 한 번은 머리로 소나무를 단번에 꺾어서 사람들을 놀라게 한 적이 있었기 때문에 독각룡獨角龍이라는 별명이 생겼다.

네 사람은 곧 감옥을 습격할 계략을 짰다. 추연은 20명의 심복 부하를 이끌고 합세할 것을 약속했다. 그리고 양산박의 두령 양림, 등비, 석용 세 사람을 알고 있으므로 해진, 해보 두 사람을 구출하면 함께 양산박으로 가기로 했다.

고대수는 신이 나서 말했다.

"좋습니다. 모두 함께 가지요. 만일 꽁무니를 빼는 놈이 하나라도 있으면 내 창으로 찔러 죽이고 말겠소!"

그런데 등주 제할인 손립을 어떻게 동료로서 끌어들이느냐가 문제였다. 손신은,

"나한테 좋은 방법이 있어."

하고 말했다.

그날 밤은 늦게까지 술을 마시고 이튿날 아침 일찍 손신은 상점의 젊은이를 성 안의 형 집으로 급히 보내 고대수가 중병이니 빨리 와달라는 기별을 했다. 손립 부부는 깜짝 놀라 부랴부랴 수레를 타고 달려왔다. 그런데 고대수가 멀쩡하자 놀라서 그 까닭을 물었다. 고대수는 단도 직입적으로 감옥을 부수고 해씨 형제를 구출하여 함께 양산박으로 도망칠 계획을 밝혔다.

"그렇게 되면 아주버님께 큰 화가 닥칠 것은 뻔합니다. 지금 세상은 뒤죽박죽이라 도망친 자는 그대로 두고 남아 있는 자만 붙잡혀 소송을 당하게 되지요. 아주버님께서 우리 대신 감옥에 들어가셔도 사식을 넣어 줄 사람이 없어요. 그러니 차라리 우리와 함께 양산박으로 가시지 않겠어요?"

"나는 명색이 등주부의 군관인데 어찌 그런 짓을 할 수 있겠소?"

하고 손립이 망설이자,

"아주버님께서 끝내 마다고 하신다면 좋아요. 그럼 저는 오늘 아주버님과 한판 승부를 겨루어 제가 죽지 않으면 아주버님이 죽는 거예요!"

고대수는 이렇게 말하고 두 자루의 칼을 쑥 뽑았다. 손립이 외쳤다.

"왜 이렇게 성급하오! 내게 생각해 볼 틈도 주지 않고서.

천천히 의논해 봅시다!"

손립의 아내 악대낭자樂大娘子는 깜짝 놀라 한동안 입도
열지 못했다.

결국 손립도 할 수 없이 일당에 가담하기로 했다.

이튿날 추연은 등운산 산채의 금은을 모두 챙겨서 20명의
부하들을 이끌고 왔다. 그리고 손신의 상점에서 일하는 심복
7, 8명의 젊은이와 손립을 데리고 온 십여 명의 병사를 합쳐
서 모두 40명이 모이게 되었다. 먼저 고대수가 단도를 가슴
깊숙이 숨기고 사식을 가지고 온 여자로 가장하여 성 안으로
들어갔다.

등주부의 감옥 앞에서는 악화가 몽둥이를 들고 서 있다가
방울을 잡아당기는 소리가 들리자,

"누구야?"

하고 물었다.

"네, 사식을 넣으려고 왔습니다."

하고 말하는 여자가 바로 고대수였으므로, 악화는 곧 문을
열어 그녀를 안으로 들여보내고 다시 문을 닫았다. 포 절급
이 그것을 보고,

"저 여자는 뭐야? 너희들 마음대로 안으로 들여보내면 되
는 거냐?"

하고 책망하자, 악화는 말했다.

"저 여자는 해진, 해보의 누이입니다."

"그래도 안 돼. 사식은 네가 직접 전해 줘."

그래서 악화는 고대수에게서 사식을 받아 옥문을 열고 두
사람에게 넘겨주면서 살짝 두 사람이 갇혀 있는 방의 빗장을

벗겨 놓았다.

그때 한 사람의 옥졸이 달려와서

"손 제할이 안으로 들어가게 해달라고 옥문을 자꾸 두들기고 있습니다."

하고 알려왔다. 포 절급은,

"들여보내서는 안 돼. 군인이 이 감옥에 무슨 용무가 있다는 게야."

하고 말했다.

그러자 더욱 심하게 문을 두들기는 소리가 들려왔다. 포 절급은 화가 치밀어 벌떡 일어났다.

그때 옆으로 슬금슬금 다가온 고대수가 갑자기 큰 소리로,

"내 동생들은 어디 있느냐?"

하고 외치더니 예리한 단도를 뽑아 들었다. 포 절급은 기절초풍하여 허겁지겁 도망치려고 하는데 마침 해진, 해보 두 형제가 칼을 쓴 채 나오다가 이를 보고 포 절급의 머리를 벽에 부딪치게 하여 죽여 버렸다. 그리고 감옥에서 뛰어나왔다.

고대수는 재빨리 4, 5명의 옥졸을 찔러 죽였다. 손립과 손신이 주청 앞으로 오니, 추연과 추윤은 이미 왕 공목의 목을 베어 들고 관청에서 나왔다. 손 제할은 활을 들고 후미를 지키면서 성문으로 향했다. 거리의 민가는 모두 문을 굳게 닫아걸고 숨을 죽이고 있었으며 주의 관원들은 상대가 손 제할이라는 것을 알고 아무도 그들을 가로막지 못했다.

성문을 빠져 나온 손립 이하 해진, 해보, 추연, 추윤 등은 모 노인의 집으로 향하였다. 때마침 모가毛家에서는 노인의 생일이라 큰 잔치가 벌어지고 있었다. 호한들은 함성을 지르

면서 쳐들어가 모 노인, 모중의 이하 한 가족을 남녀노소 할 것 없이 모조리 찔러 죽였다. 그리고 십여 마리의 말을 비롯하여 값진 물건을 모조리 빼앗고 집에 불을 질렀다. 그리고 밤낮을 가리지 않고 양산박으로 발길을 재촉했다.

며칠 후 일행은 석용의 술집에 도착했다. 석용으로부터 송강이 축가장에서 싸웠지만 이렇다 할 전과를 올리지 못하였으며 추연의 친구인 양림과 등비도 적에게 사로잡혔고, 축가장에는 축씨의 삼걸 이외에 난정옥이라는 강한 무예 사범이 있어 두 번이나 패하였다는 이야기를 듣고 손립이 껄껄 웃으며 말했다.

"우리 일행은 아직 선물을 마련하지 못했으니 축가장을 공략하는 계략을 초대면의 선물로 대신하려고 하오."

이 말을 들은 석용이 매우 기뻐하며,

"무슨 좋은 계책이라도 있습니까?"

하고 묻자, 손립이 대답했다.

"난정옥과 나는 한 스승에게서 무예를 익힌 형제와 같은 사이이니 피차간의 무예를 서로 잘 압니다. 지금 우리가 축가장으로 가면 틀림없이 그는 우리를 맞아줄 것이고, 안에 들어가서 그를 밖의 세력과 융합하게 한다면 이 일은 반드시 성공하게 될 것이오."

하고 말하자, 석용은 매우 기뻐하며 곧 산채의 군사에게 보고했다. 오용도 이 보고를 듣고는 기뻐하면서 산에서 내려왔다. 오용은 석용의 술집에서 여덟 명의 호한을 대면하고 그 길로 손립을 위시한 이들을 데리고 송강의 진지로 발길을 재촉했다.

44. 축가장의 격멸

　송강은 처음으로 찌푸렸던 얼굴을 펴고 곧 손립을 위시한 여덟 호한을 만났다. 오학구는 일동을 모아 놓고 사흘째는 이러저러하고 다섯째는 이러저러하라고 작전을 지시했다.
　그때 서쪽 호가장의 호성扈成이 선물을 가지고 송강의 진영을 찾아와서,
　"여동생 호삼랑을 돌려주시면 대신 무엇이든지 드리겠습니다."
하고 말했다. 송강이 대답했다.
　"우리는 축가장에 원한이 있어서 군사를 일으켰을 뿐이니 호가扈家에는 아무 원한도 없소. 다만 여동생이 우리의 왕왜호를 붙잡아 갔기 때문에 여동생을 잡아온 것이오. 왕왜호만 돌려주면 여동생을 보내드리겠소."
　"왕씨는 축가장에 붙들려 있어서 데려올 수가 없습니다."
하고 호성이 말하자,
　"왕왜호를 돌려주지 않는다면 여동생을 보낼 수 없소."

하고 송강이 말했다. 그러자 오용이 그 말을 가로막으며,

"잠깐만."

하고 말을 이었다.

"앞으로 축가장에서 한 차례 큰 싸움이 일어날 터이니 귀하는 절대로 원병援兵을 보내지 마시오. 만일 축가장에서 그곳으로 도망치는 자가 있을 경우에는 즉시 체포해 주시오. 이 두 가지를 들어준다면 여동생을 돌려드리겠소."

호성은 이 조건을 받아들이고 돌아갔다.

손립은 새로 '등주병마제할손립登州兵馬提轄孫立'이라고 쓴 깃발을 들고 기병을 거느리며 축가장 뒷문에 도착했다. 난정옥은 축씨 삼형제에게,

"저 손 제할은 나와 어렸을 때부터 같은 스승에게서 무예를 익힌 형제나 다름없는 사나이오. 오늘 무엇 때문에 이곳에 왔을까요?"

하고 적교를 내리고 밖으로 나와서 손립에게 인사를 했다. 손립이 말했다.

"나는 이번에 운주鄆州를 수비하라는 명령을 받고 양산박의 산적을 방비하기 위해서 이곳을 지나가는 길이오. 당신이 축가장에 있다는 말을 듣고 일부러 먼 길을 돌아서 찾아왔소. 부족하지만 나도 당신을 도와 놈들을 처치하려고 하오."

난정옥은 매우 기뻐하며 곧 손립 일행을 집 안으로 맞아들이고 축조봉을 비롯한 축가의 삼걸에게 소개했다. 손립은 다시 고대수와 악대낭자를 안방 부인들에게 소개하고, 손신, 해진, 해보 세 사람은 자기의 형제로, 악화는 운주의 관원, 추연, 추윤 두 사람은 등주에서 함께 온 형제나 다름없는 사

이라는 말을 듣고 축가의 사람들은 조금도 의심하지 않고 성대한 환영 잔치를 벌였다.

　그 후 사흘째 되는 날 송강의 군사가 쳐들어왔다. 축표는 백여 명의 기병을 이끌고 나가 싸웠다. 5백 명 가량을 이끌고 병력의 선두에 선 것은 화영이었다. 두 사람은 서로 창을 휘두르면서 50여 차례나 겨뤘으나 승부가 나지 않자 화영이 재빨리 말머리를 돌려 도망가는 체했다. 축표는 화영의 활을 경계하여 멀리 쫓아가지 않고 그날은 그대로 돌아왔다.

　나흘째가 되는 날 낮에 송강의 군사가 다시 쳐들어왔다. 선봉은 임충이었다. 그는 문 앞에서 큰 소리로 욕설을 퍼부었다. 축룡이 화가 나서 적교를 내리고 2백 명의 군사를 거느리고 임충에게 덤벼들었다. 임충은 1장 8척의 창을 휘두르면서 축룡과 30여 차례 겨뤘으나 승부가 나지 않았다. 축호가 화가 나서 말 위에서 칼을 들고 큰 소리로,

　"송강, 이리 썩 나오너라!"

하고 외치자, 송강의 진지에서 목홍이 뛰어나왔다. 두 사람은 30여 차례 겨뤘으나 이번에도 역시 승부가 나지 않았다. 축표는 화가 치밀어 창을 휘두르면서 말을 몰았다. 그때 송강의 진지에서 양웅이 뛰어나와 축표와 겨뤘다.

　두 사람의 싸움에 좀처럼 승부가 나지 않자 손립이 갑옷과 투구를 걸치고 오추마烏騅馬라는 명마名馬에 올라 송강의 진지 앞으로 뛰어가서는,

　"야, 너희들 가운데 싸움을 잘하는 놈이 있으면 이리 나와서 승부를 결판내자!"

하고 외쳤다. 이때 송강의 진지에서 뛰어나온 것은 석수였

다. 두 사람은 창을 휘두르면서 50여 차례를 겨뤘는데 손립은 허점을 보여 석수가 대뜸 쳐들어오는 것을 재빨리 몸을 비켜 가볍게 말 안장에 들어올려서 땅 위로 동댕이치고는 곧 꽁꽁 묶게 했다.

이어서 축가의 삼형제는 송강의 군마를 닥치는 대로 무찌르고 돌아왔다. 축가장 사람들은 석수를 무난히 사로잡은 손립의 무예에 혀를 내두르면서 감탄하고 두 손을 모아 예를 표하며 뛸 듯이 기뻐했다. 그러나 이 승부는 미리 짜고 한 대결이었으며 석수의 무예가 결코 손립만 못하지 않았다.

"양산박의 포로들에게 술과 밥을 충분히 주어 살이 웬만큼 찌게 하는 것이 좋겠소. 곧 송강을 붙잡아 모두 함께 동경으로 보낼 때 너무 메말라 있으면 보기가 흉할 테니까 말이오. 축가장 삼걸의 이름이 천하에 널리 알려지는 것은 이제 시간 문제요."

손립이 이렇게 말하자, 축조봉이,

"모두가 제할의 덕분입니다."

하고 고마워했다. 모르는 것이 약이라고는 하지만 실로 가엾은 일이었다.

다섯째 되는 날, 아침 식사를 마칠 무렵 송강의 군사는 동쪽에서 임충, 이준, 완소이가, 서쪽에서는 화영, 장횡, 장순이, 남쪽에서는 목홍, 양웅, 이규가 각각 5백여 명의 병력을 이끌고 앞 뒤 문에서 일제히 공격해 나갔다.

그때 저택 누각 위에서는 손신이 감춰 둔 양산박의 깃발이 오르고 악화가 큰 소리로 노래를 불렀다. 이것을 신호로 추연, 추윤은 휘파람을 불며 큰 도끼를 휘두르면서 대분을 지키고 있던 축가장의 병사 수십 명을 순식간에 베어 쓰러뜨리고 양산박의 포로를 가둔 수인거囚人車를 부숴 일곱 명의 호랑이를 풀어 놓았다. 일곱 명은 창가槍架에서 창을 꺼내 들고 '와!' 하고 함성을 질렀다. 고대수는 두 개의 칼을 뽑아 들고 안쪽 방으로 뛰어가 여자들을 한 사람도 남기지 않고 찔러 죽였다.

축조봉은 이제 끝장이라고 생각하고 우물 속으로 뛰어들려고 했으나 순식간에 석수의 칼을 맞고 목이 달아났다. 뒷문에서는 해진과 해보가 마초 더미에 불을 질러 불길이 하늘 높이 치솟았다. 축호는 저택 안에서 불길이 오르는 것을 보고 허겁지겁 되돌아왔으나 적교 위에 버티고 선 손립이,

"이놈, 어딜 가느냐!"

하고 외치자 그제야 내막을 깨닫고 다시 말머리를 돌려 송강의 진지로 돌입했다. 여방, 곽성이 창을 들고 그와 맞서 인마人馬를 함께 찔러 쓰러뜨리자 많은 병사들이 몰려와서 칼과 창으로 축호를 산산조각 냈다.

손립과 손신은 송강을 저택 안으로 맞아들였다. 축룡은 임충에게 쫓겨 저택으로 도망치려고 했으나 불길이 오르는 것을 보고 말머리를 돌려 북쪽으로 도망치다가 이규와 정면으로 마주쳤다. 이규는 두 자루의 도끼를 급히 휘둘러 말의 다리를 자르고 말에서 떨어지는 축룡의 목을 잘랐다.

축표는 저택으로 돌아가지 않고 곧바로 호가장으로 도망쳤으나 호성에게 붙잡혔다. 호성은 그를 묶어 송강에게 끌고 가다가 이규를 만났다. 이규는 단번에 축표의 목을 도끼로 베고 다시 호성을 향해 도끼를 휘두르면서 덤벼들었다. 호성

은 깜짝 놀라 그 길로 연안부延安府를 향해 도망쳤다. 호성은 그 후 송조 중흥中興 때 훌륭한 장수가 되었는데 그것은 훨씬 뒤의 일이다.

한편 이규는 곧바로 호가장으로 쳐들어가서 호 태공 이하 일가의 남녀노소를 가릴 것 없이 죽여 버리고 많은 말과 재보를 빼앗은 다음 저택에 불을 질렀다. 그리고 떠났다.

송강은 축가장 마루에 앉아 두령들에게서 들어오는 승전보勝戰報를 듣고 매우 기뻐하는 한편 난정옥의 죽음을 유감스럽게 생각했다. 그때 흑선풍이 온몸이 피투성이가 된 채 나타나 큰 소리로 송강에게 인사를 하고는 말했다.

"축룡은 내가 해치웠소. 축표도 내가 목을 베었소. 호성 이놈은 끝내 놓쳐 버렸으나 호 태공의 일가는 한 놈도 남김 없이 깨끗이 쓸어 버렸소. 어떤 상을 주시겠소?"

"뭐, 호 태공의 일가를 쓸어 버렸다고? 이놈! 누가 너에게 그런 명령을 내렸느냐! 호성이 전일에 항복해 온 것을 너도 알고 있을 것이다. 뭣 때문에 네 마음대로 그 일가를 모조리 죽였느냐?"

하고 송강이 책망하자, 이규가 말했다.

"형님은 잊었을지 모르지만, 나는 잊지 않았소. 그 계집년은 형님을 뒤쫓아 와서 형님을 죽이려고 했소."

"어리석은 소리 말아!⋯⋯ 너는 군령軍令을 어겼으므로 목을 베야 하지만 축룡과 축표를 처치한 공을 생각하여 죄는 상쇄相殺하겠다. 다시 그런 죄를 범한다면 절대로 용서하지 않을 테다."

"상은 타지 못했을지언정 나는 마음껏 해치웠으니 속은

후련하오."

하고 이규가 웃었다.

송강은 오용과 의논하여 축가장의 백성들을 모두 죽여 버리려고 했으나 석수가 전에 길을 가르쳐 준 종리鍾離라는 성을 가진 노인을 이야기하면서,

"마을 백성들 중에는 이런 착한 사람도 있으니 좋은 사람을 죽일 수는 없습니다."

하고 말했으므로, 송강은 종리 노인을 불러 상을 주고 그 밖의 마을 사람들에게도 한 집에 쌀을 한 섬씩 주기로 했다.

이리하여 축가장에서 쌀 50만 섬, 말 5백 여 마리를 비롯한 많은 금은 재보를 얻어 가지고 송강 일행은 산채로 돌아갔다.

한편 이가장의 이응은 화살을 맞은 상처가 겨우 아물었으나 여전히 대문을 굳게 닫은 채 저택에서 바깥 출입을 하지 않았다. 그는 축가장이 송강에게 패했다는 말을 듣자 놀랍기도 하고 기쁘기도 했다. 그때 본부本府의 지사가 4, 50명의 관원을 데리고 찾아왔다. 이응이 붕대로 오른손을 목에 건 채 안으로 인도하자 지사가 말했다.

"축가장의 난동은 어떻게 해서 일어났는가?"

"저는 축표가 쓴 화살에 맞아 부상을 당한 뒤 줄곧 두문불출杜門不出하고 있었으므로 아무것도 모릅니다."

하고 이응이 대답하자, 지사가 말했다.

"거짓말 말아! 축가장에서 고소장이 들어왔는데 너는 양산박의 산적들과 내통하여 그들을 집 안에 끌어들이고 축가장을 무찌르게 했을 뿐만 아니라 며칠 전에는 산적으로부터

명마名馬와 술, 그리고 금은 등을 선물로 받지 않았느냐? 이래도 발뺌을 할 테냐?"

"천만의 말씀입니다. 저도 나라의 법도는 알고 있습니다. 제가 어찌 그런 것을 산적에게서 받을 수 있겠습니까?"

"네 말은 믿을 수 없다. 할말이 있으면 관청에 가서 해라. 여봐라! 이놈을 체포해라!"

포졸들은 이응에게 입도 열지 못하게 하여 꽁꽁 묶고는 다시 집사장인 두흥에게도 수갑을 채웠다. 그리고 이가장을 떠나 약 30리쯤을 급하게 갔는데 숲 속에서 송강, 임충, 화영 등이 뛰어나와 앞길을 가로막았다.

임충은 큰 소리로,

"양산박의 호한이 여기 있다!"

하고 외쳤다.

지사 일행은 대항도 하지 못하고 이응과 두흥을 팽개친 채 간신히 도망쳐 버렸다. 송강은 이응과 두흥의 밧줄과 수갑을 벗기고 두 사람을 말에 태웠다. 그리고 함께 양산박으로 올라갈 것을 권했다. 이응은 한 마디로 거절했으나 대부대大部隊 속에 끼어 이제는 돌아갈 수도 없었다.

이윽고 개선 부대는 양산박에 도착했고, 조개를 비롯한 두령들이 북을 치고 음악을 연주하면서 마중을 나와 모두들 취의청에 나란히 앉았다. 이응은 두령들과 인사를 나눈 뒤 송강에게,

"제발 집으로 돌려보내 주십시오. 가족이 걱정됩니다."

하고 부탁했다. 그러나 오용이 껄껄껄 웃으며,

"그런 걱정은 마시오. 가족들은 곧 이곳 산채에 도착할 겁

니다. 저택은 몽땅 불타 버렸는데 그곳에 가서 무엇을 하시렵니까?"

이응은 깜짝 놀라며 설마 하고 생각했다. 그런데 그때 한 떼의 거마車馬가 산으로 올라왔다. 그것은 이응의 가족이었다. 이응은 깜짝 놀라 얼굴빛이 변했다. 조개와 송강은 아래 자리로 내려와 엎드리면서 조개가 말했다.

"우리는 전부터 귀공의 명성을 듣고 우리 편이 되어 주기를 바라는 마음에서 일을 이렇게 꾸민 것이니 용서해 주십시오."

이응도 이렇게 되자 싫어도 승낙하지 않을 수 없었다.

이응은 송강으로부터 아까 자기를 붙잡으러 온 부지사府知事 일행을 소개받았다. 지사로 가장한 것은 소양이었고 순간巡簡으로 가장한 것은 대종과 양림, 공목으로 가장한 것은 배선, 부관副官으로 가장한 것은 후건과 김대견이었다. 이 사실을 안 이응은 입을 딱 벌린 채 다물 줄을 몰랐다.

산채에서는 새로 열두 명의 두령인 이응, 손립, 손신, 해진, 해보, 추연, 추윤, 두흥, 악화, 시천, 호삼랑, 고대수의 입산入山을 축하하여 성대한 잔치를 베풀었다.

이튿날 송강은 왕왜호를 불러,

"내가 청풍채에 있을 때 자네에게 장가를 보내 주겠다고 약속했는데 여태까지 약속을 지키지 못해서 마음에 걸렸네. 오늘 그 약속을 지키려고 하네."

하고 아버지 송 노인에게 맡겨 둔 일장청 호삼랑을 데려오게 했다.

"나는 전부터 나의 형제인 왕영에게 아내를 소개해 주겠

다고 약속했소. 그의 무예는 일장청만 못하지만 마침 좋은
날이니 왕영과 부부가 되지 않겠는가?"

하고 호삼랑에게 물었다. 일장청은 송강의 의리에 감동되어
거절할 수가 없어서 승낙했다. 조개를 비롯한 다른 두령들도
송강이야말로 덕이 있고 의리가 두터운 사람이라고 칭찬하
며 곧 예식을 올리고 잔치를 베풀었다.

한창 잔치가 무르익어 갈 때 한 사람이 급히 달려와 말했다.

"방금 산기슭에 있는 주귀 두령의 술집에 운성현의 도두
뇌영이라는 사람이 나타났습니다."

45. 뇌횡과 주동의 입산

　뇌횡이 왔다는 말을 듣고 조개와 송강은 무척 기뻐하면서 군사 오용과 함께 그를 맞으러 갔다. 뇌횡은 운성현에서 동창부東昌府에 공무로 출장을 갔다가 돌아오는 길에 양산박의 졸개들로부터 통행세를 내라는 요구를 받고 이름을 대자 주귀가 설득하였던 것이다. 두령들은 곧 뇌횡을 산 위로 데리고 가서 다른 두령들에게도 인사를 시키고 술상을 차려 극진해 대접했다.

　여러 가지 이야기 끝에 지금 운성현의 절급節級으로 승진하여 지사의 신임을 받고 있다는 이야기도 나왔다. 송강은 은밀히 뇌횡에게 산채에 들어올 것을 권유했다. 뇌횡은,

　"늙은 어머니가 계셔서서 그렇게 할 수 없습니다. 어머니께서 돌아가시면 생각해 보지요."

하고 점잖게 거절했다.

　뇌횡은 산채에 닷새쯤 머문 뒤 많은 금은을 선물로 받아 가지고 운성현으로 돌아갔다.

뇌횡은 지사에게 보고를 마치고 여전히 충실히 근무했다. 그런데 어느 날 거리에서 우연히 만난 그 고장의 건달 이소李小二로부터 최근 동경에서 새로 온 백수영白秀英이라는 여자가 있는데 얼굴과 재주가 뛰어나서 무대를 만들고 춤과 노래, 만담, 마술 등을 공연하여 인기가 대단하다는 말을 들었다.

"게다가 굉장한 미인이야. 한번 꼭 가 보게."

하고 권하는 바람에 마침 관청도 비번非番이어서 가 보기로 했다.

과연 무대 입구에는 금박 글씨로 현판이 걸려 있었고 여러 개의 깃발이 나부끼는 가운데 구경꾼들이 초만원을 이루고 있었다. 뇌횡은 안으로 들어가 일등석에 앉았다. 무대에서는 바로 만담이 끝난 후였으며 이윽고 두건을 쓴 한 노인이 부채를 들고 나타나서는,

"저는 동경 사람으로 백옥교白玉喬라고 합니다. 지금은 보다시피 이렇게 늙어서 딸 수영을 대신하여 여러 손님들게 감사를 올립니다."

하고 말하자 징이 울리더니 백수영이 무대에 나타나서 사방에 허리를 굽혀 애교를 떨며 재주를 부리더니 시 한 수를 읊었다. 뇌횡은 박수 갈채를 보냈다. 백수영은 먼저 한 마디 늘어놓고 나서 본제本題로 들어가 노래를 부르다가는 만담을 하고 만담을 하다가는 노래를 불렀다. 모두들 무대가 떠나갈 듯이 갈채를 보냈다. 백수영은 만담이 절정에 이르자 이야기를 중단하고 쟁반을 들고 무대에서 내려와서는 제일 먼저 뇌횡에게 관람료를 요구했다. 뇌횡은 호주머니를 뒤져보았으

나 돈이 한푼도 없었다.

"미안하오. 그만 돈을 갖고 나오는 것을 잊어버리고 그냥 나왔나 보오. 내일 합쳐서 주도록 하겠소."

하고 사정하자 백수영이 웃으면서 말했다.

"첫번째 초醋가 싱거우면 두번째 초는 더욱 싱겁다고 해요. 나리께서는 첫번째니 듬뿍 선심을 써서 남에게 본을 보여주세요."

뇌횡은 얼굴이 홍당무가 되어,

"오늘따라 공교롭게도 지갑을 잊고 왔어. 절대로 인색해서 하는 게 아니야."

하고 말했다.

"빈손으로 구경하러 오셨나요?"

"나는 세 냥이나 다섯 냥쯤 던지는 것은 아무렇지 않게 생각하는 사람이야. 다만 오늘은 무심코 갖고 나오는 것을 잊었을 뿐이야."

"흥, 지금 한 푼도 없는 주제에 세 냥이니, 다섯 냥이니 하다니! 그림의 떡이라도 먹으라는 소리 같군요."

그러자 옆에서 백옥교가 호통을 쳤다.

"애야, 사람을 보고 말하려무나. 시골 사람과 도시 사람도 분간 못 하느냐? 오직 그 사람과 얘기만 하고 있을 것이 아니라 좀더 지각이 있는 분과 이야기를 하도록 해라!"

"아니, 나더러 지각이 없다는 거냐?"

하고 뇌횡이 말하자,

"당신이 연예의 예 자라도 알고 있다면 개 대가리에 뿔이 나겠다."

하고 백옥교가 말했다.

구경꾼들이 일제히 웃어댔다. 뇌횡은 화가 치밀어,

"이놈, 사람을 무시하는 거냐!"

하고 외쳤다.

"네놈은 고작해야 산골의 소장수밖에 더 되느냐? 무시하
면 어떠냐?"

그때 구경꾼들 중에 뇌횡을 아는 사람이 나서서,

"여봐, 모르는 소리 말아. 이분은 현청의 뇌 도두시다."

하고 주의를 시켰다. 그러나 백옥교는 코방귀를 뀌었다.

"흥, 맨 꼴찌에서 굽실거릴 테지."

뇌횡은 울화통이 터져 의자에서 일어나 재빨리 무대 위로
뛰어 올라가 백옥교를 때리며 걷어찼다. 노인은 금세 입술이
터지고 이빨이 부러졌다. 구경꾼들이 일제히 자리에서 일어
나 겨우 두 사람을 뜯어 말리고, 뇌횡을 달래 집으로 돌려보
낸 다음 그들도 돌아갔다.

백수영은 새로 부임한 지사가 동경에 관리로 있을 때부터
잘 아는 사이였다. 이번에 운성현에 무대를 설치하게 된 것도
지사의 주선에 의해서였다. 백수영은 곧 지사에게 달려가서
이를 일러바쳤다. 지사는 노발대발하더니 뇌횡을 체포하여
칼을 씌우고 큰길로 끌어내어 많은 사람들에게 구경시켰다.

백수영은 지사를 설득시켜 뇌횡을 자기 무대 입구의 구경
거리로 삼게 했다.

하지만 옥졸에게는 뇌횡이 자기의 상관이었으므로 그를
차마 묶지는 못했다. 그러자 백수영이 말했다.

"너희들은 이놈과 한패거리지? 지사님은 묶으라고 했는

데, 너희들은 왜 마음대로 풀어 놓는 거냐. 곧 지사님께 일러 바칠 테다."

옥졸들은 할 수 없이 뇌횡에게 살짝 양해를 구한 다음 그를 묶었다.

그때 뇌횡의 어머니가 식사를 가지러 오다가 아들이 묶여 있는 것을 보고는 엉엉 울면서 옥졸들에게 덤벼들었다.

"너희들은 같은 관청에서 일하고 있으면서 어쩌면 이렇게 의리를 저버릴 수 있느냐!"

옥졸들은 백수영이 항의하기 때문에 할 수 없이 그렇게 했다고 변명했다. 뇌횡의 어머니는 백수영을 욕하면서 자기 손으로 밧줄을 풀어 주었다.

이 말을 전해 들은 백수영은 뛰어와서 호통을 쳤다.

"이 할망구야. 방금 뭐라고 지껄였느냐!"

뇌횡의 늙은 어머니도 화가 치밀어 여자를 노려보면서 외쳤다.

"이년이 어쩌고 어째! 네년이야말로 뭐라고 지껄였느냐!"

백수영은 눈썹을 곤두세우며,

"이 거지같은 할망구가 감히 나에게 욕을 하다니!"

하더니 갑자기 뇌횡의 노모 뺨을 후려갈겼다. 노모가 비틀거리면서 간신히 몸을 가누자 백수영은 다시 덤벼들어 뺨을 연거푸 후려갈겼다.

뇌횡은 지금까지 화가 치미는 것을 꾹 참고 있다가 이것을 보고는 발끈하여 자기의 칼 밑으로 백수영의 머리를 후려쳤다. 백수영은 머리가 터지고 골수가 흘러나온 채 그 자리에 쓰러져 숨을 거두었다.

뇌횡은 즉시 감옥에 갇히게 되었다. 그런데 이 감옥의 절급이 바로 주동이었다. 주동은 뇌횡을 어떻게 해서든지 구해 주려고 했으나 여의치 않아 술과 음식을 대접하고 깨끗한 방에 있게 하는 것이 고작이었다.

어느 날 뇌횡의 어머니가 사식을 넣으러 왔다가 주동에게 울면서 애원했다.

"나는 60이 넘었습니다. 기둥처럼 의지하던 아들이 이 꼴이 되었으니 절급님, 제발 부탁입니다. 아들을 잘 보살펴 주세요. 지금까지 형제처럼 지내오지 않았습니까?"

"걱정 마세요, 할머니. 잘 도와 드리겠어요."

주동은 이렇게 말하고 노모를 집으로 돌려보낸 뒤 다른 사람을 통해 지사에게 청탁하고 현청의 상하 관원들에게 뇌물을 주었다. 주동은 지사에게 잘 보였으나 지사는 자기가 좋아하는 여자를 뇌횡이 죽였으므로 주동의 청탁은 별 효과가 없었다. 뇌횡은 60일의 기한이 차서 제주부濟州府로 송치하게 되었는데, 주동이 그 호송 임무를 맡게 되었다.

그리하여 주동은 십여 명의 부하와 함께 뇌횡을 데리고 운성현을 떠났다. 십여 리쯤 가자 선술집이 있었으므로 주동 일행은 안으로 들어갔다.

주동은 부하들이 술을 마시고 있는 동안 뇌횡과 함께 소변을 보러 간다는 핑계를 대로 상점 뒤쪽으로 갔다. 그리고 뇌횡의 칼을 벗겨 주면서 말했다.

"자네는 이제부터 집으로 가서 어머니를 모시고 어디로든 도망치도록 하게. 뒷일은 내가 맡을 테니까."

"그렇지만 내가 도망치면 형님께 화가 닥칠 것은 뻔하지 않소?"

"자네는 아직 모르고 있지만 지사는 자네에게 자기의 정부情婦를 죽인 원한을 품고 있기 때문에 서류상으로도 사형을 내리게 되어 있네. 주청州廳에 가면 자네는 절대로 죽음을 면할 수 없네. 하지만 내가 자네를 도망치게 했다고 해서 사형을 시키지는 않을 것이네. 게다가 나는 부모도 없고 관청에 뿌릴 만한 돈도 있으니 내 걱정은 말고 어서 빨리 도망치도록 하게."

뇌횡은 고맙다고 인사를 하고 뒷문을 빠져 나와 집으로 갔다. 그리고 재빨리 값 나가는 물건을 챙긴 다음 어머니를 모시고 양산박으로 향하였다.

주동은 뇌횡이 썼던 칼을 숲 속에 감추고 부하들에게 돌아와서는,

"내가 그만 방심하는 바람에 뇌횡을 놓쳐 버렸다. 어떻게 하면 좋겠느냐?"

하고 말했다.

"급히 그놈의 집으로 뛰어가서 붙잡아야 합니다."

하고 부하들이 말했다.

주동은 일부러 어물어물하여 뇌횡이 멀리 도망쳤을 때쯤에 부하들과 함께 현청으로 와서 지사에게 보고하였다. 지사는 비록 주동을 아꼈지만 고의로 뇌횡을 도망치게 했다고 생각하고 그를 붙잡아 제주부로 송치했다. 제주에 도착한 주동은 20대의 곤장을 맞고 창주의 뇌성으로 유형을 가게 되었다.

그런데 창주부의 지사는 주동이 고귀한 풍채에 호감이 갔다. 불그레한 얼굴에 길게 늘어뜨린 아름다운 수염이 마음에

들어서,

"이 범인은 뇌성영으로 보내지 말고 관청에서 부리기로 하겠다."

하고는 칼을 벗기게 했다.

주동은 기회를 보아 관청의 서기, 수문장, 전옥, 옥졸들을 모두 구슬려 놓았다. 그리고 주동의 나긋나긋한 인품은 여러 사람들에게 호감을 주었다. 어느 날 지사는 주동을 불러서 죄를 짓게 된 동기를 물었다. 주동은 뇌횡의 이야기부터 시작했다. 지사는 주동에게 의협심義俠心에서 일부러 효자인 뇌횡을 도망치게 한 것이 아니냐고 묻자, 주동이,

"어찌 감히 지사님을 속이겠습니까?"

하고 말하는데 병풍 뒤에서 한 아이가 아장아장 걸어 나왔다. 올해 네 살 난 이목이 바른 귀여운 아이로 지사가 금이야 옥이야 하며 귀여워하고 아끼는 아들이었다.

아이는 주동을 보자 옆으로 다가와서 그에게 살짝 안겼다.

그래서 주동이 무릎 위로 안아 올리자 아이는 주동의 기다란 수염을 잡아당기며,

"수염이 길게 난 이 아저씨에게 안기고 싶어!"

하고 말하는 것이었다.

"애야, 내려와라. 장난을 치면 안 돼."

"싫어, 싫어. 이 수염 난 아저씨에게 안길 테야! 아저씨, 같이 놀러 가!"

그래서 주동은 지사에게 양해를 구한 다음 아이를 안고 관청을 나섰다. 그리고 아이에게 엿 등 과일을 사주면서 거리를 한 바퀴 돌다가 돌아왔다. 지사가 말했다.

"애야, 어디 갔다 왔느냐?"

"아저씨와 거리에 갔었어. 아저씨가 과자를 사 왔어."

"아니, 돈까지 축냈어? 미안한 일이구나!"

"아닙니다. 저의 조그마한 표시인데 그것을 어찌 입에 담을 수 있겠습니까?"

하고 주동이 말했다.

이런 일이 있은 후부터 주동은 날마다 아이를 데리고 거리로 놀러 나가게 되었다. 주동은 지사에게 잘 보이기 위해 아이를 위해 아낌없이 돈을 썼다. 그에게는 저축한 돈이 꽤 많았다.

그 후 반달쯤 지난 7월 15일 우란분재盂蘭盆齋(조상의 명복을 비는 제사로, 불교행사의 하나) 날밤, 예년과 마찬가지로 곳곳에서는 대로 만든 바구니와 불을 켜서 물에 띄우는 행사가 있었다. 그때 시녀가 와서 지사의 어린 아들을 데리고 물에 둥둥 띄우는 행사를 보러 가라고 지사 부인이 분부했다고 전했다. 주동은 지사의 아들을 어깨 위에 올라 앉히고 지장사地藏寺로 구경을 하러 갔다.

그때는 땅거미가 지는 저녁 무렵이었다. 지장사를 한 바퀴 돈 뒤 연못가에서 등을 띄우는 것을 구경했다. 아이는 난간으로 올라가서 그것을 재미있게 보고 있었다. 그때 뒤에서 주동의 옷소매를 잡아당기는 사람이 있었다.

"형씨, 잠깐 이야기 좀 합시다."

주동이 돌아보니 뜻밖에도 뇌횡이었다. 주동은 깜짝 놀라 지사 아들에게,

"애야, 여기서 잠깐만 기다리고 있거라. 엿을 사올 테니

까. 다른 데로 가면 안 돼!"
하고 말했다.
　"응, 빨리 돌아와!"
　"그래, 그래. 곧 돌아올게."
하고 주동은 뇌횡에게,
　"자네는 어떻게 이곳에 왔나?"
하고 물었다. 뇌횡은 주동을 사람이 없는 곳으로 끌고 가서
머리를 숙여 인사를 하고는,
　"형님 덕분에 목숨을 건지고 그 후 어머니와 함께 갈 데가
없어서 양산박으로 갔습니다. 조 천왕과 송 공명을 비롯한
두령들은 모두 형님의 의협심에 감탄했습니다. 그래서 일부
러 오 군사와 함께 형님을 만나러 왔습니다."
하고 말했다.
　"오 선생은 어디 있나?"

그때 뒤에서 오학구가 나타나며,

"여기 있습니다."

하고 머리를 숙였다.

주동이 당황하여 답례를 하자, 오학구가 말했다.

"산채의 두령들로부터 안부를 전해 달라는 부탁을 받았습니다. 함께 산채로 가 주시지 않겠습니까? 조, 송 두 분이 오시기를 진심으로 바라고 있습니다."

주동은 뭐라고 답변해야 할지를 몰라 한동안 있다가 이내,

"그 이야기는 그만둡시다. 나는 의리에 따라 뇌횡을 도망치게 하고 그 때문에 이곳으로 유배되어 왔습니다. 일년이나 반년쯤 지나 다시 고향으로 돌아가게 되면 한 사람의 평민으로 살아갈 작정입니다. 그것은 절대로 사양하겠습니다."

"그렇지만, 형님. 이런 곳에서는 남에게 눌려 살 뿐이고 사나이로 태어난 보람도 없지 않습니까? 차라리 산채로 올라가는 편이 훨씬 나을 겁니다."

하고 뇌횡이 말하자,

"지금 자네는 무슨 소리를 하고 있는 건가? 생각해 보게. 나는 자네 어머니가 늙고 가난하기 때문에 어머니를 보아 자네를 도망가게 했던 거야. 그런데 자네는 이제 와서 나를 불의不義의 무리 속으로 끌어들이려고 하는가?"

주동이 언성을 높이며 말하자, 오용이 입을 열었다.

"도저히 마음이 내키지 않는다면 할 수 없소. 우리는 그만 돌아가도록 하겠소."

이들은 함께 본래의 자리로 돌아왔다.

그런데 아이가 보이지 않았다. 주동은 깜짝 놀라 어쩔 줄

을 몰라 했다.

"틀림없이 우리의 동행이 안고 갔을 겁니다. 함께 찾으러
갑시다."

하고 뇌횡이 말했다.

"말도 안 돼! 그 아이에게 만일 무슨 일이 일어난다면 큰
일이야!"

세 사람은 지장사에서 나와 성 밖으로 가 보았다. 주동은
계속 안절부절못하였다.

"어디로 데리고 갔을까?"

"아마도 여관으로 안고 갔을 겁니다. 아무튼 철없는 놈이
니까요."

하고 오용이 말했다.

"그게 누굽니까?"

"흑선풍이라는 사나이입니다."

주동은 가슴이 철렁 내려앉았다.

"강주에서 사람을 죽인 저 이규 말입니까?"

"그렇습니다."

주동은 발을 동동 굴렀다. 그리고 그는 허둥지둥 달려갔다.

한 20리쯤 가니 저쪽에서 큰 소리로 부르는 자가 있었다.
이규였다.

"어어이 여기야, 여기!"

주동은 급히 뛰어가자마자,

"아이는 어디 있소?"

하고 물었다.

이규는 머리를 꾸벅 숙이며,

"처음 뵙겠습니다. 아이는 저기서 자고 있습니다. 가 보십시오."

하고 숲 속을 가리켰다. 주동이 달빛을 의지하여 숲 속으로 가서 찾아보니 아이가 쓰러져 있었다. 얼른 일으켜 안았으나 머리가 절반으로 쪼개져 죽어 있었다.

주동은 화가 나서 숲 속에서 뛰어나왔다. 그러나 이미 세 사람의 모습은 보이지 않았다. 여기저기 찾아보니 흑선풍이 멀리서 두 자루의 도끼를 휘두르면서,

"자, 덤벼라!"

하고 외치고 있었다. 주동은 화가 머리끝까지 치밀어 옷을 걷어올리고 성큼성큼 쫓아갔다. 그러자 이규가 휙 돌아서서 도망쳤다. 주동은 급히 뛰어갔으나 이규가 펄펄 나는 듯이 달렸으므로, 숨이 차서 더는 따라가지 못하고 멈춰 섰다.

그러자 이규가 다시 앞에 나타나며,

"자, 덤벼 봐!"

하고 외쳤다.

주동은 이규를 한입에 삼켜 버리고 싶을 만큼 다급했으나 도저히 쫓아갈 수가 없었다. 날이 차츰 밝아왔다. 이규는 주동이 급히 쫓아오면 급히 도망치고 천천히 쫓아오면 천천히 도망쳤으며, 주동이 멈춰 서면 자기도 멈춰 서더니 어느 큰 저택으로 들어갔다. 주동이 이것을 보고,

"옳지, 이곳으로 도망쳤으니 이제 더는 도망칠 데가 없을 테지!"

하고 안으로 들어가 큰 소리로,

"집 안에 누구 있소?"

하고 외쳤다.

그러자 병풍 뒤에서 한 사람이 나타났는데 그 모습은 너무도 수려하고 위엄이 있어 보였다. 그가,

"누구십니까?"

하고 물었다. 주동은 급히 인사를 하며,

"나는 운성현의 절급 주동이라고 하는데 죄를 짓고 이곳으로 유배되어 온 사람입니다. 어젯저녁 지사의 아들을 데리고 구경을 나왔다가 흑선풍이라는 자가 지사의 아들을 죽였기 때문에 그를 좇아왔습니다. 그런데 마침 그놈이 댁으로 도망쳐서 이렇게 잡으러 왔으니 힘이 되어 주시기 바랍니다."

하고 말했다.

"오, 바로 미염공美髥公이시군요. 어서 이리 들어오시오."

"그런데 당신의 성함은 어떻게 되십니까?"

하고 주동이 물었다.

"나는 소선풍이라는 사람이오."

"아니, 그럼 시 대인이십니까? 성함은 오래 전부터 듣고 있었습니다."

시진은 주동을 안으로 인도했다.

"흑선풍이 어찌하여 댁으로 도망쳤을까요?"

하고 주동이 묻자, 시진이 대답했다.

"우리 선조 주周의 시세종께서, 진교역陳橋驛에서 천자의 자리를 물려준 공로로 태조太祖 황제로부터 친필親筆을 하사받아 아무리 큰 죄를 지은 자라도 일단 우리집으로 들어오기만 하면 아무도 손을 댈 수 없게 되어 있소. 전날 나의 친구

인, 당신과도 구면인 송 공명이 밀서密書를 보내 와서 지금 오학구, 뇌횡, 이규 등이 우리집에 머물고 있소. 당신을 꼭 산채로 맞아들이고 싶은데 당신이 끝내 응하지 않으므로, 일부러 이규에게 아이를 죽이게 하여 산채로 올라가지 않을 수 없게 한 것이오."

그때 오용과 뇌횡이 옆방에서 나와 주동에게 머리를 숙이며 말했다.

"죄송합니다. 이것은 모두가 송 공명 형의 명령에 의한 것입니다. 산채로 올라가시면 모든 것을 알 수 있습니다."

"여러분의 호의에서 일어난 일이라고 생각하지만 그렇더라도 이건 너무 지나칩니다."

하고 주동이 말했다.

시진도 간곡히 권하는 바람에 마침내 주동은,

"가기는 가겠습니다. 그러나 그 전에 흑선풍을 만나게 해주시오!"

하고 말했다. 그러자 이규가 나타나며 인사를 했다. 주동은 발끈 화가 치밀어 이규에게 덤벼들었다. 시진을 위시한 주위 사람들이 주동을 말렸다.

"꼭 산에 올라가야 한다면 한 가지 조건이 있습니다. 그것을 들어주신다면 올라가지요!"

"한 가지가 아니라 열 가지라도 들어드리겠습니다."

하고 오용이 말하자, 주동은,

"흑선풍을 죽여주시오. 그러면 산채로 들어가겠소."

하고 말했다. 이규는 이 말을 듣고 매우 화를 냈다.

"뭐 어쩌고 어째? 우리는 다만 조 형과 송 형의 명령에 따랐을 뿐이야. 우리는 책임질 바가 아냐!"

두 사람은 다시 서로 덤벼들려고 했다.

"흑선풍이 살아 있는 한 나는 죽어도 산채로는 올라가지 않겠소."

하고 주동은 잘라 말했다.

결국 시진의 중재로 당분간 이규만 시진의 집에 남겨 두고 오용, 뇌횡과 함께 양산박으로 떠나기를 주동에게 청하자, 그는 고향에 두고 온 가족을 걱정했다. 오용이 양산박에서 재빨리 손을 써서 벌써 가족을 산으로 맞아들였다고 말하자, 주동은 그제야 겨우 안심하고 양산박으로 향했다.

46. 사로잡힌 시진

　이규가 시진의 집에서 신세를 진 지 한 달쯤 지난 어느 날, 고당주高唐州에 있는 시진의 숙부 시황성柴皇城으로부터 급한 편지가 날아들었다. 그 편지에 의하면 시황성은 건달들에게 물매를 맞아 위독하다는 것이었다. 시진은 깜짝 놀라서 급히 짐을 꾸려 이규와 함께 고당주로 떠났다.
　며칠 후 고당주의 숙부 집에 도착한 시진은 사경死境에 이른 숙부를 문병했다. 시황성은 자식이 없고 후처가 있었는데 그녀의 말에 의하면, 고당주에 새로 부임한 지사 고렴高廉은 동경 고 태위의 사촌 동생으로 태위의 세도를 등에 업고 횡포가 심했다고 했다. 또한 아내에게는 은천석殷天錫이라는 젊은 동생이 있었는데 이 자도 매형의 위세를 내세워 제멋대로 행패를 부리고 있다고 했다.
　어느 날 은천석은 시황성의 정원이 아름답다는 말을 듣고 2, 30명의 건달을 데리고 몰려와서는 정원을 돌아보고 자기 마음에 꼭 들어 자기가 살아야겠으니 당장 나가 달라는 무리

한 요구를 했다고 한다. 황성은 물론 응하지 않았다. 그래서 물매를 맞고 자리에 누워 있다는 것이다.

이규는 그 이야기를 듣자 벌떡 일어나며,

"이런 못된 놈들 같으니! 우선 내 도끼 맛을 보여 결판을 내겠습니다."

"진정해, 그런 난폭한 짓을 해서는 안 돼. 상대가 아무리 세도를 믿고 횡포를 부린다고 해도, 우리 집에는 천자로부터 받은 특별 보호의 친서가 있으니 여기서 이 일을 매듭짓지 못하면 동경으로 가서 그곳 법에 따라 처단하도록 부탁하면 돼."

하고 시진이 말하자, 이규가 다시 우겼다.

"법이다, 법이다, 그렇게 법이 의지할 만한 것이라면 천하는 문란해지지 않습니다. 먼저 처치하고 나서 담판을 하는 게 우리의 주의主義입니다."

"무모한 소리 말아! 주동이 화해하지 못하겠다는 이유를 이제야 알겠군. 이곳은 산채와는 달라!"

시진이 이규를 달래고 있을 때 안에서 시녀가 달려와서 시진을 찾았다. 시진이 급히 황성의 머리맡으로 가니 황성은 눈물이 글썽하여,

"동경으로 가서 천자님께 직접 아뢰어 내 원한을 풀어 다오. 내 소원은 이것뿐이다. 잘 부탁한다."

하고는 그대로 숨을 거두었다.

시진은 눈물로 장례를 마쳤다.

그 후 사흘이 지난 어느 날 은천석은 2, 30명의 건달들을 이끌고 말을 몰아 성 밖으로 나왔다. 그들은 손에 손에 바람

총(짤막한 화살을 대통에 넣고 입으로 불어 쏘는 무기), 피리, 북 등을 들고 한바탕 놀며 온갖 추태를 부리더니 술에 곤드레만 드레가 되어 시황성의 집까지 왔다.

시진이 나가 보니 은천석이 말 위에서,

"너는 누구냐?"

하고 물었다.

"나는 시황성의 조카 시진이라는 사람이오."

"저번에 집을 비우라고 했는데 어찌하여 듣지 않았느냐?"

"숙부님이 병으로 몸을 움직일 수 없어서 그렇게 되었습니다만 숙부님이 엊그제 세상을 떠나셨으니 사십구일재齋가 지나기 전에는 움직일 수 없습니다."

"허튼 소리 말아! 사흘 안으로 나가도록 해. 그 안에 나가지 않으면 먼저 네놈에게 칼을 씌우고 곤장 백 대를 갈길 테다!"

"그건 당치도 않은 소리야! 우리집은 적어도 주周의 세종 후손으로 태조 황제로부터 친서를 받은 집안이라는 것을 모르느냐?"

"거짓말 말아! 설사 친서를 갖고 있다고 해도 그게 뭐 그리 대단하단 말이냐. 여봐라! 이놈을 쳐라!"

은천석의 명령이 떨어지자 여럿이 덤벼들어 시진을 치려고 했다.

그때 문틈으로 이 광경을 엿보고 있던 흑선풍 이규가 문을 확 열어 젖뜨리더니 크게 소리를 지르면서 말 옆으로 뛰어나왔다. 그리고 은천석을 말 위에서 끌어내리더니 때려 눕혔다. 2, 30명이 그것을 막으려고 몰려왔으나 이규가 주먹 몇 번을 휘두르자 순식간에 5, 6명이 쓰러졌다. 그것을 본 나머지 건달들은 일제히 도망쳐 버렸다. 이규는 다시 은천석을 붙잡아 마구 때리며 걷어찼다. 시진이 말릴 사이도 없이 은천석은 이미 숨이 끊겨 있었다.

대담한 시진도 일이 이렇게 되고 보니 난처하기 그지없는 일이었다.

"이제 자네는 이곳에 눌러 있을 수 없게 됐네. 상부에 대해서는 내가 손을 쓸 테니 자네는 곧 양산박으로 돌아가는 게 좋겠어."

"제가 가면 형님께 화가 미칠 텐데요."

"괜찮아, 나한테는 천자님의 친서가 있어. 걱정 말고 빨리 가 봐."

이규는 두 자루의 도끼를 들고 양산박으로 돌아갔다.

이윽고 2백여 명의 관군이 시황성의 저택을 에워싸고 시진을 붙잡아 지사 고렴 앞으로 끌고 갔다. 고렴은 노발대발하고 이를 뿌드득 갈면서 시진이 피투성이가 될 때까지 고문을 했다. 그리고 '하인 이대李大라는 자에게 명하여 은천석을 때려죽이게 했습니다'라는 자술서自述書를 작성하고 25근의 칼을 씌워 시진을 사형수의 감방에 가두었다. 시진이 아무리 천자의 친서를 갖고 있다고 하더라도 그런 일에 주춤할 고렴이 아니었다.

한편 이규가 양산박으로 돌아가 시진이 변을 당하고 있다는 사실을 알리자, 조개를 비롯한 두령들이 깜짝 놀랐다.

"이 검둥이 녀석, 또 일을 저질렀구나! 네놈은 어디를 가나 이 모양이냐!"

하고 조개가 책망하자, 이규가 말했다.

"그렇지만 그런 꼴을 보고서는 부처님이라도 참지 못했을 겁니다."

시 대인은 양산박의 큰 은인이었다. 그의 목숨이 지금 바람 앞에 가물거리는 등불이라면 잠시도 지체할 수 없는 일이었다. 즉시 병사를 일으켜 고당주를 쳐부수기로 결의하고 송강을 총대장으로 하여 오용, 임충 등 22명의 두령이 8천 명의 군사를 이끌고 고당주로 진격했다.

이것을 알게 된 고렴은 코방귀를 뀌면서,

"마침 우리가 그 산적놈들을 정벌하러 가려던 참인데 일부러 우리에게 잡히러 온다니 다행이군. 한번 따끔한 맛을 보여줘야지."

하고는 전부터 '비천신병飛天神兵'이라 하여 정예精銳를 자랑하던 3백 명의 친위병親衛兵을 비롯한 모든 병력을 동원하고 만반의 준비를 갖추며 기다렸다.

양산박의 선봉 부대인 임충, 화영, 진명 등 십여 명의 두령이 이끄는 5천 명의 병력은 마침내 고당주의 성 아래에 도착했다. 그리고 우선 임충이 말 위에서 1장 8척의 창을 들고 진두에 서서,

"야, 고렴! 썩 나오너라!"

하고 외쳤다. 그러자 고렴은 매우 화가 나서,

"저 산적놈을 사로잡을 자가 없느냐!"

하고 외쳤다. 그리하여 우직于直이라는 통제관이 뛰어나와 칼을 휘두르면서 임충에게 덤벼들었으나 다섯 차례도 겨루지 않아 임충의 창에 가슴이 찔려 말 위에서 거꾸로 굴러 떨

어졌다.

고렴이 깜짝 놀라서,

"누가 나가서 원수를 갚지 않겠느냐!"

하고 외치자, 역시 통제관 온문보溫文寶가 긴 창을 휘두르면서 임충에게 덤벼들었다.

이것을 본 진명이 임충 대신 온문보와 십여 차례 겨룬 끝에 상대방의 머리를 쪼개 버렸다.

고렴은 두 장수가 패하자, 차고 있던 보검을 빼들고 뭐라고 주문呪文을 왼 뒤 '얏!' 하고 외쳤다.

그러자 고렴의 진지에서 한 줄기 검은 연기가 피어올라 하늘 높이 흩어지더니 금세 거센 바람이 모래와 돌을 날리면서 사나운 기세로 양산박 진지 쪽으로 불어 닥쳤다. 군병들은 눈도 제대로 뜨지 못하고 입도 열 수 없었으며 말은 미친 듯이 울부짖어 전군은 혼란에 빠졌다. 이때 고렴이 칼을 치켜들자 이것을 신호로 군사 3백 명이 신병神兵을 앞세우고 쳐들어왔다. 그리하여 임충의 군사는 뿔뿔이 흩어져 5천 명 중 천여 명이 치명상을 입었고 50리나 후퇴했다.

한편 선봉대가 패배했다는 소식을 들은 송강과 오용은 이는 고렴이 무슨 요술을 쓴 것이 분명하다고 생각하고 구천현녀九天玄女에게서 받은 천서天書를 펴 보았다. 그 셋째 권에 "바람과 불을 되돌려 진지를 무찌르는 법"이라는 대목이 있었다. 송강은 곧 그 주문을 익혀 이튿날 아침 다시 군사를 정비하고 성벽 밑으로 쳐들어갔다.

고렴이 이것을 보고 칼을 빼들며 중얼중얼 주문을 외고 '얏!' 하고 외치자 검은 연기가 피어오르면서 괴상한 바람이 불어 닥쳤다.

이때 송강이 그 바람이 불어오기 전에 주문을 외고 '얏!' 하며 기합氣合을 넣자 바람은 금세 방향을 바꾸어 거꾸로 고렴의 신병대神兵隊 쪽으로 불기 시작했다. 송강은 이 기회를 놓치지 않고 총공세를 취했다.

이것을 본 고렴도 잠자코 있지는 않았다. 그는 자기 진지로 바람이 불어 닥치자 재빨리 구리[銅] 방패를 들고 칼로 두들겼다. 그러자 신병대 안에서 한 무더기 먼지가 일더니 괴상한 짐승과 독사들이 뛰쳐나와 송강의 군사 쪽으로 일제히 쳐들어왔다. 송강의 군사는 어안이 벙벙하였다. 두령들과 졸개들은 앞을 다투어 도망쳤으므로 큰 손실을 입었다.

고렴의 요술 때문에 두 번이나 참패를 당한 송강과 오용은 상의하였다.

"적은 틀림없이 승세勝勢를 타고 오늘 밤에 습격해 올 겁니다."

라는 오용의 의견에 따라 양림과 백승이 이끄는 3백여 명의 병력만 남겨 두고 본대本隊는 모두 본래의 진지로 돌아갔다. 양림과 백승은 졸개들을 이끌고 숲 속에 매복해 있는데 아니나 다를까 여덟 시경이 되자 갑자기 바람이 몰아치고 천둥이 울렸다. 양림, 백승의 군사가 숲 속에서 내다보니, 3백 명의 신병을 거느린 고렴이 휘파람을 불면서 걸어서 쳐들어왔다. 그는 진지가 텅 비어 있자 계략에 걸린 것이라고 생각하고 곧 후퇴하려고 했다. 양림과 백승은 이때다 싶어 쇠뇌를 난사했다. 그 중 하나가 고렴의 왼쪽 어깨에 명중했다. 고렴은 곧 퇴각했다.

양림과 백승은 아군의 수가 적었으므로 너무 깊이까지 추격하지는 않았다. 이윽고 비가 그치고 하늘에는 별들이 반짝이기 시작했다. 그래서 달빛 아래 부상을 입고 쓰러진 신병 20여 명을 붙잡아서 송 공명의 진지로 보냈다.

그런데 5리 정도밖에 떨어져 있지 않은 송강의 본진에는 비 한 방울 오지 않았고 바람도 불지 않았다. 송강은 고렴의 요술이 범상치 않음을 깨닫고 여러 두령들과 이 문제를 놓고 의논하였다. 어떻게 하면 고렴의 요술을 물리치고 시진을 구해 낼 수 있을까 하고 고심하고 있는데 오용이 신중히 말을 꺼냈다.

47. 두 동강이 난 나 진인

오학구가 송 공명에게 말했다.

"고렴의 요술을 무너뜨릴 수 있는 사람은 공손승밖에는 없습니다. 지금 고렴이 부상을 당하여 성문을 닫아 걸고 나오지 않을 때 계주의 공손승을 급히 불러들입시다."

이리하여 '신행법'을 행하는 대종이 다시 사자로 뽑히고 이규가 따라 나섰다. 이규는 시진이 잡히게 된 데에 대하여 책임을 느끼고 있었던 것이다. 대종이 이규에게 술과 고기는 절대 입에 대지 않겠다는 다짐을 받고 나서 그를 데리고 가기로 했다.

그런데 고당주를 떠나 2, 30리도 채 못 가서 이규는 발을 멈추고,

"형님, 잠깐 한잔 하지 않을래요?"

하고 말했다.

"함께 신행법으로 가려면 술과 고기를 입에 대서는 안 돼."

"그렇지만 형님, 한두 잔은 무방하지 않아요?"

"본색이 드러나는군, 안 돼!"

이윽고 날이 저물었으므로 여관에서 고기 없이 정진 요리精進料理를 먹는데 이규는 전혀 젓가락을 대려고 하지 않았다.

"어찌하여 밥을 먹지 않나?"

하고 대종이 묻자,

"나는 아직 먹고 싶지 않소."

하고 대답하는 것이었다.

'이 녀석이 나 몰래 술과 고기를 입에 대려고 하는군.'

대종은 이렇게 생각하고 식사를 마친 후에 몰래 뒤쪽으로 돌아가 이규의 동태를 살폈다. 예상했던 대로 이규는 술 두 홉과 쇠고기 한 접시를 주문하여 선 채로 게걸스럽게 먹고 마셨다.

'이런 고얀 놈 보았나. 아니야, 지금 책망해 봐야 이미 때가 늦었다. 내일 놈을 한번 혼내 줘야지.'

대종은 이렇게 생각하고 먼저 잠자리에 들었다. 이규는 술과 고기로 배를 채운 뒤 대종에게 트집을 잡히지 않기 위하여 살짝 방으로 들어와 자리에 누웠다.

이튿날 대종은 해가 뜨기 전에 일어나 아침 식사를 마치고,

"오늘은 신행법으로 8백 리쯤을 날아가기로 하세."

하고 중얼중얼 주문을 외고 나서 이규의 발에 확 입김을 부니 이규는 금세 구름이라도 탄 것처럼 횡횡 날아갔다.

'훗훗훗…… 저놈을 하루 종일 굶겨야지.'

대종은 웃음을 지어 보이며 자기도 갑마를 붙이고 이규의 뒤를 따랐다.

이규는 신행법이 무엇인지 잘 알지 못했으므로 어차피 걸어가기는 마찬가지라며 대수롭지 않게 생각했다. 그런데 놀랍게도 귀에서 폭풍 소리가 들리더니 길가의 집과 나무들이 눈깜짝할 사이에 뒤로 물러나는 것이었다. 그런가 하면 발아래서는 구름과 안개가 피어 오르는 것 같았다. 이규는 무서운 생각이 들어 여러 번 멈춰 서려고 했으나 발이 말을 듣지 않았다. 마치 어떤 사람이 아래서 자기를 밀어올리는 것처럼 발이 땅에 닿기도 전에 계속 달리기만 하는 것이었다. 술집과 음식점이 보여도 금세 뒤로 멀어져서 안에 들어가 먹고 마실 수가 없었다. 이규는 마침내 소리를 질렀다.

"형님, 잠깐 내 발을 멈추게 해줘요!"

이윽고 날은 저물기 시작했다. 이규는 배가 고프고 목이 말라 죽을 지경이었으나 발을 멈출 수가 없었다. 그는 땀을 뻘뻘 흘리며 숨을 몰아쉬었다.

대종이 뒤에서 쫓아오며,

"아니, 어떻게 된 거야. 왜 밥을 먹지 않나?"

하고 물었다. 이규가 말했다.

"형님, 나 좀 도와 주세요! 나는 배가 고파 견딜 수가 없어요."

대종이 호주머니에서 경단을 꺼내 혼자 맛있게 씹어 먹자 이규가 말했다.

"나도 하나 주십시오."

"줄 테니 멈춰 서!"

이규는 손을 뻗었으나 1장丈쯤 떨어져서 도저히 손이 닿지 않았다.

"형님, 제발 부탁합니다. 잠깐만 멈추게 해주십시오."

"그런데 오늘은 이상해. 내 발도 멈춰 서질 않아."

"에잇! 이놈의 발이 전혀 내 말을 들어 먹지 않고 제멋대로 달리기만 해요! 차라리 이 도끼로 잘라 버릴까 보다!"

"응, 그게 좋을 거야. 그렇지 않으면 내년 설날까지도 이 대로 계속해 달리기만 할지도 모르니까."

"형님, 부탁합니다. 이제 그만 놀려요. 발을 잘라 버리면 무엇으로 걸어 다닙니까?"

"하하하…… 자네 어젯저녁에 나 몰래 뭐했어?"

"형님, 용서해 주십시오."

"이 신행법은 술과 고기가 금물이야. 특히 쇠고기는 안 돼. 쇠고기를 한 쪽이라도 입에 넣기만 하면 죽을 때까지 발이 멈춰 서지 않아."

"아! 이것 큰일났군. 실은 어젯밤에 형님 몰래 쇠고기를 일곱 근이나 사 먹었어요. 그러니 어떡하면 좋지요?"

"오, 그래서 내 발도 멈추지 않는군. 아니 이런 개망나니가 어디 있담!"

이규가 진지하게 사과하자, 대종도 웃으면서,

"앞으로 내 말을 잘 듣는다면 방법이 없는 것도 아니야."

"그럼요, 잘 듣고 말고요. 뭐든지 잘 따르겠습니다."

"앞으로 나 몰래 술과 고기를 입에 대지 않겠지?"

"다시 먹으면 혀끝에 주먹만한 부스럼이 날 겁니다. 이제는 절대로 입에 대지 않겠어요."

"그렇다면 이번만은 용서해 주지."

대종이 뒤쫓아와서 옷소매로 이규의 발을 털고 '멈춰 서!'

하고 말하자 이규의 발은 곧 멈춰 섰다.

"내가 먼저 갈 테니 자네는 나중에 와."

이규는 발을 내디디려고 했으나 이번에는 발이 움직이질 않았다. 아무리 애써 들어올리려고 해도 마치 땅 위에 못 박힌 것처럼 전혀 움직이질 않았다. 이규는 또다시 비명을 질렀다.

"아이고! 큰일났어요. 형님 도와 줘요!"

대종은 뒤돌아보고 웃으면서,

"어때, 정말로 내 말을 잘 듣겠나?"

하고 물었다.

"그럼요, 여부가 있나요."

이때 대종이 이규의 팔을 잡으며,

"일어나!"

하고 말하자 이규의 발이 움직이기 시작했다.

"형님, 제발 나를 가엾게 여겨 좀 쉬게 해주십시오."

마침 여관이 보였으므로 두 사람은 안으로 들어가 묵기로 했다. 이규는 발에 붙인 갑마를 떼고 발을 문지르면서 말했다.

"이제 겨우 이놈의 발이 내 것이 되었군!"

두 사람은 여관에서 식사를 하고 잠을 잤다.

이튿날 두 사람은 아침을 먹고 길을 재촉했다. 2, 3리쯤 와서 대종이 갑마를 꺼내면서 말했다.

"오늘은 갑마를 두 개씩만 붙이세. 그러면 조금 천천히 갈 수 있으니까."

이규가 말했다.

"아이고, 형님! 나는 안 붙일래요!"

대종이 말했다.

"자네는 내 말을 듣는다고 해놓고서 무슨 소리야! 더군다나 자네와 나는 큰일을 맡고 있는데 어찌 자네에게 농담을 하겠는가! 만약 자네가 내 말을 듣지 않는다면 자네를 어제처럼 이곳에서 꼼짝도 못하게 해 놓겠네. 그리고 나 혼자 계주에 가서 공손승 형님을 모시고 오고 자네는 여기에 둔 채 양산박으로 데리고 가지 않겠네!"

이규는 다급하게 말했다.

"형님, 그럼 붙이세요! 붙이시라니까요!"

대종은 이규의 발에 두 개의 갑마를 붙이고 신행법으로 함께 길을 떠났다.

그 후부터 이규는 대종의 말을 고분고분 듣게 되었다.

이리하여 두 사람은 열흘도 못 되어 계주에 도착했다. 성 안을 샅샅이 뒤졌으나 공손승의 행방은 알 수 없었다. 이규는 안절부절못하여,

"그 거지 도사道士놈이 어디 숨었을까? 보기만 하면 놈의 머리통을 붙잡아 끌고 갈 테다!"

하고 말하여 대종에게 책망을 들었다.

이튿날도 아침 일찍부터 성 밖의 마을을 발이 부르트도록 찾아다녔으나 공손승을 알고 있는 사람조차 만나 볼 수가 없었다. 점심때가 지나 두 사람은 굶주린 배를 움켜쥐고 길가 우동집으로 들어갔다. 그 집은 초만원이라 아무리 기다려도 두 사람이 주문한 우동을 가져오지 않았다. 얼마 후 같은 탁자에 앉아 있는 노인에게만 우동을 가져왔다. 노인은 먼저 국물을 마시고는 우동을 먹기 시작했다. 그것을 보자 이규는

더 이상 참을 수 없어 사환에게,

"아니, 언제까지 기다려야 하는 거야!"

하고 소리를 지르며 식탁을 쾅쾅 두들겼다. 그러나 노인의 우동 그릇이 넘어져 뜨거운 국물이 노인의 얼굴에 튀겼다. 노인이 화가 나서 이규에게 덤벼들자 이규도 주먹을 휘둘러 노인을 때리려고 했다. 대종은 당황하여 두 사람을 말렸다. 그러자 노인이 말했다.

"나도 강연장에 늦어질까 봐 서둘고 있소."

대종이 이 말을 귀담아 듣고는,

"강연이라니, 누가 강연을 하는 겁니까?"

"이 계주부 구궁현九宮縣의 이선산二仙山에서 나 진인羅眞人의 장생불사長生不死의 법법法에 대한 말씀이 있소. 그걸 들으러 가는 길이오."

하고 말했다.

대종은 혹시나 하고 공손승에 대해서 물어 보았다. 노인은 뜻밖에도 알고 있었다.

"지금은 청도인淸道人이라고 부르지요. 공손승은 속명이라 아는 사람이 별로 없소이다. 나 진인의 애제자지요."

대종이 노인에게 이선산으로 가는 길을 물어 곧 신행법을 사용하여 산기슭에 도착했다. 그곳에서 한 시골 아낙네를 만나 청도인의 집을 물으니 바로 옆의 초가집을 가리키면서 청도인은 지금 집 뒤뜰에서 단丹(장생불사의 약)을 캐고 있다고 가르쳐 주었다.

대종은 이규를 밖에서 기다리게 하고 안으로 들어가 소리쳤다. 그러자 안에서 백발의 노파가 나와서,

"누구요?"

하고 물었다. 대종이 대답했다.

"저는 대종이라는 사람으로 일청도인을 뵈러 산동에서 왔습니다."

"아들은 여행을 떠나 아직 돌아오지 않았소."

"중요한 용무로 꼭 뵙고 싶은데요."

"마침 집에 없으니 유감이구료. 용건은 내가 들었다가 전해 줄 수도 있는데."

"그럼 나중에 또 찾아뵙겠습니다."

대종은 할 수 없이 밖으로 나와 이규에게 말했다.

"이번에는 자네가 나설 차례야. 노파가 또다시 시치미를 떼고 아들이 집에 없다고 말하면 그땐 자네 솜씨를 보여주게. 그러나 노파에게 결코 상처를 입히게 해서는 안 돼."

이규는 두 자루의 도끼를 양쪽 겨드랑이에 끼고 집 안으로 들어가면서,

"야, 누구 없나? 이리 좀 나와!"

하고 호통을 쳤다.

노파가 깜짝 놀라 안에서 나왔으나 두 눈을 부릅뜬 이규를 보자 겁에 질려서,

"무슨 일로 오셨수?"

하고 물었다.

"나는 양산박의 흑선풍이다. 형의 명령으로 공손승을 맞으러 왔다. 두말 말고 내놓으면 괜찮지만 그렇지 않으면 이 집에 불을 질러 몽땅 태워 버릴 테다."

"그렇지만 이곳은 공손승의 집이 아닌데요. 이 집 주인은

청도인이라고 불러요."

"아무튼 그놈을 내놓으면 돼! 놈의 낯짝은 이미 알고 있으니까."

"그렇지만 여행을 떠나 아직 돌아오지 않았는데요."

이규는 갑자기 도끼를 들어 벽을 한 번 찍고 나서,

"자, 이래도 아들을 내놓지 않을 거야? 그렇다면 할맘구부터 찢어 죽일 테다!"

하고 도끼를 들어올렸다. 노파는 너무 놀라 뒤로 쓰러졌다.

그때 안에서 공손승이 뛰어나오며,

"무슨 짓이야!"

하고 호통을 쳤다. 대종도 뛰어와서 이규를 책망하고 노파를 안아 일으켰다. 이규는 도끼를 버리고 말했다.

"형님, 미안합니다. 이렇게라도 하지 않고서는 형님이 나타나지 않을 것 같아서 그랬으니 용서하십시오."

공손승은 두 사람을 안으로 안내했다. 대종은 송강이 고전하는 이야기를 상세히 말하고 도와 달라고 간청했다. 그러나 공손승은,

"앞으로 얼마 사시지 못할 홀어머니를 남겨 두고 갈 수는 없소. 그리고 스승인 나 진인께서 허락해 주지 않을 거요."

하고 좀처럼 속시원한 대답을 하지 않았다. 한참 입씨름을 한 끝에 겨우,

"나 진인께서 허락하면 가겠소."

하고 말하는 것이었다. 그렇다면 직접 담판을 하기로 하고 세 사람은 나 진인이 살고 있는 자허관紫虛觀(도교의 사당 이름)의 송학헌松鶴軒을 찾아갔다.

나 진인은 예상했던 대로 한 마디로 거절했다.

"일청—淸은 이미 속세에서 벗어나 장생의 비법을 배우고 있소. 이제 새삼 속세의 일에 관여한다는 것은 허락할 수 없소."

세 사람은 밤길을 걸어 힘없이 돌아왔다. 이규는 진인의 말을 한마디도 이해할 수 없었다. 대종이,

"거절당한 거야."

하고 말하자, 이규는 화를 내면서 얼굴을 붉히고,

"쳇! 이쪽은 먼 길을 고생하여 겨우 찾아냈는데 무슨 허튼 수작이람! 옳지, 내가 그 영감쟁이의 갓을 부숴 버리고 붙잡아 산꼭대기에서 동댕이쳐야지."

하고 말했다.

대종이 흘끔 노려보며,

"아니, 또 발이 못 박히고 싶어!"

하고 호통을 치자, 이규는 당황하여 말했다.

"아차! 뭐 잠깐 농담 좀 해본 겁니다."

그날 밤은 공손승의 집에서 묵었으나 이규는 밥도 먹지 않고 뭔가 골똘히 생각에 잠겨 있었다.

이규는 잠자리에 누워도 잠이 오지 않았다. 그는 날이 밝기 전에 살짝 일어나 옆에서 대종이 자고 있는 것을 확인하고는 소리가 나지 않게 가만가만 집을 빠져 나왔다. 다행히 하늘은 맑게 개어 달이 환히 비치고 별들이 총총히 빛나고 있었다.

그는 줄곧 산으로 올라가 쉽사리 자허관의 울타리를 뛰어넘을 수 있었다. 송학헌 안을 들여다보니 나 진인이 혼자 조

용히 앉아 경經을 읽고 있었다. 이규는 안으로 뛰어 들어가서 그의 머리를 겨냥하여 도끼를 내리쳤다. 나 진인은 푹 쓰러져 흰 피를 흘리며 죽어 버렸다.

"혜혜, 이놈은 과연 선인仙人의 수업을 쌓았나 보군. 흰 피를 흘리는 것을 보니. 자, 인젠 됐어. 이놈만 처치하면 이제 공손승도 군말이 없겠지!"

이규가 밖으로 나오려고 하는데 푸른 옷을 걸친 동자童子가 나타나 앞을 가로막았다.

"스승님을 죽이고 어딜 도망치는 거냐?"

"뭐 어째! 네놈도 한 대 먹어라!"

하고 도끼를 후려치니 동자의 목이 굴러 떨어졌다.

이규는 속이 후련하였다. 그는 급히 공손승의 집으로 돌아와 아직도 잠들어 있는 대종 옆에 살그머니 드러누웠다.

이윽고 날이 밝아 세 사람은 자리에서 일어나 아침 식사를 마치고 다시 진인에게 청을 드리러 가기로 했다. 이규는 입술을 깨물며 몰래 웃으면서 두 사람의 뒤를 따라갔다.

송학헌에 도착하여 안내를 청하니 동자가 나와서,

"진인께서는 지금 좌선坐禪을 하고 계십니다."

하고 말했다. 이규는 입을 딱 벌린 채 다물 줄을 몰랐다. 안으로 들어가니 과연 나 진인이 의자 위에 조용히 앉아 있었다. 이규는 속으로,

'아니 이럴 수가! 그렇다면 어젯밤에 나는 딴 사람을 죽였단 말인가?'

하고 생각했다.

"자네들은 또 뭣하러 왔는가?"

하고 진인이 물었다.

"부디 자비를 베풀어 주십사 하고 부탁을 드리려고 왔습니다."

하고 대종이 말하자, 진인이

"저 살갗이 검고 몸집이 큰 사나이는 누군가?"

하고 물었다.

"이 사람은 저의 의제義弟로 이규라고 부릅니다."

진인은 히죽 웃고 나서 말했다.

"사실은 공손승을 내주지 않으려고 했지만 이규라는 사나이의 얼굴을 보아 허락하겠네."

'이놈이 내 손에 죽음을 당할 것 같으니까 그런 허튼 소리를 하고 있구나!'

이규는 이렇게 생각했다.

"한데, 이왕 갈 거라면 빨리 가도록 하게. 내가 세 사람을 한꺼번에 고당주로 보내 주지."

'나 진인은 나의 신행법 이상의 굉장한 보행술을 알고 있나 보다!'

하고 대종이 생각하고 있는데, 나 진인이 세 장의 손수건을 가지고 세 사람을 절의 문 밖으로 데리고 나갔다. 그리고 우선 한 장의 빨간 손수건을 바위 위에 얹고는,

"일청, 여기 올라타 봐!"

하고 말했다.

공손승이 그 위에 올라타자 나 진인은 옷소매를 스치며 '에잇!' 하고 기합을 넣었다. 그 손수건은 곧 한 조각의 붉은 구름이 되어 공손승을 태운 채 훌쩍 하늘로 날아올랐다. 약

20장丈 남짓 올라갔을 때, 나 진인이 '멈춰!' 하고 말하자 그 구름은 멈춰 서서 움직이질 않았다.

이번에는 푸른 손수건을 펴서 대종을 태우고 '에잇!' 하고 외치자 그 손수건도 금세 한 조각의 푸른 구름이 되어 대종을 태운 채 하늘로 날아 올랐다. 그리고 그 빨간 구름과 파란 구름은 가마니만한 크기로 하늘을 빙글빙글 돌았다.

이번에는 나 진인이 흰 손수건을 바위 위에 깔고 어안이 벙벙한 이규를 불러 올라타라고 말했다.

이규가,

"장난은 그만해요. 떨어지기라도 하면 커다란 혹이 생길 테니까요."

하고 웃으면서 그 위에 올라탔다. 그러자 나 진인이 '에잇!' 하고 말하자 손수건은 곧 한 조각의 흰구름이 되어 날아 올랐다.

"앗! 위험해요! 내려 주세요!"

하고 이규가 외쳤다.

나 진인이 오른손을 번쩍 들어올리며 뭐라고 중얼거리자 빨간 구름과 파란 구름은 점점 아래로 내려왔다. 그러자 이규가 하늘에서 외쳤다.

"나 금방 오줌을 쌀 것 같아요! 내려 주지 않으면 머리 위에 갈길 거요!"

그러자 나 진인이 아래에서 말했다.

"우리는 속세를 등진 사람으로 너한테 원망을 받을만한 일을 한 기억이 없는데 어찌하여 지난 밤중에 나를 도끼로 내려쳤느냐? 게다가 동자까지 죽이고?"

"천만에, 그건 내가 아닙니다. 사람을 잘못 본 게 아닙니까?"

"나의 표주박을 두 조각 내는 데 그쳤지만 그 근성根性이 고약해. 좀 혼내 줘야겠다!"

나 진인은 이렇게 말하고 웃으면서 손짓하여 '가라!' 하고 말하자 곧 사나운 바람이 불어와 이규를 구름 속으로 휘몰아갔다.

바람과 비가 소리를 내면서 귓가를 스쳐가고 아래를 내려다보니 집도 숲도 사정없이 빨리 지나갔다. 이렇게 이규가 깜짝 놀란 나머지 얼이 빠져서 덜덜 떨고 있는데, 따르르 하고 큰 소리를 내더니 계주부의 관청 지붕 위로 떼굴떼굴 굴러 떨어졌다.

그러자 마침 등청해 있던 지사 마사홍馬士弘을 비롯한 여러 관리들은 갑자기 하늘에서 검고 커다란 사나이가 떨어져 내렸으므로 깜짝 놀라 즉시 꽁꽁 묶은 뒤,

"이놈은 악귀惡鬼임이 틀림없어."

하고는 대소변을 이규의 머리 위에 들이붓고 칼을 씌워서 사형수의 감방에 처넣었다.

그러자 이규가 전옥과 옥졸들에게,

"나는 나 진인의 수행원이다. 사소한 실수로 이런 벌을 받게 되었다. 나 진인께서 2, 3일 안으로 나를 맞으러 올 거다. 너희들이 나에게 허튼 수작을 한다면 그때는 한 놈도 남기지 않고 죽여 버릴 테다!"

하고 공갈과 협박을 했다.

이 고장에서는 나 진인을 살아 있는 신으로 추앙하고 있었

으므로 형리刑吏들은 그 말을 듣자 두려운 생각이 들었다. 그래서 갑자기 굽실거리면서 이규에게 술과 고기를 먹이고 목욕도 시켜 주었다.

한편 대종은 나 진인으로부터 이규의 처벌에 대한 이야기를 전해 듣고 걱정이 되어 날마다 진인에게 찾아가서,

"그놈은 어리석고 모자라 예의를 모르지만 근본은 정직합니다. 남에게 아부하지 않으며 욕심이 없을 뿐만 아니라 의리가 있습니다. 제발 용서해 주십시오."

하고 간청했다. 나 진인은 웃으면서,

"빈도는 이미 이 사람이 천상계天上界의 천살성天殺星의 무리라는 것을 알고 있었네. 곧 자네에게 돌려주겠네."

하고는 즉시 황건黃巾 역사力士를 불러 이규를 데려오도록 시켰다. 황건 역사는 잠시 후에 이규를 데려왔다. 이규는 나 진인 앞에 머리를 숙이며,

"제가 잘못했습니다. 앞으로 다시는 그런 짓을 하지 않겠습니다."

하고 빌었다. 그러자 나 진인은,

"이제부터 마음을 고쳐먹고 송 공명을 위해 힘써야 한다. 절대 그런 고약한 짓을 해서는 안 돼!"

하고는 다시 공손승에게 말했다.

"네가 배운 법술法術은 고렴의 것과 같다. 내가 지금 너에게 특별히 '오뢰천심五雷天心의 정법正法'이라는 법술을 가르쳐 줄 테니 그대로 행하거라. 그리하여 송강을 구하고 나라를 구하여 백성을 편안하게 하며 하늘을 대신하여 도道를 행하거라. 어머니에 대해서는 걱정 말고 가도록 해라. 내가

아침저녁으로 사람을 보내 돌봐드리겠다. 반드시 전에 배운 도심道心을 지니고 인욕人慾에 흔들리지 말며 너의 몸에 큰 일이 달려 있다는 것을 잊어서는 안 된다!"

이리하여 세 사람은 나 진인에게 작별 인사를 하고 산에서 내려왔다. 3, 40리쯤 가자 대종은 이 소식을 송강에게 알리기 위해 신행법을 사용하여 한 발 앞서가고 공손승과 이규는 뒤를 따랐다.

두 사람은 사흘 만에 무강진武岡鎭이라는 거리에 도착하여 숙소에 들었다.

이규는 공손승을 위해 먹을거리를 사러 거리로 나왔다. 그런데 많은 사람들이 떼를 지어 있었다. 가서 보니 키가 7척이 넘는 곰보 얼굴을 한 몸집이 큰 사나이가 30근은 되어 보이는 커다란 쇠망치를 휘두르고 있었다. 그는 그 쇠망치로 길바닥에 서 있는 액운의 근원이라는 돌기둥을 후려갈겨 가루로 만들었다. 옆에서 구경하던 사람들은 일제히 갈채를 보냈다.

이것을 본 이규는 잠자코 있을 수가 없어서 갑자기 그 쇠망치를 붙잡았다.

"뭐야? 너는 내 쇠망치로 무엇을 하려는 거야?"

하고 사나이가 호통을 치자, 이규가 대꾸했다.

"나도 좀 써 보겠다!"

"그럼 써 봐! 그 대신 잘 쓰지 못하면 주먹을 각오해!"

이규는 그 쇠망치를 받아 들어 가볍게 휘두르고 나서 조용히 내려놓았다. 그는 얼굴 하나 붉어지지 않았을 뿐만 아니라 가슴도 두근거리지 않았고 태연한 모습이었다. 사나이는

깜짝 놀라며 얼른 엎드려서,

"성함을 들려주십시오."

하고 말했다.

"자네 집은 어딘가?"

하고 이규가 물었다.

"바로 저깁니다."

하며 사나이는 이규를 자기 집으로 안내했다. 대장간이었다.

이 사나이의 말에 의하면 자기의 이름은 탕륭湯隆인데 아버지는 전에 연안부延安府의 지채관知寨官이었다고 했다.

그리고 아버지가 죽은 후 도박을 하다가 망해 지금은 거리로 와서 대장간을 하고 있다는 것이다. 그는 창술과 봉술에 능하고 온몸에 마마 자국이 있어 금전표金錢豹라는 별명을 갖고 있었다.

이규는,

'대장간 일은 산채에서도 필요하다. 그러니 어찌 이 사람을 데리고 가지 않을 수 있겠는가?'

하고 생각하여,

"나는 양산박의 흑선풍 이규라고 하네. 자네가 이런 곳에 처박혀 있어 봐야 뾰족한 수가 있겠나? 어때, 양산박에 들어갈 의향은 없나? 두령을 시켜 주겠네."

하고 권하자, 탕륭은,

"데리고 가 주십시오."

하고 기꺼이 응했다. 그리하여 두 사람은 곧 의형제를 맺어 이규가 형이 되고 탕륭이 동생이 되었다.

이규가 탕륭을 데리고 여관으로 돌아와 공손승에게 소개

하자 공손승도 기뻐했다. 이리하여 세 사람은 무강진을 떠나
고당주로 향하였다.

48. 시진의 구출

송강에게는 공손승이 고당주로 온 것이 백만의 원군援軍보다도 더 고마운 일이었다. 송강은 즉시 오학구와 공손승과 함께 작전을 세우고 이튿날 날이 밝기 전에 깃발을 앞세우고 북을 울리며 당당히 고당주로 쳐들어갔다.

지사 고렴은 이미 어깨의 상처도 나아 있었으므로 이 소식을 전해 듣고 곧 3백 명의 신병을 거느리고 여러 부장部將들과 함께 몸소 진두에 나와서 송강에게 욕설을 퍼부었다. 그리하여 송강이,

"저놈의 목을 자를 자가 어디 없느냐?"

하고 외치자, 화영이 말을 몰아 진지 앞으로 나섰다. 그것을 보고 고렴이,

"저 역적을 사로잡을 자가 어디 없느냐?"

하고 외치자 통제관統制官의 부대에서 설원휘薛元輝라는 부장部將이 쌍도雙刀를 들고 뛰어나와 화영과 몇 차례 겨루었다. 그리고 화영이 갑자기 말머리를 돌려 도망치자 설원휘가

곧 뒤쫓아왔다. 화영은 재빨리 뒤돌아 활을 당겼다. 설원휘가 그 화살을 맞고 말에서 굴러 떨어졌다. 양군이 일제히 함성을 질렀다.

말 위에서 이것을 보고 있던 고렴이 화가 머리끝까지 치밀어 구리 방패를 들고 칼로 세 번 두들기자 갑자기 신병대神兵隊 중에서 누런 먼지가 자욱이 일어나더니 천지가 온통 어두워졌다. 그리고 요란한 포효와 함께 늑대와 이리, 호랑이와 표범, 독사의 무리가 그 안에서 뛰어나왔다.

양산박의 군대는 금세 뿔뿔이 흩어졌다. 그때 공손승이 말 위에서 재빨리 보검을 빼들고 적군을 가리키면서 뭐라고 주문을 외더니 '얏!' 하고 기합을 넣었다. 그러자 한 줄기 금빛 햇살이 비치는가 싶더니 그 사나운 짐승과 독사의 무리가 우수수 진지 앞에 떨어졌다. 그것은 흰 종이를 호랑이나 표범의 모양으로 도려 낸 것이었다. 그리고 누런 먼지도 흩어지더니 다시 일어나지 않았다.

송강이 이때를 놓치지 않고 신호를 보내자 전군은 총공격에 들어갔다. 적은 금세 수라장이 되었다. 고렴은 간신히 신병을 이끌고 성 안으로 도망쳐 성문을 굳게 닫고는 성벽 밑까지 쳐들어간 송강의 군사를 향해 가시나무와 돌멩이를 빗발치듯 던졌다.

이리하여 송강은 군사를 이끌고 개가를 부르며 본진으로 돌아왔다. 그리고 공손승의 신기한 도술을 칭찬했다.

이튿날에도 송강의 군사는 사방에서 성을 포위하고 쳐들어갔으나, 고렴은 성문을 굳게 닫은 채 꼼짝도 하지 않았다.

공손승은 송강과 오용에게 말했다.

"적은 오늘 밤에 틀림없이 습격해 올 것입니다. 우리는 본진을 비우고 사방에 복병伏兵을 둡시다. 천둥 소리가 들리고 불이 나거든 그때 일제히 공격하도록 하십시오."

과연 그날 밤 열 시경에 고렴은 3백 명의 신병에게 화약을 채운 철호리병을 등에 매게 한 뒤 성문을 나섰다. 그리고 송강의 본진 가까이 접근해서는 요술을 부렸다. 그러자 금세 검은 연기가 하늘로 치솟고 광풍이 일더니 모래를 날리고 돌이 굴렀다. 3백 명의 신병들은 각자 철호리병 주둥이에 불을 붙이고 소리 높이 갈대피리를 불면서 검은 연기가 뭉게뭉게 피어오르는 가운데 일제히 송강의 본진으로 쳐들어갔다.

이때 이쪽 언덕 위에서 공손승이 칼을 들고 주문을 외자 갑자기 텅 빈 본진 속에서 우레 소리가 요란하게 났다. 3백 명의 신병들은 당황하여 도망치려고 했으나 아무도 없는 진지에서 불이 나더니 온통 불바다가 되었다. 그리하여 고렴의 신병들은 탈출구가 막히고 말았다. 이때 사방에서 복병이 일제히 쳐들어가 3백 명의 신병을 하나도 남김없이 몰살시켰다.

고렴은 겨우 30여 명의 기병을 이끌고 도망치다가 임충의 군사에게 쫓겨 8, 9명의 기병과 함께 성 안으로 들어갔고 나머지는 모두 임충의 군사에게 사로잡혔다.

이튿날에도 송강은 공격을 계속했다. 고렴은 드디어 동창부東昌府와 구주부寇州府에 사자를 보내어 원군을 청하기로 했다. 두 사람의 사자가 한쪽의 혈로血路를 열고 나가는 것을 본 양산박의 두령들은 뒤쫓아가려고 했으나 오용이 이를 말리고 일부러 도망치게 했다. 그리고 대종을 양산박으로 급히 보내어 곧 원군을 요청했다.

한편 고렴은 원군이 오기를 하루가 천년같이 기다리고 있었다. 며칠이 지나자,

"송강의 진지에서 갑자기 동요하는 기세가 보입니다."

하고 척후병이 알려 왔다. 고렴이 성루城樓로 올라가 보니 대부대가 뿌연 흙먼지를 일으키면서 양쪽에서 진격해 오는가 싶더니 성을 포위하고 있던 양산박의 군사가 뿔뿔이 흩어져 도망치고 있었다. 고렴은 원군이 온 것으로 생각하고 성문을 연 뒤 성 안의 군사를 이끌고 총공세를 개시했다.

고렴이 송강의 진지 앞까지 진격하자 송강, 화영, 진명, 단 세 사람만이 말을 타고 좁은 지름길로 도망치고 있었다. 이것을 본 고렴은 필사적으로 추격했다. 그때 갑자기 산의 배후에서 연주포連珠砲 소리가 들려 왔다. 고렴이 '아뿔싸' 하고 급히 말머리를 돌리려고 할 때 양쪽에서 징소리가 울리더니 왼쪽에서 여방, 오른쪽에서 곽성이 각각 5백 명의 군사를 이끌고 쳐들어왔다.

"적의 계략에 걸렸구나!"

하고 고렴은 허둥지둥 도망치다가 부하의 태반을 잃었다. 간신히 성벽 근처까지 와서 문득 위를 쳐다보니 성 위에서 나부끼고 있는 것은 모두가 양산박의 깃발이었다. 원군으로 알았는데 다름 아닌 송강의 군사였던 것이다. 고렴은 할 수 없이 패잔병을 이끌고 산속 깊숙한 오솔길로 도망쳤다. 10리도 못 갔는데 산 뒤에서 손립이 이끄는 일대가 나타나더니 길을 가로막으며 말했다.

"아까부터 네놈이 오기를 기다리고 있었다. 자! 순순히 말에서 내려 어서 포박을 받아라!"

고렴이 뒤돌아가려고 하자 그곳에는 주동이 이끄는 일대가 나타났다. 고렴은 양쪽에서 협공을 당하여 도망칠 길이 없게 되자 결국 말을 버리고 산 위로 도망쳤다. 그러자 사방에서 일제히 고렴을 뒤쫓았다. 고렴은 당황하여 주문을 외며 '에잇!' 하고 외치더니 한 조각의 검은 구름을 타고 산꼭대기를 향해 올라갔다.

그것을 본 공손승이 말 위에서 칼을 들어 하늘을 가리키면서 주문을 외며 '얏!' 하고 기합을 넣자 고렴은 곧 구름 위에서 거꾸로 떨어졌다. 이때 뇌횡이 고렴에게 달려들어 단칼에 두 동강을 냈다.

양산박의 군사는 모두 고당주에 입성했다. 송강은 죄 없는 백성을 해쳐서는 안 된다고 엄명을 내리고 사형수의 감방으로 시진을 구하러 갔다. 그런데 감옥에는 전옥과 옥졸들은 모두 도망치고 4, 50명의 죄수만 남아 있을 뿐이었다. 그들 가운데 시진의 모습은 보이지 않았다. 시 황친柴皇親의 유족과 시진의 가족들은 모두 수감되어 있었으나 시진의 행방만은 알 수 없었다.

그래서 고당주의 전옥과 옥졸들을 불러 모아 이 잡듯이 조사한 결과 인인藺仁이라는 전옥이 사실을 털어 놓았다. 그는 사흘 전에 지사로부터 시진을 처형하라는 엄명을 받았으나 시진의 인품이 고귀하여 감히 손을 대지 못하고,

"이미 병으로 죽었습니다!"

하고 보고한 뒤 지사가 사람을 보내 알아보면 반드시 발각되어 문책을 받을까봐 어제 몰래 감옥 뒤 우물 속에 칼을 벗기고 숨겨 두었다는 것이다. 지금은 죽었는지 살았는지 알 수

가 없다고 했다.

송강은 황급히 인인의 안내를 받아 그 낡은 우물로 가서 들여다보았으나 속이 컴컴하여 아무것도 보이지 않았다. 위에서 시진을 불러 보았으나 물론 대꾸도 없었다. 밧줄을 내려 길이를 재어 보니 약 80척 내지 90척쯤 되었다.

"시 대인은 이제 가망이 없어."

하고 송강은 눈물을 흘렸다. 이때 옆에 있던 오용이,

"너무 걱정하지 마십시오. 누가 내려가서 한번 살펴보는 것이 좋겠습니다."

하는 말이 떨어지기도 전에 이규가 불쑥 나서서 외쳤다.

"내가 들어가지!"

"그래, 자네 때문에 일어난 일이니 죄지은 것에 보답을 해야지. 이런 일은 식은죽 먹기야! 그렇지만 밧줄을 끊어서는 안 돼?"

"잔말이 많구나!"

오용은 이렇게 말하고 커다란 대바구니에 길게 밧줄을 매고 우물 위에 나무를 걸친 다음 도르래를 달아 밧줄을 걸었다.

이규가 알몸이 되어 두 자루의 도끼를 든 채 대바구니 속에 들어가자 바구니를 우물 속으로 내려 보냈다. 그리고 밧줄에는 구리 방울을 두 개 달았다.

바구니가 우물 바닥에 닿자, 이규는 바구니 안에서 손으로 바닥을 더듬기 시작했다. 제일 먼저 손에 닿은 것은 사람의 해골이었다.

"쳇, 재수 없게!"

이번에는 다른 쪽을 더듬어 보았다. 그곳은 물이 고여 있

94 수호지(하)

었고 발 디딜 곳이 없었다. 그래서 두 자루의 도끼를 바구니 속에 넣고 양손으로 더듬기 시작했다. 밑바닥은 의외로 넓었다. 이윽고 손끝에 사람의 머리가 닿았는데 물구덩이 속에 웅크리고 있었다. 이규는 '시 대인!' 하고 불러 보았으나 대답이 없었다. 그래서 흔들어 보니 가느다란 신음 소리를 내는 것 같았다.

"하느님, 감사합니다! 아직 맥이 뛰고 있는 것 같아!"

이규는 곧 바구니의 방울을 울렸다. 모두들 밧줄을 당겨 끌어올렸으나 올라온 것은 이규 한 사람뿐이었다. 이규가 자세히 밑바닥 상황을 이야기하자, 송강이 말했다.

"자네가 다시 한 번 내려가 주게. 먼저 시 대인을 바구니 속에 넣어서 끌어올린 다음 다시 바구니를 내려 자네를 끌어 올리도록 할 테니까."

"형님, 한마디만 하겠습니다. 나는 계주에서 두 번이나 놀림을 받았어요. 세 번째는 싫어요!"

"누가 여기서 자네를 놀리겠나? 그러지 말고 내려가 줘."

하고 송강이 말하자 이규는 어쩔 수 없이 다시 바구니를 타고 우물 속으로 내려갔다. 밑바닥에 닿은 이규는 바구니에서 내려 시진을 그 속에 앉히고 방울을 울렸다. 위에서는 곧 바구니를 끌어올렸다. 시진의 몸은 온통 상처투성이였고 보기에도 처참했다. 곧 의원을 불러 치료하도록 했다.

그러자 이규가 우물 속에서 고래고래 고함을 질렀다. 송강은 곧 바구니를 내려서 그를 끌어올리라고 했다. 이규는 올라오자마자,

"당신네들은 역시 나쁜 사람들이군! 어째서 바구니를 빨

리 내려서 나를 구해 주지 않았어?"

"미안, 미안. 시 대인에게 정성을 쏟다 보니 자네를 그만 잊었었네."

이리하여 시진을 수레에 태워 한 발 앞서 양산박으로 보내고, 고렴 일가의 남녀노소 약 3, 40명을 모조리 처형했다.

그리고 고당주의 창고에 들어 있던 금은과 곡물, 그리고 고렴의 사재私財를 모두 수레에 싣고 양산박을 향해 개선의 길에 올랐다.

49. 도둑맞은 금갑옷

이윽고 고당주의 함락과 지사 고렴의 피살 소식이 경도京都에 알려졌다. 고 태위는 자기의 사촌 동생이 피살되었다는 소식을 듣고 즉시 양산박으로 토벌군을 출동시킬 것을 천자에게 주청했다. 도군道君 황제는 깜짝 놀라 즉시 칙서를 내려 고 태위의 주청대로 여령군汝寧郡 도통제都統制 호연작呼延灼을 정토군征討軍 총사령관으로 임명했다.

이 사람은 송조宋朝를 일으킬 때의 명장 호연찬呼延贊의 직계 자손으로 두 자루의 창을 들면 천하에 그를 당할 자가 없는 용사였다. 그리고 그의 밑에는 용장과 맹졸猛卒들이 구름 떼처럼 모여 있었다.

호연작은 칙명勅命을 받고 급히 도성으로 올라와 천자를 뵈었다. 천자는 믿음직스러운 호연작의 풍모를 보고는 '척설오추踢雪烏騅'라고 불리는, 하루에 천리를 달리는 명마名馬를 내주었다. 몸 전체가 먹처럼 검고 네 말굽만 눈처럼 희기 때문에 이런 이름이 붙여진 것이다.

호연작은 부장副將으로 진주 단련사陳州團練使인 한도韓滔와 영주 단련사潁州團練使인 팽기彭玘를 추천했다. 한도는 대추나무로 자루를 만든 창을 사용하여 백승百勝 장군이라고 불리는 명장이고, 팽기는 쌍날칼을 사용하여 천목天目 장군이라고 불리는 맹장이었다.

이렇게 반달 사이에 천하의 정예 부대를 동원하여 기병 3천, 보병 5천의 대부대가 편성되고 선봉장으로는 한도를, 중군中軍의 주장主將은 호연작, 후군後軍은 팽기를 임명하여 위세를 떨치며 양산박으로 향하였다. 양산박에서는 일찍부터 이것을 알고 만반의 준비를 갖추고 있었다. 때는 겨울이었지만 봄날처럼 따뜻했다.

관군의 선봉대가 도착하여 양군이 진을 치자 한도가 진지 앞으로 나서서 싸움을 걸어 왔다. 양산박의 제 1진의 지휘자는 서로 20여 차례 겨루다가 한도가 쩔쩔매며 도망치려고 했다. 이때 뒤에서 중군의 주장 호연작이 도착하여 한도 대신 진명과 싸웠다. 그러자 양산박 쪽에서도 제 2진의 임충이 진명을 대신하여 호연작과 맞서, 두 사람은 약 50여 차례 겨뤘으나 승부가 나지 않았다.

이것을 본 제 3진의 화영은 임충을 불러들이고 창을 휘두르면서 뛰어나갔다. 그때 관군의 후군도 도착하여 팽기가 호연작을 대신하여 화영과 20여 차례 겨뤘다. 팽기가 위태롭게 되자 호연작이 말을 몰아 화영에게 덤벼들려고 하였다. 그러나 제 4진의 일장청 호삼랑이 나타나 화영과 교대로 팽기와 승부를 겨뤘다. 이 두 사람이 겨루는 사이 양산박의 제 5진은 손립을 선두로 도착하여 말을 멈추고 두 사람의 싸움을 지켜보았다. 한쪽은 대검大劍, 한쪽은 쌍도로 20여 차례 겨룬 뒤, 일장청은 재빨리 칼을 멈추고 말머리를 돌려 달아나려고 했다. 이때를 놓칠세라 팽기가 도망치는 일장청의 뒤를 쫓으니 일장청은 재빨리 24개의 갈퀴가 달린 밧줄을 꺼내어 뒤로 돌면서 휙 던졌다. 그리하여 팽기는 말 위에서 끌려 내려와 곧 손립의 군사에게 사로잡히고 말았다.

이것을 본 호연작은 화가 치밀어 일장청을 단숨에 삼키려는 기세로 덤벼들어 십여 차례 겨뤘으나 승부가 나지 않았다. 호연작은 속으로,

'계집인 주제에 제법이구나.'

하고 혀를 내둘렀다. 이윽고 손립은 일장청을 본진으로 불러들이고 호연작과 30여 차례 겨뤘으나 역시 승부가 나지 않았다.

보다 못한 한도는 후군을 이끌고 일제히 쳐들어왔다. 송강은 열 명의 두령을 내세워 양면에서 협공하여 단번에 격파하려고 했으나 여의치 않았다. 호연작에게는 '연환마連環馬'라는 독특한 전술이 있었기 때문이다. 이것은 사람과 말이 모두 철갑을 걸치고 기병 30명이 쇠고리로 결합되어 멀리 있는 적에게는 활을 쏘고 가까운 적에게는 창을 사용하여 돌격하는 전법이었다. 용감한 양산박 군도 여기에는 어쩔 도리가 없었으므로 그날의 싸움은 실패로 끝났다.

송강은 포로가 되어 온 팽기를 맞아 손수 밧줄을 풀고 깊이 무례함을 사과했다. 팽기는 의리가 두텁고 인정이 넘치는 송강의 태도에 탄복하여 양산박을 위해 목숨을 바칠 것을 맹세했다.

이튿날 송강이 후군의 두령 열 명을 거느리고 멀리 적진을 바라보니 천여 명의 보병은 이쪽의 도전에는 응할 생각도 하지 않고 있으며 좀처럼 움직일 기미조차 보이지 않았다. 그리하여 이상하게 생각하고 있는데 갑자기 연주포가 울리더니 천여 명의 보병이 재빨리 양쪽으로 갈라서고 그 사이로 3천의 연환기병連環騎兵이 일제히 쳐들어왔다. 양쪽에서는 마구 활을 쏘아 대고 중앙에서는 창을 휘두르면서 일제히 돌진해 왔으므로 이쪽에서는 미처 막을 겨를도 없었다. 금세 산과 들은 연환기병으로 메워져 단숨에 양산박 군사를 공격해 왔다.

양산박 군사들은 뿔뿔이 흩어졌고 송강은 열 명의 두령들에게 간신히 호위를 받으며 배를 타고 수채水寨로 돌아왔다. 잠시 후 석용, 시천, 손신, 고대수 등이 적에게 쫓겨서 도망쳐 왔다. 인원을 점검해 보니 기병의 태반을 잃었고, 다행히 두령은 전사자가 없었지만 임충, 뇌횡, 이규, 석수, 손신, 황신 등 여섯 두령은 몸에 화살을 맞았고 병사의 부상자는 헤아릴 수 없이 많았다.

대승리를 거두어 기분이 흐뭇해진 호연작은, 포술砲術의 대가로 굉천뢰轟天雷라고 불리는 능진凌振의 파견을 조정에 요청했다. 그리하여 동경에서 올라온 능진은 즉시 풍화포風火砲, 금륜포金輪砲, 자모포子母砲라고 불리는 세 대포를 장치하고 발포할 준비를 서둘렀다.

양산박에서는 이것을 진작부터 알고 있었으나 대수롭지 않게 생각했다. 그런데 잇따라 세 발을 쏜 화포의 세 번째 탄알이 압취탄鴨嘴灘의 소채小寨에 명중하자 송강을 비롯한 두

령들은 모두 어쩔 줄을 몰라 했다. 오학구는,

"능진을 물가로 유인하여 사로잡는 것밖에는 방법이 없소."

하고는 우선 수군水軍의 여섯 두령들에게 계략을 지시했다.

그리하여 이준과 장횡은 4, 50명의 부하를 이끌고 몰래 맞은편 기슭의 포가砲架로 다가가서 이것을 뒤집어엎었다. 이 소식을 전해들은 능진은 천여 명의 군사를 이끌며 이준의 군사를 뒤쫓아 물가에 이르니 갈대숲에는 40여 척의 작은 배가 일렬로 서 있었고 배에는 백여 명의 수군이 있었다. 이준의 군사들은 일부러 배를 젓지 않고 있다가 능진의 군사가 다가오는 것을 보고는 함성을 지르며 물 속으로 뛰어들었다. 그때 맞은편 기슭에서 주동, 뇌횡 등이 일제히 함성을 질렀다. 능진은 마침 그곳에 40여 척의 작은 배가 나란히 매어 있었으므로 그것을 빼앗아 천여 명의 군사를 일제히 배에 올라타게 했다. 그러자 맞은편 기슭에 있던 주동과 뇌횡이 함성을 질렀고 물 속에 숨어 있던 4, 50명의 수군들은 배의 선미船尾에 달린 비상전非常栓을 모조리 빼 버려 물이 한꺼번에 배 안으로 흘러들었다. 이때를 놓칠세라 배를 모조리 뒤집어엎으니 능진을 비롯한 천여 명의 병사들이 모두 물에 빠졌고, 죽지않은 자는 모조리 포로가 되었으며 능진도 완소이에게 잡혀 꽁꽁 묶여서 산으로 끌려왔다.

송강은 능진을 보자 몸소 밧줄을 풀어 주며 무례를 사과했다. 먼저 항복한 팽기가 옆에서 설득했으므로 능진도 감격하여 합세하게 되었다.

한편 양산박의 진영에서는 어떻게 하면 연환마의 전술을

무찌르냐가 문제였다. 오용도 골똘히 생각해 보았으나 뾰족한 방법이 없었다. 이때 탕륭이 앞으로 나오며 말했다.

"연환마의 전술을 무찌르려면 구겸창鉤鎌鎗이 제일입니다. 우리집에서는 조상 대대로 무기를 만들어 왔습니다. 그 창의 도본圖本이 있으니 저도 만들 수 있을 것입니다. 다만 만들 줄은 알지만 사용할 줄을 모릅니다. 이 구겸창을 사용할 줄 아는 사람은 오직 저의 이종 사촌 형뿐입니다. 그는 무예 사범을 하고 있는데 구겸창의 사용법은 대대로 전해 내려오는 하나의 비법祕法이라 다른 사람에게는 절대 가르쳐 주지 않습니다."

이 말을 듣고 임충이 말했다.

"아니 금창반金鎗班의 사범이라면 그분은 서령徐寧이 아닌가?"

"그렇습니다."

"그래, 내가 잊고 있었군. 저 서령의 금창법과 구겸창법은 천하의 일품이었어. 그렇지만 그를 산으로 끌어들이기는 좀 어려운 일일 텐데."

"서령의 집에는 조상 대대로 전해 내려온 가보家寶가 있습니다. 그것은 '새당예賽唐猊'라는 금갑옷으로 서령은 그것을 목숨보다도 소중히 여겨 가죽으로 된 궤 속에 넣어 침실 대들보에 매달아 놓고 있습니다. 우선 그 갑옷을 어떻게든 이곳으로 가져온다면 서령도 오지 않을 수 없을 것입니다."

이 말을 듣자 오용은 무릎을 탁 치며 곧 닭 도둑 시천을 불러 그 갑옷을 훔쳐 오도록 명령했다. 악화, 탕륭 등도 각각 오용의 계략을 지시받고 뒤이어 산을 내려갔다.

시천은 동경에 도착하여 곧 서령의 집을 찾아냈고 주위의 형편을 살폈다. 그리하여 이웃 사람들로부터 언제나 서령이 저녁 늦게야 돌아오고 새벽에 출근한다는 것도 알아냈다.

이윽고 날이 저물었다. 겨울이라 추위가 심했는데, 그날 밤은 달도 비치지 않았다. 서령의 집 옆에 있는 토지묘土地廟에는 커다란 삼나무가 자라고 있었다. 시천은 그 나무에 올라가 형편을 살피기로 했다. 이윽고 서령이 관청에서 돌아와 집으로 들어갔다. 북소리가 여덟 시를 알리고 주위는 조용했다. 시천은 나무에서 내려와 서령의 집 뒷문으로 가서 무난히 울타리를 뛰어넘었다. 안에는 조그마한 뜰이 있었고 부엌에서는 두 하녀가 뭔가 부지런히 치우고 있었다. 시천은 버팀목 기둥을 거쳐 2층 문 밖까지 올라가 안을 들여다보았다. 화로를 사이에 두고 서령이 아내와 마주 앉아 무릎에 6, 7세쯤 되어 보이는 아이를 앉히고 불을 쬐고 있었다. 시천이 침실 쪽을 바라보니 그 대들보 위에는 과연 가죽으로 된 커다란 궤가 매달려 있었다.

열 시가 지났을 무렵 서령은 준비를 단단히 하고는,

"내일은 천자께서 용부궁으로 행차하시는 날이니 새벽 일찍 집을 나가야 해. 너희들은 세 시에 일어나 아침 식사를 준비하도록 해라."

하고 하녀에게 명했다.

이윽고 부부는 잠자리에 들었다. 두 하녀도 탁자 위의 등불을 하나만 켜놓고 잠자리에 들더니 한낮의 피로로 금세 코를 골기 시작했다.

시천은 아래로 미끄러져 내려와 호주머니에서 갈대를 꺼

내 창 틈에 꽂은 다음 입김을 불어 등불을 껐다. 그리고 새벽
세 시경까지 그곳에 엎드려 있었다.

세 시쯤 되자 서령이 일어나 하녀를 깨웠다. 하녀들은 벌
떡 일어나며 말했다.

"어머, 어떡하지. 등불이 꺼졌어."

"얼른 등불을 켜면 되잖아."

서령이 이렇게 책망하자 한 하녀가 방문을 열고 계단을 내
려갔다. 시천은 재빨리 기둥을 타고 내려와 뒤쪽 컴컴한 곳
에 몸을 숨겼다. 이윽고 하녀가 뒷문을 열고 나가자 재빨리
부엌으로 들어가 탁자 밑에 숨었다. 하녀가 돌아와 문을 닫
고 부뚜막에다 불을 켜 놓았다.

얼마 후에 서령이 식사를 마치고 밖으로 나갔다. 두 하녀
가 등불을 켜고 서령을 대문까지 전송했다. 그 사이 시천은
탁자 아래에서 2층으로 올라가 격자格子를 타고 대들보에 올
라가 몸을 숨겼다. 하녀들은 대문을 닫고 2층으로 돌아와 옷
을 벗더니 다시 잠자리에 들었다.

시천은 하녀들이 잠들자 대들보 위에서 갈대를 사용하여
탁상 위의 불을 다시 끄고 가죽 궤를 대들보에서 살짝 벗겼
다. 그리고 아래로 막 내려오려는데 서령의 아내가 이상한
소리에 잠이 깨어 하녀들을 불렀다.

"아니, 천장에서 무슨 소리가 나지 않았니?"

시천은 얼른 쥐 소리를 냈다.

"마님, 쥐예요. 쥐가 설치고 있는 거예요."

시천은 계속 쥐 소리를 내면서 가죽 궤를 메고 아래로 내
려와 무사히 집을 빠져 나왔다.

시천이 동경의 성문을 나선 것은 아직 날이 밝기도 전이었다. 시천은 발길을 재촉하여 40리 남짓 간 뒤 어느 음식점으로 들어갔다. 시천이 밥을 먹고 있는데 손님 한 사람이 들어왔다. 대종이었다. 두 사람은 몰래 의논한 뒤 시천이 가죽 궤를 열고 안에서 금갑 옷을 꺼내 보자기에 쌌다. 대종은 그것을 등에 메고 신행법을 이용하여 양산박으로 달려갔다.

시천은 식사를 마친 뒤 빈 가죽 궤를 메고 음식점을 나섰다. 20리쯤 갔을 때 시천은 탕릉을 만났다. 그리하여 두 사람은 술집으로 들어가서 경과를 이야기했다.

그리고 탕릉은 시천과 헤어져 동경성 안으로 들어갔다.

한편 서령의 집에서는 아침에 일어나 보니 아래층 중문과 바깥문은 닫혀 있는데 2층 입구의 문이 열려 있었으므로 혹시나 하고 이곳저곳을 살펴보았다. 이윽고 여주인과 하녀들은 대들보에 매달아 놓은 갑옷 궤가 보이지 않자 모두들 깜짝 놀랐다. 밥도 제대로 먹지 못한 채 가시 방석에 앉은 심정으로 서령이 돌아오기만을 기다렸다.

저녁때 집에 돌아온 서령은 이 사실을 알고 머리끝에서 발끝까지 화를 내며 어쩔 줄을 몰라 했다.

"다른 것은 아무래도 좋다. 그 갑옷은 조상 대대로 전해 내려온 보물이야. 왕 태위王太尉님이 3만 냥에 팔라고 해도 팔지 않았던 거다. 싸움에 나설 때 쓰려고 소중이 간수해 두고 남들이 보여 달라고 해도 거절했는데, 이제 와서 도둑을 맞았다고 떠들어대면 남들의 웃음거리만 살 것이 뻔하지 않겠느냐?"

서령은 그날 밤 한 잠도 자지 못하고 이튿날도 울적한 기분으로 집 안에 틀어박혀 있었다.

아침 식사 때 대문을 두드리는 소리가 들리더니 하인이 들어와서,

"연안부의 탕 지채湯知寨의 아들 탕륭이라는 분이 찾아오셨습니다."

하고 알려 왔다.

서령은 곧 객실로 안내하라고 지시했다.

"형님, 그동안 안녕하셨습니까?"

하고 탕륭이 인사를 하자,

"아저씨가 돌아가셨다는 말은 들었으나 관청 일이 바쁜데다가 워낙 거리가 멀어서 조문도 못 가 실례가 많았네. 그래 자네는 지금 무엇을 하고 있나?"

"아버지가 돌아가신 후로는 일이 제대로 되지 않아 사방을 떠돌아다니고 있습니다. 이번에는 산동에서 오는 길입니다."

"그럼 천천히 집에서 쉬도록 하게."

하고 서령은 술상을 차려 오게 했다.

탕륭은 보따리 속에서 무게가 20냥쯤 되는 연금延金 두 자루를 꺼내며 말했다.

"돌아가신 아버지께서 이것을 형님께 유품으로 남기셨습니다. 받아 두십시오."

"이거 미안해서 어떻게 하지? 나는 생전에 별로 해드린 것도 없는데."

두 사람은 술을 나누다가 탕륭이 서령의 우울한 얼굴을 보고는,

"형님, 무슨 걱정거리라도 있습니까?"

하고 물었다.

"실은 어젯밤에 도둑놈이 집에 들어왔다네."

하고 서령이 말했다.

"뭐라구요! 그래 뭘 훔쳐 갔습니까?"

"응, 조상으로부터 대대로 물려받은 금갑옷을 훔쳐 갔다네."

"아니, 그 보물을요? 어디다 놓아두었었는데요?"

"가죽 궤에 넣어서 대들보에 매달아 놓았었네."

"가죽 궤라구요? 어떻게 생긴 겁니까?"

"붉은 양가죽 궤라네."

"붉은 양가죽 궤라. 그럼 혹시 흰 실로 수를 놓고 푸른 구름 모양의 불구佛具가 그려졌으며 안에는 사자獅子가 공을 굴리는 무늬의 궤인가요?"

"아니, 자네는 어디서 그걸 봤나?"

"어젯밤 성에서 40리쯤 떨어진 마을 어느 선술집에서 한 잔 마시고 있는데 눈이 날카롭고 살결이 검은 깡마른 사나이가 그걸 메고 있는 것을 보았습니다. 무엇을 넣는 궤냐고 물어보니 본래는 갑옷을 넣는 궤였지만 지금은 옷을 넣는다고 말했습니다. 바로 그놈이에요. 다리를 절뚝거리고 있었습니다. 곧 쫓아가 보지 않으시겠습니까?"

"고맙네, 그렇게 하세."

하고 서령은 말했다. 두 사람은 곧 동곽문東郭門을 나와 발길을 재촉했다. 이윽고 저쪽에 선술집이 보였고 벽에는 흰 동그라미가 그려져 있었다. 탕룽이 멈춰 섰다.

"여기서 한잔 하면서 몇 마디 물어 봅시다."

탕륭은 안으로 들어가서 주인에게 물었다.

"잠깐 묻겠는데, 눈이 날카롭고 살결이 검으며 깡마른 사나이가 붉은 양가죽 궤를 메고 이곳을 지나가지 않았소?"

"네, 그런 사나이가 지나갔습니다. 다리를 절뚝거리지요?"

"그것 보세요, 형님."

하고 탕륭이 말했다. 서령은 말도 나오지 않았다.

두 사람은 술값을 치르고 얼른 밖으로 나왔다. 이윽고 다시 저쪽에 있는 여관이 보였고 그 벽에도 흰 동그라미가 그려져 있었다. 탕륭은 또 멈춰 섰다.

"형님, 저는 발이 아파서 걸을 수 없습니다. 오늘 밤은 이곳에서 묵고 내일 아침에 쫓아가기로 합시다."

"그렇지만 나는 관리의 신분으로 아침 점호點呼에 나타나지 않으면 책망을 듣네."

"뭐, 그런 걱정은 할 필요 없잖아요. 누이가 알아서 잘해 주겠지요."

그리하여 그곳 사환에게 물어 보니 그가 대답했다.

"어젯밤에 눈이 날카롭고 살결이 검은 깡마른 사나이가 우리집에 묵었는데 오늘 정오 가까이까지 잠을 자다가 떠났습니다. 산동으로 가는 길을 묻던데요."

"그렇다면 문제없이 쫓아가 잡을 수 있습니다."

하고 탕륭이 말했다.

두 사람은 그날 밤 그곳에서 묵고 이튿날 날이 밝기 전에 일어나 숙소를 떠났다. 탕륭은 벽에 흰 동그라미가 그려져 있는 술집과 음식점에 들러 마시고 먹으면서 붉은 가죽 궤를 가지고 가는 사람에 대해 물으니 어디서나 같은 대답을 하는 것이었다. 서령은 갑옷을 되찾고 싶은 일념에서 오직 탕륭만을 따라다녔다.

이윽고 날이 저물 무렵 두 사람은 낡은 사당이 있는 곳에 이르렀는데 그 앞의 나무 아래서 시천이 궤를 내려놓고 쉬고 있는 것이 보였다. 탕륭이 말했다.

"옳지, 바로 저놈입니다!"

서령은 당장에 시천에게 덤벼들어 그의 멱살을 잡았다.

"이놈 내 갑옷을 내놔라!"

"쉿! 떠들지 말아. 내가 갑옷을 훔치긴 했지만 그게 어쨌다는 거야?"

"쳇, 도둑놈이 사납다더니 네놈을 두고 하는 말이구나!"

"흥! 그 궤를 열어 봐라, 갑옷이 들어 있나."

서령이 열어 보니 과연 안은 비어 있었다.

"이놈아! 갑옷을 어떻게 했느냐?"

"그렇게 흥분하지 말고 내 말을 들어 봐. 나는 장일張一이라는 태안주泰安州 사람이야. 그곳 어떤 부자가 노충경략상공을 가까이 하고 싶어서 선물로 당신의 갑옷을 보내려고 했는데 돈으로는 팔지 않는다는 거야. 그래서 나와 이삼李三이라는 작자와 둘이서 훔쳐 오면 만 냥을 주겠다고 하잖아. 돈이 욕심나서 훔치긴 했지만 재수없게도 나는 당신의 집 기둥에서 떨어져 발을 삐어 제대로 걸을 수가 없게 되었지. 그래서 이삼에게 갑옷을 주어 한 발 앞서가게 했기 때문에 여기는 빈 궤만 남아 있는 거야. 괘씸하면 관청에 고발해. 나는 죽어도 갑옷 있는 곳을 밝힐 수는 없으니까. 그러나 만일 나를 용서해 준다면 함께 가서 찾아 줄 수는 있지."

서령은 망설였으나 탕륭이 그와 함께 갑옷을 찾으러 가는 것이 좋겠다고 말했으므로 그렇게 하기로 하고, 그날 밤은 시천을 감시하면서 함께 여관에서 묵었다. 시천이 일부러 발을 천으로 동여매고 다리를 저는 체하고 있는 것을 서령은 물론 알지 못했다.

이튿날 아침 일찍 세 사람은 숙소를 나와 길을 재촉했다.

서령은 몹시 초조했다.

또 하루가 지나서 세 사람이 길을 가고 있는데 네 필의 말이 이끄는 빈 수레가 그들에게 다가오더니 수레 안에서 행상行商을 하는 듯한 사나이가 탕륭에게 소리를 질렀다. 탕륭이 물었다.

"아니, 당신이 어떻게 여기에 왔소?"

"정주鄭州까지 장사하러 갔다가 태안주로 돌아가는 길이라네."

"그래? 그럼 우리 세 사람을 태안주까지 태워다 주지 않겠나?"

"좋아, 세 사람이 아니라 더 많이도 탈 수 있네."

탕륭은 서령에게 그 사나이를 소개했다.

"제가 작년에 태산에 갔을 때 알게 된 형제입니다. 이영李榮이라고 부르는 호탕한 사나이입니다."

"그럼 수레 신세를 좀 질까? 이 장일張一(시천을 가리킴)도 걷지 못해 애를 먹고 있네."

네 사람은 마차에 올라탔다. 이영은 도중에 무예 이야기도 하고 여러 가지 노래를 불렀다. 그리하여 어느덧 또 하루 해가 저물었다.

어느 새 양산박도 가까워왔다. 이영이 마부에게 호리병을 꺼내 주며 술을 사오게 하더니 마차 속에서 술을 마시기 시작했다. 이영이 먼저 서령에게 한 잔 따라 주었다. 서령은 단숨에 그것을 들이켰다. 이영은 마부더러 서령에게 다시 술을 한 잔 따르게 했다. 그런데 마부는 일부러 손을 잘못 눌러 호리병의 술을 남김없이 쏟아 버렸다. 이영은 마부를 책망하고 다시 술을 사러 보냈다. 그때 서령이 침을 질질 흘리며 마차 안에 푹 쓰러졌다.

이영이란 자는 다름 아닌 악화였다.

세 사람은 서령을 주귀의 술집으로 보낸 다음 배에 태워 금사탄에 상륙시켰다. 송강은 이미 이 소식을 전해 듣고 두령들과 함께 이들을 맞으러 나와 있었다.

얼마 후 마취약에서 깨난 서령은 이들을 보며 깜짝 놀라며 탕륭을 책망했으나 이미 때는 늦었다. 그리고 송강을 비롯한 두령들의 간곡한 권유로 결국 서령은 산채의 동료가 되기로 결심했다.

그런 지 열흘이 채 못 되어 팽기의 가족은 영주에서, 능진의 가족은 동경에서 산채로 들어왔다.

50. 열두 두령의 합세

　금창수金鎗手 서령이 양산박으로 오는 동안 산에서는 병기창兵器廠 주임 뇌횡의 감독 아래 이미 많은 구겸창을 만들어 냈다. 그리하여 서령이 6, 7백 명의 병사를 선발하여 충분한 훈련을 시키니 반달도 못 되어 '구겸창정법鉤鎌鎗正法'에 익숙해지게 되었다. 동시에 능진은 여러 가지 화포火砲를 만들고 이운은 동경에서 화약을 다섯 마차 분分이나 사와 전투 준비를 완전히 마치게 되었다. 송강은 보병을 10대隊로 나눠서 이끌고 새벽녘에 산을 내려갔다.

　척후병으로부터 이 사실을 보고받은 호연작은 즉시 연환마군을 이끌고 몸소 명마 '척설오추'에 올라탄 뒤 일제히 양산박으로 쳐들어갔다.

　저쪽 강기슭에 송강이 대군을 거느리고 있는 것이 보였다. 호연작은 연환마군을 재빨리 옆으로 산개시켰다.

　그때 선봉에 나선 한도로부터 동남방의 적의 보병 일대一隊가 움직이기 시작했다는 보고가 들어왔다. 이어서 서남방에서도 일대가 움직이더니 양산박의 깃발이 나부꼈다. 그리고 다시 남방에서도 일대가 움직였다. 그리하여 호연작이,

"이는 반드시 적의 계략이니 군사를 나누어서 북쪽과 남쪽을 공격해야겠다."

하고 말을 채 마치기도 전에 북쪽에서 '꽝' 하고 대포 소리가 들려왔다.

"저 대포는 능진이 쏜 것이야. 그놈이 산적으로 돌아섰군."

하고 호연작은 괘씸하게 생각했다.

그때 북방에서도 일대가 움직였다.

호연작이 한도와 병력을 절반씩 나눠서 남방과 북방을 공격하려고 하자 또다시 서방에서 적의 보병 일대가 나타났다. 호연작은 가슴이 철렁했다. 그때 다시 북방에서 연주포 소리가 들려왔다. 이것은 모포母砲의 주위에 49개의 자포子砲가 있는 이른바 '자모포'라는 것이었다.

그 굉장한 위력에 호연작의 군사들은 싸우기도 전에 간담이 서늘해졌다. 호연작은 당황하여 한도와 함께 기병과 보병을 이끌고 사방을 공격했으나 양산박의 군사들은 동쪽을 공격하면 동쪽으로, 서쪽을 공격하면 서쪽으로 도망쳤다. 호연작이 화가 나서 북쪽으로 곧장 진격하자 송강의 군사는 뿔뿔이 흩어져 갈대 숲 속으로 도망쳤다. 호연작의 연환마군은 일제히 이들을 추격하여 갈대 숲과 잡목 숲으로 휘몰려 쳐들어갔다.

그때 숲 속에서 휘파람 소리가 요란하게 들리더니 구겸창이 일제히 뻗어와 먼저 말의 양쪽 다리를 걸었다. 그러자 가

운데 말들이 일제히 말의 다리를 걸어서 쓰러뜨렸다. 그리하
여 순식간에 3천의 병마가 전멸을 당했다. 호연작은 혼자 말
을 몰아 간신히 적의 포위망을 뚫고 동북방으로 탈출했다.
나머지 5천의 보병은 승세勝勢를 탄 양산박 군에게 삼면으로
공격을 받아 죽거나 포로가 되었다.

부장 한도는 유당과 두천에게 사로잡혀 산으로 끌려갔다.
송강은 손수 그 밧줄을 풀어 주고 후히 대접하는 동시에 팽
기와 능진에게 명하여 입산入山을 권하도록 했다. 한도는 그
뜻을 받아들여 양산박 두령의 자리에 앉게 되었다.

한편 대군을 잃게 된 호연작은 왕왜호와 일장청의 추격을
간신히 뿌리치며 탈출하여 동북방으로 갔다. 그러나 이제 와
서 염치없이 도성으로 돌아갈 수는 없는 일이었다. 홀로 명
마 '척설오추'에 올라타고 쓸쓸히 길을 가고 있다가,

'오늘날 내가 이렇게 될 줄 생각이나 했겠는가? 나는 어디
로 가야 하나……'
하고 여러 모로 생각한 끝에 전에 청주의 모용慕容 지사와
안면이 있었던 것을 상기하고 그에게 의지하기로 결심했다.

그러나 노자도 없었다. 할 수 없이 허리에 두른 금대를 팔
아 돈으로 바꾸었다. 그리고 호연작은 이틀 동안 길을 가다
가 어느 마을의 선술집에서 묵게 되었다.

그는 너무나 지쳐 있었으므로 몸이 물에 젖은 솜 같았다.
술을 몇 잔 마시니 곧 취하여 옷을 입은 채 깊이 잠들었다.
그러나 밤중에 술집 주인이 외치는 소리에 깜짝 놀라서 벌떡
일어났다.

"나리의 말이 없어졌습니다. 저쪽에 횃불이 보이는데 틀

림없이 저놈들이 훔쳐 갔을 겁니다."

호연작은 몹시 놀라 주인과 함께 2, 3리나 쫓아가서 보았으나 횃불이 보이지 않았다.

"그곳은 도화산이에요. 저 산 속의 산적들이 한 짓임에 틀림없어요."

하고 주인이 말했다.

"저 말은 황송하게도 황제 폐하께서 주신 명마야. 은사恩賜하신 말을 잃어버렸으니 나는 어떡해야 하나!"

호연작은 가슴이 찢어지는 것 같았다. 날이 밝자 술집 젊은이에게 갑옷을 메게 하고 청주에 도착하여 곧 모용 지사를 찾아갔다.

모용 지사는 초라한 명장의 모습을 보고는 깜짝 놀랐다. 모용은 호연작에게서 상세한 이야기를 듣고,

"그거 참 안됐구료. 그런데 내가 관할하고 있는 지방에도 산적들이 우글거려 애를 먹고 있어요. 마침 장군께서 이렇게 오셨으니 우선 도화산을 토벌하러 은사의 명마를 되찾고 이어서 이룡산과 백호산 산적들을 평정해 주시지 않겠습니까? 그렇게 되면 귀공을 조정에 상신하여 복수전을 할 수 있도록 주선해 드리지요."

호연작은 기꺼이 승낙했다. 그리하여 3일 후 호연작은 기병과 보병을 합쳐서 2천 명의 군사를 이끌고 도화산으로 진격했다.

도화산의 첫째 두령 이충과 둘째 두령 주통은 뜻밖에도 명마 척설오추를 손에 넣게 되자 날마다 축하연을 베풀고 있었다. 그때 청주의 군사 2천 명이 진격해 온다고 척후병으로부

터 보고받은 주통은 호연작의 상대가 되지 못했다. 그리하여 산채로 도망쳐 온 주통은,

"호연작, 이놈의 무예가 굉장하여 당해 내지 못하고 돌아왔습니다. 만약 산채까지 쳐들어오면 어떻게 하면 좋겠소?"
하고 말했다. 이충은 대책을 세웠다.

"이렇게 된 이상 이룡산의 노지심에게 편지를 써서 도움을 청할 수밖에 없소. 그곳에는 양지라는 놈이 있고 요즈음에는 무송이라는 놈도 와 있는데 모두가 강자인 모양이오."

"그렇지만 스님과는 전에 그런 일도 있었는데 과연 도와 줄까요?"

"아니, 그놈은 단순한 사나이네. 이쪽에서 굽실거리면서 부탁하면 반드시 도와 줄 것이네."

이충은 곧 편지를 써서 이룡산으로 보냈다.

이룡산 보주사寶珠寺에는 첫째 두령이 노지심, 둘째가 양지, 셋째가 무송이며 그 밑에 네 명의 작은 두령이 있었는데 시은, 조정, 장청張靑, 손이랑이 그들이었다. 모두가 최근에 노지심과 무송에게 의지해 온 자들이었다.

노지심은 도화산에서 보내 온 편지를 보고 별로 마음이 내키지는 않았으나 만일 도화산이 관군의 손에 들어가면 자기들에게도 불리하다고 생각하여 세 두령이 직접 5백 명의 부하를 이끌고 도화산으로 출동했다.

도화산 기슭에서는 호연작이 이충과 싸우고 있었다. 이충은 호연작을 당해 내지 못하고 도망치는데 그를 뒤쫓아 호연작이 산으로 올라갔다. 소패왕 주통이 마침 산중턱에서 이것을 보고 돌을 집어 던졌다. 그리하여 호연작이 황급히 말을

돌려 산을 내려오는데 관군이 연거푸 함성을 질렀다. 호연작이 군졸에게 그 까닭을 물으니 멀리서 한 떼의 군마가 나는 듯이 달려오고 있다고 했다. 호연작이 달려가서 보니 과연 먼지를 잔뜩 일으키며 선두에 한 화상이 백마를 타고 석장을 휘두르며 달려오고 있었다.

그는 바로 노지심이었다. 노지심이 말 위에서 큰 소리로 욕을 해대자, 호연작이 창을 들고 나가 그와 4, 50차례 승부를 겨루었으나 승패를 가릴 수가 없었다. 호연작은 속으로 감탄하며 말했다.

'이 화상이 어떻게 이런 곳에 있는 걸까?'

양쪽 군대에서 징을 울리자 두 사람은 일단 떨어져 숨을 돌린 후 이번에는 노지심 대신 양지가 나가 호연작과 싸웠다. 이들도 4, 50차례 겨뤘지만 승부가 나지 않았다.

'흠, 이놈도 굉장하군. 산적의 솜씨가 아니야!'

하고 호연작은 탄복했다. 양지 쪽에서도 호연작의 실력을 알고 본진으로 돌아갔다.

'그까짓 산적 따위는 단번에 무찔러 버릴 줄로 생각했는데 저렇게 강한 놈들이 도사리고 있으니, 아! 나의 운명이 얼마나 따분한가!'

호연작이 진중에서 이렇게 울적한 마음을 주체하지 못하고 있는데 모용 지사로부터 사자가 왔다.

"급히 청주로 돌아와 주십시오. 지금 백호산의 산적이 청주로 쳐들어왔습니다."

하는 급한 소식이었다. 호연작은 마침 잘 되었다는 생각에서 곧 군사를 이끌고 청주성으로 돌아갔다.

백호산의 두령은 공 태공의 아들인 공명과 공량이었다. 두 사람은 이 고장의 어떤 부자와 싸워 그 한 가족을 모두 죽이고 마침내 6, 7백 명의 부하를 모아 백호산으로 들어가 산적이 되었던 것이다. 그 때문에 청주성에 살고 있던 그들의 숙부 공빈孔賓은 모용 지사에게 붙잡혀 감옥에 갇히게 되었고 그래서 두 사람은 숙부를 구출해 내기 위해서 성으로 쳐들어온 것이다.

공명은 창을 휘두르면서 호연작에게 덤벼들어 20여 차례 겨뤘으나 물론 호연작의 적수는 되지 못해 곧 사로잡히고 말았다. 공량이 부하들을 이끌고 도망치자 관군이 그들을 뒤쫓아가서 백 십여 명의 군사를 사로잡았다.

그리고 공량이 간신히 그곳을 빠져 나와 패잔병을 이끌고 도망치는데 갑자기 숲 속에서 일대一隊의 군사가 나타났다.

앞장선 호한은 무송이었다. 공량이 말에서 허둥지둥 뛰어내리며,

"그 후 별일 없었습니까?"

하고 말하자,

"아니, 당신이 어떻게 이곳에 오셨소?"

하고 무송이 물었다. 공량에게서 이야기를 듣고 난 무송은 말했다.

"어쩌서 호연작이 하룻밤 사이에 없어졌나 했더니 그 때문이었군. 우리는 지금 이충, 주통이 청주의 관군을 격퇴해 달라고 해서 도화산에 와 있네. 내가 산채로 가서 노지심과 양지 형님을 모시고 오겠네. 그리고 청주로 쳐들어가서 자네 숙부와 형을 구출하겠네."

이윽고 노지심과 양지가 말을 몰아 왔다. 무송은 공량을 두 사람에게 소개하고 그의 처지를 이야기한 다음 청주를 공격하자고 했다. 그러자 노지심이 말했다.

"나도 그렇게 생각하고 있었어. 곧 도화산에 알려 합동으로 청주를 공략해야겠군."

양지가 말했다.

"그러나 청주의 성은 상당히 견고하고 군사도 강한데다가 호연작이란 놈이 있어서 대군으로 쳐들어가지 않고서는 무찌르기 어려울 것이오. 나는 전부터 양산박의 송 공명에 대해서 들어 왔소. 세상에서는 그 사람을 송강이라고 부르고 있소. 공량이 그 사람과 친구라고 하니 한번 가서 힘을 합쳐 청주를 공략하자고 교섭하면 어떻겠소?"

"음, 좋은 생각이야. 나도 지금까지 만나는 사람마다 송 공명이 훌륭하다는 말을 귀가 아프도록 들어 왔는데 사실 그 사람은 꽤 훌륭한 사나이인 모양이야. 그렇지 않고서야 천하에 그렇게 이름이 알려졌을 리가 없잖아. 꼭 한 번 만나고 싶었지만 지금까지 인연이 없어서 만나지 못했지. 그럼 공량이 곧 양산박에 갔다 오게. 그때까지 우리는 저놈들과 한바탕 싸울 테니까."

하고 노지심이 말했다. 공량은 곧 행상行商으로 변장하고 양산박으로 급히 떠났다. 그리고 최명판관催命判官 이립의 술집에 닿아 자기 이름을 말하니, 이립은 공량의 이름을 송강으로부터 들어 알고 있었으므로 곧 송강을 만나게 해주었다. 공량은 송강에게 지금까지의 일을 울면서 호소했다. 송강은 즉시 조개를 비롯한 두령들과 의논했다. 그리하여 송강 이하 20명의 두령은 3천 명의 군사를 이끌고 청주로 향하게 되었다.

송강의 중군中軍이 청주에 도착하자, 무송은 노지심, 양지, 이충, 주통, 시은, 조정 등을 송강에게 소개했다. 노지심과 양지는 지금까지 경모해 온 송강을 만나게 되어 매우 기뻐하면서 뒤늦게 만나게 된 것을 못내 한스럽게 생각했다.

송강이 전황을 묻자 양지가 대답했다.

"공량이 떠난 후 지금까지 4, 5차례 싸웠으나 승부가 나지 않았습니다. 그러나 청주의 기둥은 호연작 한 사람뿐이므로 그 사나이만 사로잡으면 그 성은 끓는 물을 눈에 끼얹는 것과 같을 것입니다."

오용이 웃으면서 말했다.

"그 사나이는 힘으로는 안 됩니다. 지혜로 사로잡아야 합니다."

"지혜라니요?"

하고 송강이 묻자, 오학구가 여차여차 그 방법을 설명했다.

"그것 좋은 생각이오."

하고 송강이 매우 기뻐했다.

이튿날 아침 날이 밝기도 전에 척후병이 뛰어와서 호연작에게 보고했다.

"북문 밖 제방 위에 말을 탄 세 놈이 이쪽을 엿보고 있습니다. 한 놈은 화영이지만 나머지는 붉은 윗도리를 걸치고 흰 말을 탄 놈과 도사처럼 보이는 사나이입니다."

"그놈은 송강과 군사 오용임에 틀림없어. 내가 사로잡을 테다."

그리하여 호연작이 백여 명의 기병을 이끌고 북문 밖으로 나가니, 그 세 사람은 그저 멍하니 성을 바라보고만 있었다.

호연작이 말을 몰아 제방 위로 뛰어 올라갔다. 그러자 세 사람은 말머리를 돌려 천천히 도망쳤다. 호연작은 그들을 바짝 뒤쫓았다. 그때 세 사람은 몇 그루의 고목이 서 있는 앞에서 말을 멈추었다. 결국 호연작이 그 나무 근처까지 왔으나 일제히 함성 소리가 들리면서 5, 60명의 쇠갈퀴 부대가 나타나더니 호연작을 꽁꽁 묶어서 끌고 갔다. 호연작의 기병은 쫓아오다가 선두 6, 7명이 화영의 화살을 맞고 쓰러지자 나머지는 모두 도망쳐 버렸다.

송강은 호연작이 병사들에게 끌려오는 것을 보자 병사들을 책망하며 밧줄을 풀게 했다. 그리고 송강은 호연작의 손을 잡아 의자에 앉히고 머리를 숙였다.

"아니, 무슨 까닭으로 이러시오?"

하고 호연작이 당황하여 묻자, 송강이 말했다.

"우리는 조정에 화살을 겨눌 생각은 조금도 없습니다. 다만 고약한 관원들의 박해를 받아 할 수 없이 이 산에서 몸을 피하고 있을 뿐입니다. 장군에 대해서는 전부터 우리에게 꼭 힘이 되어 주기를 바라고 있었습니다. 지금은 한도, 팽기, 능진 등 여러 사람이 우리의 동료가 되어 있습니다. 만일 장군께서 허락하신다면 저의 지위를 물려드리겠습니다. 충성은 훗날 조정의 부름을 받아 해도 늦지는 않을 것입니다."

송강은 예의를 갖추어 이치에 닿게 호연작을 설득했다. 호연작은 감격하지 않을 수 없었다. 그는 마침내 땅바닥에 꿇어앉으며 말했다.

"나를 부하의 한 사람으로 끼워 주십시오."

송강은 매우 기뻐하며 즉시 호연작을 두령들에게 소개하고 이충, 주통에게 명하여 명마 '척설오추'를 호연작에게 돌려주도록 했다. 이어서 여러 사람들은 공명을 구출해 내는 계책을 의논하였다.

그날 밤 진명, 화영 등 열 명의 두령들은 병사로 가장하고 호연작을 따라 성문에 이르렀다. 그리고 호연작이 외쳤다.

"문 열어라, 문 열어! 내가 돌아왔다!"

호연작을 잃어 기가 죽어 있던 모용 지사는 호연작의 목소리를 듣자 매우 기뻐하며 성문을 열게 했다.

열 명의 두령은 호연작과 함께 안으로 들어갔다. 그리고 진명은 재빨리 낭아봉으로 지사를 한 방에 때려눕혀 말에서 떨어뜨렸다. 해진, 해보는 성 안을 돌아다니면서 불을 지르고, 구붕, 왕왜호는 군사를 닥치는 대로 무찔렀다. 한편 송강의 대부대는 성 안에서 불길이 치솟자 일제히 성 안으로 쳐들어가 사형수 감방에서 공빈과 공명을 구출해 내고 모용지사의 일가를 모조리 죽여 버렸다.

날이 밝자 송강은 성 안의 백성 가운데 화재를 당한 사람에게는 양식을 나누어 주어 구제토록 했다. 그리고 금은보화와 군량을 5, 6백 대의 마차에 가득 싣고 2백 여 마리의 말을 손에 넣은 채 의기 양양하여 양산박으로 돌아왔다.

이리하여 양산박에서는 새로 호연작, 노지심, 양지, 무송, 시은, 조정, 장청, 손이랑, 이충, 주통, 공명, 공량의 열두 두령을 맞아들여 성대한 축하연을 베풀었다.

51. 화주華州 태수의 피살

어느 날 노지심이 송강에게 말했다.

"나의 친구로 사진이라는 사람이 있는데 그는 화주 화음 현華陰縣의 소화산少華山에서 주무朱武, 진달陳達, 양춘楊春 등과 함께 모여 있습니다. 와관사에서 헤어진 후로 소식이 궁금한데 한번 찾아가서 네 사람 모두 우리 편으로 삼아 데 려오면 어떨까요?"

"그것 좋은 생각이오. 사진의 명성은 나도 듣고 있었소. 그렇게 하도록 하오. 그러나 혼자 가시는 것보다 무송과 함 께 가도록 하는 것이 나을 거요."

하고 송강이 찬성했다.

그날로 노지심은 스님으로, 무송은 수행자修行者로 변장하 고 산을 내려와 화주로 향하였다.

두 사람이 소화산 기슭에 이르자, 파수를 보던 부하가 곧 산채에 알려 주무, 진달, 양춘 등이 산에서 내려와 그들에게 인사를 했다.

그러나 사진의 모습은 보이지 않았다. 주무의 말에 의하면 이러했다. 사진은 전부터 가까운 사이인 북경 대명부大名府의 화가 왕의王義가 유배되어 이 산기슭에서 끌려가는 것을 보고 두 호송인을 죽이고 왕의를 구출했다. 그 화가는 딸 옥교지玉嬌枝를 데리고 서악화산西嶽華山의 금천성제묘金天聖帝廟에 말을 그리러 가는 길이었는데, 때마침 참배하러 온 아주 고약한 채 태사蔡太師의 제자 화주의 하賀 태수가 옥교지의 아름다운 얼굴에 반하여 그녀를 첩으로 달라고 했다는 것이다. 왕의가 이것을 거절하자 하 태수는 옥교지를 강탈해 가고 왕의를 귀양 보내던 중 사진을 만나게 되었던 것이다. 그래서 사진은 하 태수를 찔러 죽이려고 화주부에 뛰어 들었다가 붙잡혀 감옥에 갇히게 되었고 하 태수는 군사를 모아 이 산채를 토벌하려고 한다는 것이었다.

노지심은 이 말을 듣고 몹시 화를 내었다.

"못된 놈들 같으니! 내가 지금 당장 가서 그놈을 처치하고 말 테다!"

그러자 무송이,

"그것은 무모한 짓입니다. 양산박에 알려 대군을 일으켜서 화주를 공략하고 사진을 구출하는 것이 합당합니다."

하고 만류했으나 노지심은,

"그렇지만 우리가 양산박으로 가는 동안은 사진의 목숨이 어떻게 될지 알 수 없는 일 아니겠소?"

하고 끝내 이를 받아들이지 않았다. 그리고 날이 저물어 가고 있었으므로 이들은 할 수 없이 그날 밤 산채에서 묵었으나 노지심은 권하는 술을 한 모금도 마시지 않고 옷을 걸친 채 그대로 잠들어 버렸다. 그리고 날이 밝자 노지심의 모습은 보이지 않았다.

이때 노지심은 이미 화주의 성에 들어가 지나가는 사람에게 주의 관청이 어디냐고 묻고 있었다.

"저기 보이는 다리를 건너 동쪽으로 돌아서면 있습니다."

하고 가르쳐 주었다. 노지심이 그 말대로 다리 위까지 왔을 때 사람들이,

"스님, 빨리 비키시오. 태수님의 행차시오."

하고 말했다. 노지심은,

'내가 찾아가려고 했는데 저쪽에서 내 손 안으로 굴러 들어왔군. 놈은 죽을 때가 되었나 보구나.'

하고 생각하면서 지켜보았다. 앞장선 자가 지나가자 태수가 가마를 타고 다가왔는데 양쪽 옆에는 각각 열 명씩의 창과 몽둥이를 든 무장병이 경호하고 있었다.

'음, 이거 안 되겠군. 만일 잘못 덤볐다가는 웃음거리가 되겠어.'

하고 노지심이 망설이고 있는데, 그때 마침 하 태수가 가마의 창문을 통해 노지심의 모습을 내다보고 있다가 다리를 건너 주청으로 들어가서는 병사를 불러,

"아까 다리 위에 뚱뚱한 종이 서 있었는데 그놈을 불러와라. 식사를 대접하겠다고 말하고."

하고 지시했다.

병사가 노지심에게 가서 태수의 말을 전하자, 노지심은 생각했다.

'그놈이 내 손에 죽고 싶어 안달이구나. 이쪽에서 가려고

했는데 저쪽에서 나를 부르러 사람을 보내다니!'

노지심이 병사의 뒤를 따라 관청으로 들어가니, 태수는,

"석장과 계도를 맡겨주시오."

하고 말했다. 노지심은 처음에는 이를 듣지 않았다가 태수가,

"당신은 딱하구료. 관청에 그런 무기를 가지고 들어오는 데가 어디 있소!"

하고 말하자, 노지심은,

'저놈의 대갈통을 때려 부수는 데는 이 두 개의 주먹이면 충분해!'

하고 생각을 고쳐먹고는 점잖게 석장과 계도를 병사에게 넘겨주고 안으로 들어갔다.

하 태수는 노지심이 안으로 들어오자 손을 들며,

"여봐라, 이 중놈을 체포해라!"

하고 외쳤다. 곧 양쪽 벽 뒤에서 3, 40명의 관원이 뛰어나와 노지심을 붙잡았다.

노지심은 하 태수를 노려보면서 부르짖었다.

"이 못된 놈아, 용케 날 붙잡았구나! 나는 죽어도 사진과 함께라면 만족해. 그렇지만 내가 죽으면 송 공명 형이 가만 있지 않을 거야. 나중에 후회하지 말아."

하 태수는 화가 나서 말도 잘 나오지 않았다. 그리하여 즉시 노지심에게 칼을 씌워 사형수의 감방에 가두도록 했다. 화주부에서 이러한 소동이 있자 정탐하러 나왔던 소화산의 졸개는 즉시 이 소식을 알렸다. 무송은 이 소식을 듣자 깜짝 놀라며,

"둘이 왔다가 하나가 죽는다면 어떻게 돌아가서 두령들을 볼 수 있겠는가!"

하고 어찌해야 좋을지를 몰라 있는데 양산박에서 대종이라는 두령이 왔다는 졸개의 보고가 들어왔다. 무송은 황급히 내려가 대종을 맞이했다.

양산박에서는 노지심과 무송 두 사람을 보냈으나 걱정스러워 대종을 뒤쫓게 했던 것이다. 대종은 무송에게서 노지심의 이야기를 듣고는 깜짝 놀라 방금 온 길을 '신행법'을 사용하여 되돌아가서 사흘 만에 양산박에 이 급보를 전했다.

이 소식을 들은 조개와 송강은 깜짝 놀라 즉시 7천 명의 군사를 편성하고 송강이 총대장이 되어 화주를 향해 진격했다.

소화산에 도착한 송강, 오용, 화영, 진명, 주통의 다섯 두령이 나란히 말을 타고 화주성 밖의 언덕 위에서 성 안을 바라보니, 성벽은 높고 도랑은 깊어 간단히 함락시키기에는 어려워 보였다. 송강은 답답하기 그지없었다.

이튿날 적의 형편을 탐지하러 간 병사가 돌아와서 보고했다.

"조정에서 서악西嶽 참배를 위해 보낸 전사殿司 태위가 황제께서 주신 등롱燈籠을 가지고 황하黃河에서 위하渭河로 왔습니다."

오용은 이 말을 듣자 말했다.

"옳지, 이제 계략이 섰어!"

그는 곧 이준과 장순을 불러 계략을 설명했다. 두 사람은 이 고장의 지리에 밝은 양춘과 함께 산을 내려왔다.

날이 밝기 전 '서악참배칙사숙태위西嶽參拜勅使宿太尉'라

고 쓴 누런 깃발을 앞세우고 세 척의 관선官船이 북을 울리면서 위하의 나루터로 다가왔다. 그때 십여 척의 큰 배가 그 앞길을 가로막았다. 송강의 뒤에는 주동과 이응이 기다란 창을 들고 서 있었고, 오용은 뱃머리에 서 있었다.

"웬 놈들이냐. 황송하게도 칙사의 배를 훼방하다니!"

하고 보랏빛 예복에 은대銀帶를 두른 관원들이 호통을 쳤다. 그러자 오용이 외쳤다.

"양산박의 의사義士 송강이 마중을 나왔다."

"조정의 태위 나리께서 성지聖旨를 받들어 서악에 참배하러 가는 길이다. 감히 양산박의 산적놈들이 앞을 가로막다니!"

송강이 몸을 굽히자 뱃머리에서 오용이 말했다.

"우리의 의사께서 태위 나리께 뵙고 드릴 말씀이 있으시답니다."

"닥치지 못할까! 조정의 대관大官을 자기의 신분도 분간하지 못하고 감히 뵈려고 하다니!"

송강이 일어나며 말했다.

"끝내 만나 주시지 않는다면 부하들이 행패를 부릴지도 모릅니다."

주동이 창에 단 작은 깃발을 한 번 흔들자 화영, 진명, 서령, 호연작 등이 이끄는 기병의 일대가 일제히 활을 겨누며 맞은편 기슭에 죽 늘어섰다. 이것을 본 관선의 군사들이 겁에 질려 배 안으로 들어가서 숙 태위에게 보고하니, 숙 태위가 뱃머리에 모습을 나타냈다.

송강은 공손히 몸을 굽히고 말했다.

"무례한 행동을 하여 죄송합니다."

"의사는 어찌하여 우리 배를 멈춰 세웠는가!"

"어찌 감히 태위 나리의 배를 가로막겠습니까? 다만 나리와 의논할 일이 있어서 뵙기를 청했을 뿐입니다."

"의논이라구? 조정의 대관이 어찌 경솔하게 기슭에 내리겠는가?"

"나리께서 응하지 않으시면 저의 부하들이 가만히 있지 않을 것입니다."

오용이 말하는 것과 때를 같이하여 이응이 창에 달아맨 작은 깃발을 한 번 흔들자 이준, 장순, 양춘 등이 일제히 배를 저어 나왔다. 숙 태위가 "앗!" 하고 놀랄 사이도 없이 이준과 장순은 단도를 번쩍이면서 관선으로 뛰어 올라가 순식간에 두 사람의 관군을 물 속으로 집어 던졌다.

"난폭한 짓을 하지 마라! 태위 나리께서 놀라신다!"

송강이 이렇게 책망하자, 이준과 장순은 물 속으로 풍덩 뛰어 들어가 곧 두 병사를 건져 올리고 자기들도 배에 올라 탔다. 그러자 숙 태위는 새파랗게 질려 어쩔 줄을 몰라 했다.

"모두들 물러가거라! 태위 나리께 결례缺禮가 되어서는 안 된다."

하고 송강이 책망했다. 이때 숙 태위가 물었다.

"그럼 이야기를 들어 봅시다."

"여기서는 말씀드릴 수 없습니다. 부디 산채까지 행차해 주시기 바랍니다."

이제는 어쩔 도리가 없었다. 그리하여 숙 태위 일행은 배에서 내려 화영과 진명 등의 호위를 받으면서 소화산 산채로 갔다. 숙 태위를 취의청 중앙에 앉히고 두령들은 양쪽에서 칼을 빼들고 죽 늘어섰다.

송강은 그 앞에 나가 공손히 절한 다음 무릎을 꿇고 말했다.

"저는 본래 운성현 관원이었는데 고약한 동료들의 핍박으로 어쩔 수 없이 한동안 양산박에 피신하여 조정에서 부르는 날을 고대하고 있습니다. 그런데 이번에 두 형제가 죄도 없이 하 태수 때문에 감옥에 갇혀 있습니다. 그래서 나리의 관복官服, 의장儀仗, 그리고 등롱을 잠시 빌리려고 합니다. 물론 용무를 마치면 곧 돌려드리겠습니다. 나리의 몸에는 손가락 하나 대지 않겠으니 부디 허락해 주시기 바랍니다."

숙 태위는 이것 역시 응하지 않을 수 없었다.

이렇게 하여 송강은 부하들 중에서 이목耳目이 바른 사나이를 골라 태위의 관복을 입혀 숙원경宿元景으로 가장하고, 송강과 오용은 보좌하는 사람, 해진, 해보, 양웅, 석수는 시종, 화영과 서령, 주동, 이응은 호위병으로 각각 가장했으며, 부하들은 모두 보랏빛 옷에 은띠를 두르고 깃발과 등롱을 들고 서서히 서악묘로 향하였다.

서악묘에서는 주지住持가 나와서 공손히 일행을 맞아들였다. 물론 가짜 일행인 줄은 꿈에도 모르고 있었다. 이때 오용이,

"본주本州의 관원들은 어떻게 된 건가? 칙사 나리를 맞으러 오지 않다니, 태만해도 분수가 있지!"

하고 말하자 주지가,

"아까 사자를 보냈으니 곧 올 것입니다."

하고 말했다. 그리고 주청에서 추관推官(재판 관계를 담당하는

관원)이 우선 5, 60명의 관원을 데리고 와서 태위에게 인사를 했다. 추관은 깃발을 비롯한 모든 것이 분명히 궁정에서 만든 것이므로 조금도 의심하지 않았다. 오용이,

"태위 나리께서는 먼 길을 성지를 받들어 참배하러 오시느라고 도중에서 병까지 드셨다. 이 주州의 태수太守 이하 관원들은 어찌하여 마중을 나오지 않았느냐!"

하고 탓하자, 추관이 변명했다.

"물론 태수가 직접 마중을 나오려고 했으나 공교롭게도 소화산의 산적이 양산박의 산적과 손을 잡고 쳐들어오려고 하기 때문에 이것을 방비하기에 바빠 우선 소관小官이 왔습니다. 태수께서는 곧 오실 것입니다."

추관은 말을 마치고 급히 화주부로 돌아가서 하 태수에게 보고했다.

그러자 하 태수는 3백 명의 관원을 이끌고 서악묘로 달려왔다. 오용이 그 3백 명의 관원이 모두 칼을 차고 있는 것을 보고는,

"조정의 귀인 앞에서 칼을 차다니 어찌된 영문인가?"

하고 탓하자, 하 태수가 혼자서 들어가 태위를 뵈었다. 오용이 말했다.

"무례하기 그지없구나. 어찌하여 마중을 나오지 않았는가?"

"죄송합니다."

"잡아라!"

오용이 명령이 떨어지자 해진, 해보 두 사람은 곧 단도를 빼들고 하 태위의 목을 잘랐다. 그리고 3백 명의 관원들이

놀라서 멍하고 있을 때 화영, 주동 등은 덤벼들어 닥치는 대로 칼을 휘둘렀고 문까지 도망친 자들은 무송과 석수 등이 남김없이 찔러 죽였다.

한편 진명, 호연작, 임충, 양지 등의 별동대는 2대隊로 나뉘어 일제히 화주성으로 쳐들어가면서 먼저 감옥에서 사진과 노지심을 구출했다. 그리고 창고를 열어 금은보화를 날라다가 수레에 실었다. 그러나 왕위의 딸 옥교지는 우물에 몸을 던져 목숨을 끊은 뒤였다.

송강 일행은 숙 태위에게 관복과 의장, 등롱 등을 돌려준 다음 금은을 선사하고 작별했다. 그리고 소화산의 네 호한을 데리고 양산박으로 돌아왔다.

이튿날 양산박에서는 사진, 주무, 진달, 양춘 등 새로운 네 두령을 맞아들여 축하연을 벌였다.

그 자리에서 조개가 서주徐州 패현沛縣(지금의 강소성江蘇省)의 망탕산芒碭山을 근거로 3천 명의 산적을 거느린 혼세마왕混世魔王 번서樊瑞와 그 부장副將 팔비나타 항충項充 및 이곤李袞이 우리 양산박을 병합하려고 획책한다는 이야기를 했다.

이 말을 들은 송강은 화가 치밀어,

"고얀 놈들 같으니! 내가 무찌르고 오지요!"

하고 말하자 시진이 벌떡 일어나며,

"새로 들어온 우리 네 사람이 선물로 놈들을 평정하고 싶습니다."

하고 제의했다. 송강은 매우 기뻐했다.

그리하여 사진은 주무, 진달, 양춘과 함께 군사를 이끌고 출발하여 사흘 만에 망탕산이 보이는 곳에 이르렀다.

망탕산에서는 이미 이것을 알고 한 떼의 인마人馬를 내려 보냈다. 그 선두에는 부장인 항충이 왼손에는 방패, 오른손에는 칼을 들고, 이곤도 왼손에는 방패, 오른손에는 칼을 들고 일제히 사진의 진지로 쳐들어왔다. 사진의 전위대가 필사적으로 방위할 틈도 없이 적의 창칼에 후군이 먼저 흔들렸고 주무가 이끄는 중군도 일제히 3, 40리나 후퇴했다. 사진은 하마터면 적의 칼에 쓰러질 뻔했고, 양춘도 적과 겨루다가 말이 쓰러지는 바람에 뛰어서 도망쳤다. 점검해 본 결과 군사는 절반이 죽거나 상처를 입었다.

적이 의외로 강하여 사진이 양산박으로 원군援軍을 청하려고 할 때 화영과 서령이 이끄는 2천 명의 기병이 도착했다.

이튿날 새벽 또다시 송강이 군사 오용, 공손승 이하 여덟 두령과 함께 3천의 군사를 이끌고 달려왔다.

그날 밤 망탕산 위에는 푸른 등롱이 가득히 반짝이고 있었다. 이것을 본 공손승은,

"적이 요술을 부리는 모양이오. 내가 제갈 공명의 전술에 의해 저 두 놈을 사로잡아 오겠소."

하고 말했다.

이튿날 아침 일찍 양산박 군사는 대장 송강을 중앙에 위치하고 호연작, 주동, 화영, 서령, 목홍, 손립, 사진, 황신의 여덟 맹장이 사방에서 64대로 나뉘어서 적진을 포위했다.

망탕산의 혼세마왕 번서는 좌우에 항충, 이곤을 거느리고 흑마를 타고 진두에 나서서 송강의 군사가 사방에서 쳐들어오는 것을 보고는, 맛좀 보여야겠군 하고 히쭉 웃더니 보검

을 들고 주문을 왼 뒤 "에잇!" 하고 기합을 넣었다. 그러자 금세 사방에서 사나운 바람이 불어와 모래를 날리고 돌을 굴리더니 천지가 갑자기 어두워졌다. 그리고 항충과 이곤은 지체없이 5백 명의 대검 부대를 이끌고 함성을 지르면서 송강의 진지로 쳐들어왔다.

그러자 송강의 군사는 재빨리 두 군데로 갈라져 양쪽에서 일제히 활을 쏘아 댔다. 항충과 이곤은 4, 50명의 부하들과 함께 송강의 진지에 휩싸이고 나머지 병사들은 모조리 도망쳐 버렸다.

그때 진달이 칠성기七星旗를 힘차게 흔들었다. 그러자 송강의 진지는 뿔뿔이 흩어지는가 싶더니 금세 장사진長蛇陳으로 변하였다. 항충과 이곤 등은 그 속에서 이리저리 도망치면서 출구를 찾았으나 사방은 막혀 있었다.

공손승이 이것을 보고 보검을 들며 주문을 외고는 '에잇!' 하고 외치자 광풍은 거꾸로 항충과 이곤 쪽으로 사납게 몰아쳤다. 항충과 이곤이 깜짝 놀라 어리둥절하고 있는데 갑자기 우레 소리가 나더니 두 사람은 말과 함께 함정에 빠져 결박당하고 말았다.

송강의 군사는 승세를 타고 일제히 추격전을 벌여 번서는 3천 병력의 태반을 잃고 간신히 산으로 도망쳤다.

송강은 군졸이 항충, 이곤을 끌고 오자 급히 결박을 풀게 하고 손수 술을 다라 주면서 양산박으로 함께 가서 대의大義를 취할 것을 권했다. 두 사람은 이 말을 듣자 탄복하여 땅에 엎드리면서 말했다.

"급시우의 명성은 전부터 들어왔으나 이렇게까지 인자한

줄은 몰랐습니다. 포로가 된 우리를 죽이기는커녕 이렇듯 후한 대접을 하시니 죽음으로 큰 은혜에 보답하고자 합니다. 번서는 우리 두 사람을 잃으면 두 다리가 떨어져 나간 것이나 다름없습니다. 우리 둘 중에서 한 사람만 돌려보내 주신다면 반드시 번서를 설득하여 항복하게 하겠습니다."

송강이 말했다.

"한 사람뿐만 아니라 두 사람 다 가도록 하오. 좋은 소식이 오기를 기다리고 있겠소."

두 사람은 송강의 큰 도량에 탄복하여,

"만일 번서가 응하지 않으면 납치해서라도 데리고 오겠습니다."

하고 망탕산으로 돌아갔다. 이들은 무난히 번서를 설득하여 이튿날 아침 번서와 함께 송강에게로 돌아왔다.

송강은 세 사람을 조금도 의심하지 않고 흉금을 털어 놓고 이야기했다.

그리고 두령들은 망탕산의 산채로 초대받아 극진한 대접을 받았고 번서는 공손승의 제자가 되어 '오뢰천신五雷天心의 정법正法'을 배우기로 했다.

52. 조개의 사망

송강 일행이 망탕산의 군사를 합쳐서 개선의 길에 올라 양산박 근처까지 왔을 때 갈대 숲 속에서 갑자기 뛰어나와 송강 앞에 엎드리는 자가 있었다.

송강은 급히 말에서 내려 그를 부축해 일으키며 말했다.

"당신의 이름은 무엇이오? 어디 사는 사람이오?"

"저는 단경주段景住라는 사람입니다."

하고 그 사나이가 말했다. 그의 말에 의하면 자기는 머리카락과 수염이 불그레하기 때문에 금모견金毛犬이라는 별명으로 통하며, 탁주涿州(지금의 하남성河南省) 출신으로 북쪽 국경 지대에서 말을 훔치는 것이 본업이었다고 했다. 금년 봄에 창간령鎗竿嶺 북쪽에서 눈처럼 흰 말을 훔쳤는데 그것은 '조야옥사자照夜玉獅子'라고 하여 북부 지방에서도 이름난 명마이며 본래는 대금국大金國의 왕자가 타던 말이었다고 했다. 그는 전부터 급시우 송강의 명성을 들어 이 명마를 선물로 드리고 동료가 되기를 바라고 있었는데 능주淩州의 서

남쪽 증두시曾頭市라는 거리에서 '증가曾家의 오호五虎'라고 하는 자에게 그 말을 빼앗겼다고 했다. "이 말은 양산박의 송 공명의 거다"하고 말했으나 그들은 송강을 입에 담지 못할 말로 욕했다는 것이었다.

송강은 이 사람이 평범한 사람이 아님을 알고 속으로 기뻐하며 그를 데리고 금사탄을 건너 조 천왕의 영접을 받으며 취의청으로 들어갔다.

송강은 번서, 항충, 이곤 및 단경주를 두령들에게 소개했다. 그리고 송강은 단경주로부터 '조야옥사자'에 대해 들은 이야기를 하고는 증두시로 대종을 보내 그 명마의 행방을 알아보게 했다.

4, 5일 후 대종이 돌아와 보고한 바에 의하면 이 증두시는 호수가 3천 남짓하고 그곳에 증가曾家라는 저택이 있는데 그 주인은 본래 대금국 사람으로 증曾 장자長者(옛날에 덕이 높고 나이가 많은 사람을 지칭한 말)라고 불리며 그에게는 아들이 다섯 있었다고 했다. 이들이 곧 '증가의 오호'로서 장남을 증도曾塗, 2남을 증밀曾密, 3남을 증색曾索, 4남을 증괴曾魁, 5남을 증승曾昇이라고 부른다고 했다. 이밖에 무예사범인 사문공史文恭과 부사범 소정蘇定이 있었다고 했다. 그들은 6, 7천의 군사를 거느리고 방비에 임하고 있었는데, 어차피 양산박과는 손을 잡을 수 없는 처지이므로 곧 군사를 동원하여 두령들을 모조리 붙잡아 오기 위하여 50여 대의 수인거囚人車까지 만들어 놓고 있었다고 했다. 명마 '조야옥사자'는 사문공이 타고 있었으며 특히 참을 수 없는 것은 놈들이 노래를 지어 거리의 아이들에게 부르게 하고 있다는 것이었다.

그 노래는 다음과 같았다.

> 양산박을 쳐부수자
> 조개를 붙잡고
> 급시우와 지다성(오용)을 붙잡아
> 수레에 태워 동경에 보내
> 천하에 알리자, 증가 오호의 이름을

조개는 이 노래를 듣고 노발대발했다.

"이런 무례한 놈들 봤나! 이번에야말로 내가 나서야겠다. 놈들을 사로잡지 않고서는 산으로 돌아오지 않을 테다!"

그러자 송강이,

"형님은 산채의 주인이니 함부로 나서서는 안 됩니다. 제가 가지요."

하고 말했으나 조개는,

"자네한테는 여러 차례 수고를 끼쳤으니 이번만은 꼭 내가 가야겠네."

하고 그날로 임충, 호연작, 서령, 목홍, 장횡, 양웅, 석수, 손립, 황신, 연순, 등비, 구붕, 양림, 유당, 완소이, 완소오, 완소칠, 백승, 두천, 송만의 스무 두령을 지명하고 5천의 기병을 이끌고 산을 내려갔다. 송강과 오용, 공손승 등은 산기슭까지 내려가 금사탄에서 송별연을 벌였다.

연회가 한창 무르익어 갈 무렵, 갑자기 사나운 회오리바람이 일더니 조개의 새 군기軍旗를 단 깃대가 툭 꺾어져 버렸다. 이것을 본 사람들은 모두 얼굴이 새파랗게 질렸다.

"이것은 불길한 징조이니 다른 날에 출정하는 것이 좋겠습니다."

하고 오용이 말하자, 송강도,

"당분간 출정을 보류하는 것이 어떨까요?"

하고 만류했으나, 조개는 이를 듣지 않고 강을 건너 출정의 길에 올랐다.

조개가 거느린 5천의 기병이 증두시 가까이 다가가자 버드나무 숲에서 7, 8백 명의 병사가 나타나며 싸움을 걸어 왔다. 선두의 호한은 증가의 4남 증괴였다. 양산박 쪽에서는 임충이 뛰어나가 맞서 싸웠다. 두 사람은 20여 차례 겨뤘으나 결국 증괴가 당하지 못하고 버드나무 숲 속으로 도망쳤다. 임충은 멀리까지 쫓아가지 않고 되돌아왔다.

이튿날 아침 일찍 양산박 군이 증두시의 입구에 이르니 증두시에서 포성이 들리는 것과 때를 같이하여 대부대가 대적해 왔다. 선두에는 일곱 명의 호한이 나란히 섰는데, 가운데 '조야옥사자'를 타고 창을 든 사문공을 중심으로 그 좌우에 소정과 증가의 장남 증도, 그 양쪽으로 네 형제가 버티고 섰다.

그리고 여러 대의 수인거를 진지 앞에 세워 놓고 증도가 큰 소리로 외쳤다.

"이놈들아, 이걸 보았느냐? 너희 놈들을 모조리 붙잡아 이 속에 처넣어 동경으로 보낼 거다!"

이 말을 들은 조개가 노발대발하고 창을 휘두르면서 말을 몰아 증도에게 덤벼들자 곧 양군 사이에 난투전이 벌어졌다. 증가의 마차가 마을로 퇴각하자 임충과 호연작이 지체없이 추격했으나 길이 나빠서 재빨리 되돌아왔다.

그날의 전투에서 쌍방은 상당한 손실을 보았다. 싸움이 별로 진전되지 않았으므로 조개는 울적하기 그지없었다. 그 후 양산박 군에서는 사흘을 계속해서 싸움을 걸었으나 증두시에서는 한 놈도 나타나지 않았다.

나흘째가 되자 갑자기 두 사람의 중이 조개의 진지로 찾아왔다.

"우리는 증두시의 동쪽에 있는 법화사法華寺의 중입니다. 요즈음 증가의 오호가 절에 몰려와 돈을 내놔라, 물건을 내놔라 하고 행패를 부려 견딜 수가 없습니다. 우리는 놈들의 진지에 대해서 상세히 알고 있으므로 여러분의 길잡이가 되어 드리고자 이렇게 찾아왔습니다. 놈들을 처단해 주신다면 절에서는 더 이상 반가울 것이 없겠습니다."

조개는 매우 기뻐하며 두 사람을 극진히 대접했다. 그러자 임충이 이 사람들을 경계하여,

"아무래도 이상합니다. 그들의 말을 모두 믿어서는 안 됩니다."

하고 말했으나, 조개는 끝내 이를 묵살해 버렸다.

조개는 곧 열 명의 두령을 지명하여 2천 5백 명의 군사를 이끌고 그들을 따라 법화사로 향했다.

낡은 절에는 중이 하나도 보이지 않았다. 밤은 조용히 깊어갔고 증두시의 거리에서는 시간을 알리는 북소리조차 들리지 않았다.

"아마도 놈들이 모두 잠들었나 봅니다. 이때 쳐들어가야 합니다. 제가 안내해 드리지요."

조개는 병사를 이끌고 법화사에서 나와 중을 따라갔다. 약 5리쯤 가자 갑자기 어둠 속으로 중이 사라졌다. 그리하여 전군前軍은 길을 잃게 되었다. 주위는 길이 복잡하게 얽혀 있었고 집도 보이지 않았다. 병사들은 당황했다. 호연작은 얼른 뒤돌아섰다. 그리고 백보 남짓 갔을 때 갑자기 사방에서 일제히 북소리가 울리고 함성이 울리더니 주위가 온통 횃불로 대낮같이 밝아졌다.

조개는 간신히 한 줄기 혈로血路를 열고 도망쳤으나 모퉁이를 두어 군데 돌자 적의 일대가 나타나 일제히 활을 쏘아댔다. 화살 하나가 조개의 얼굴에 명중하여 그는 말에서 굴러 떨어졌다. 그리하여 완씨 삼형제와 유당, 백승의 다섯 두령은 필사적으로 적진으로 쳐들어가 조개를 말에 태워서 탈출했다. 그리고 임충이 마을 입구에서 조개 일행을 맞아 겨우 적의 추격을 막을 수 있었다. 양군의 혼전은 새벽까지 계속되었다.

진지로 돌아와 인원을 점검해 보니 2천 5백 명 중에서 절반 이상을 잃었다.

진지로 돌아온 두령들은 조개의 얼굴에서 급히 화살을 빼냈으나 출혈이 심해 그는 정신을 잃고 말았다. 그 화살에는 '사문공'이라고 씌어져 있었다. 즉시 상처에 약을 발랐으나 아무런 효과도 없었다. 화살에는 독이 묻혀 있었던 것이다. 조개는 어느새 독이 퍼져 말도 제대로 하지 못했다.

임충은 곧 조개를 수레에 태워 산채로 호송했다.

그날 밤 적은 사방에서 횃불을 들고 쳐들어왔다. 임충은 더 이상 버틸 수가 없어서 두령들을 이끌고 도망쳤다. 뒤쫓아오던 증가의 군사와 계속 싸우면서 도망치다가 5, 60리쯤 와서야 겨우 탈출할 수 있었으나 다시 6, 7백 명의 병력을 잃고 양산박으로 돌아왔다.

조개는 식사는 물론 물도 넘기지 못했고 온몸이 퉁퉁 부어올랐다. 송강은 조개의 배갯머리에서 떠나지 않으며 눈물로 그를 지켜보았다. 다른 두령들도 가까이에 모여 있었다.

그날 밤 자정 때쯤 조개는 무거운 머리를 송강에게 돌리며,

"나에게 독 묻은 화살을 쏜 놈을 붙잡는 자가 있으면 그를 양산박의 주인으로 삼아 주게."

하는 유언을 남기고는 눈을 감았다.

송강은 마치 부모를 잃은 사람처럼 소리 내어 엉엉 울었다.

"죽고 사는 것은 사람의 운명이니 아무리 슬퍼해도 어쩔 수 없습니다."

하고 오용이 위로했으나, 송강은 조개의 유해를 눈물로 안장하고 날마다 여러 두령들과 함께 영전에 나가 곡을 하면서 산채의 일을 돌보려고 하지 않았다.

임충은 오용과 공손승 등 두령들에게 송강을 양산박의 주인으로 추대할 것을 제의하고 이튿날 송강을 취의청에 초대한 자리에서 먼저 입을 열었다.

"나라에 하루도 임금이 없어서는 안 되는 것처럼 산채에도 주인이 없어서는 안 됩니다. 조 두령이 없는 지금 천하에 명성을 떨치고 있는 송 공명 형님이 산채의 주인이 되어 주시기 바랍니다."

임충이 이렇게 권하자, 송강이 말했다.

"조 천왕이 세상을 떠나면서 남긴 유언은 여러분이 알고

있는 바와 같소. 아직 그 원수도 갚지 못하고 있는데 어찌 내가 그 자리에 오를 수 있겠소!"

"조 천왕의 유언이 있기는 하지만 아직 사문공을 붙잡은 사람은 하나도 없습니다. 산채는 하루도 주인이 없어서는 안 되는데 형님 이외에 누가 주인이 될 수 있단 말입니까? 아무튼 우선 이 자리에 앉아 주십시오. 나중 일은 그때 가서 처리하면 됩니다."

하고 오용이 말했다.

"그렇다면 임시로 그렇게 하기로 하겠소. 그럼 후일에 사문공을 붙잡는 사람이 나타나면 그가 누구든 간에 그에게 이 자리를 내주기로 하겠소."

하고 송강이 말했다.

그러자 흑선풍 이규가 옆에서 외쳤다.

"형님은 양산박의 주인은 물론이고 송나라 황제가 되어도 손색이 없어요."

그러자 송강이 호통을 쳤다.

"이 검둥아, 무슨 말을 하는 거냐! 다시 그따위 말을 입에 담으면 혀를 잘라 버릴 테다."

"내가 뭐 형님더러 촌장이 되라고 했나요? 황제가 되어도 좋겠다고 했는데 그게 왜 혀를 잘릴 짓이란 말입니까?"

"철없는 사람이 한 말이니 너무 탓하지 마십시오."

하고 오용은 얼굴을 붉히면서 화를 내는 송강을 달랬다.

송강이 드디어 임충과 오용의 손에 잡혀 중앙의 의자에 앉았다. 그리고 윗자리에 군사 오용, 아랫자리에 공손승, 왼쪽 첫째 자리에 임충, 오른쪽 첫째 자리에는 호연작을 각각 앉히고 그 밖의 두령들은 쭉 두 줄로 자리를 잡았다. 송강은 이 자리에서 인사말을 했다.

"나는 오늘 임시로 주석主席의 자리에 올랐으나 이것은 오직 제군의 덕택이오. 앞으로도 일치단결하고 하늘을 대신하여 도道를 행하여야 할 것이오. 오늘부터는 취의청을 충의당忠義堂이라고 고쳐 부르기로 하겠소."

이리하여 충의당에는 송강이 중앙의 의자에 앉고, 다음으로 오용, 공손승, 화영, 진명, 여방, 곽성의 순서로 앉았다. 좌군左軍의 보루에는 임충 이하 일곱 명의 두령이, 우군의 보루에는 호연작 이하 일곱 명의 두령이, 전군前軍의 보루에는 이응 이하 일곱 명의 두령이, 후군後軍의 보루에는 이준 이하 여덟 명의 두령이 여섯 보루 모두에 43명의 두령이 앉았다.

그 이외에 산에는 일각 대문이 셋, 작은 보루가 넷이 있어서 뇌횡 이하 20명의 두령이 지키고, 또 충의당에는 문서과文書課, 영조과營造課, 병기과兵器課, 조선과造船課 등이 있어서 그곳에서 일하는 두령이 14명, 산기슭의 감시를 위한 네 술집에 여덟 명의 두령이 배치되어 도합 88명의 두령에 이르렀다.

53. 오용의 계략

　백 일의 법사法事(죽은 사람의 공덕을 기리기 위하여 올리는 제
사)를 올리는 동안, 어느 날 북경 대명부大名府의 용화사龍華
寺 주지 대원大圓 스님이 제령制寧에 왔다가 양산박을 지나
간다는 소식을 듣고 산채로 맞아들여 법사를 부탁했다. 대원
스님은 북경에 '하북河北의 옥기린玉麒麟'이라는 인물이 있
다는 이야기를 꺼냈다. 그러자 송강이 무릎을 치며,
　"스님보다 나이가 들지 않았는데 내가 깜박 잊고 있었다
니! 북경 성 안에 노준의盧俊義라는 큰 인물이 있었지. 그의
봉술棒術은 천하에 당할 자가 없어. 그런 사람을 양산박에
맞아들일 수만 있다면 참 좋을 텐데."
　이 말을 듣고 오용이 웃었다.
　"제가 불러오지요. 그건 쉬운 일입니다."
　"그러나 그 사람은 북경 대명부에서 첫째가는 큰 부자입
니다. 그렇게 쉽사리 응하지 않을 겁니다."
　"이 세 치의 혀만 놀리면 식은죽 먹기입니다. 다만 누구

한 사람을 데리고 가야겠습니다."

"내가 가겠소!"

하고 흑선풍 이규가 말했다.

"안 돼. 자네는 방화나 살인에는 적합하지만 사람을 설득하는 데는 적합하지 않아."

하고 송강이 가로막았다.

"쳇! 내가 못생겼기 때문에 가지도 못하게 하는군."

"그게 아니야. 대명부에는 관군이 우글우글해. 들키면 목이 달아나!"

"그건 문제없어요. 군사의 마음에 드는 자는 나밖에 없어요. 그렇지요, 군사?"

오용이 말했다.

"내가 하는 말을 세 가지만 지키면 데리고 갈 수도 있다."

"세 가지는 물론 서른 가지라도 듣겠소!"

"첫째 자네는 술버릇이 나쁘므로 오늘부터 술을 입에 대지 말 것, 둘째 도중에는 제자로 가장하여 내가 하는 말을 절대로 말대꾸를 하지 말 것, 셋째 이것이 지키기 어렵다면 벙어리처럼 절대로 말을 열지 말 것. 이 세 가지만 지키면 데리고 가겠네."

"앞의 두 가지는 괜찮은데 입을 열지 말라고 하는 건 나를 곪아 터지게 하여 죽이려는 것이나 같소!"

"자네가 입을 열면 신통한 소리가 나오지 않거든? 할 수 없거든 그만두는 수밖에."

"아니, 문제없어요. 입 속에 동전 한 닢을 물고 있으면 될 게 아니오."

이 말에 모두들 웃음을 터뜨렸다.

오용은 할 수 없이 이규를 데리고 갔는데, 이미 걱정했던 대로 이규 때문에 애를 먹었다. 북경 성 밖 여관에서 쉬는데 이규가 밥을 하다가 여관의 젊은이와 시비가 벌어져 그 젊은이를 때려 눕혔다. 그래서 오용은 손이 닳도록 빌고 15냥의 치료비까지 내줘야만 했다.

이튿날 오용은 검은 두건을 쓰고 검은 도복道服을 걸친 다음 '운명판정, 복채 한 냥'이라고 쓴 종이 깃발을 이규에게 들게 하여 성 안으로 들어갔다.

오용은 뭐라고 그럴싸한 문구를 중얼거리며 방울을 울리면서 걸어갔다. 그 뒤를 벙어리며 귀머거리로 변장한 얼굴이 사나운 이규가 졸졸 따라갔다. 이들을 보고 성 안의 5, 60명의 아이들은 깔깔거리면서 졸졸 따라다니며 놀려 댔다. 두 사람은 노 원외盧員外가 경영하는 전당포 앞을 왔다갔다하였다. 아이들은 점점 많이 모여들었다.

노준의는 바깥이 소란스럽자 내다보고는 하인에게 물었다.

하인은 한 도사가 도동道童을 데리고 점을 치러 다니는데 그 꼴이 우스꽝스러워 아이들이 따라다니며 놀려 대느라고 시끄럽다고 말했다.

"복채를 한 냥씩이나 받는다고 큰소리를 치는 걸 보면 꽤 용한 점장이인 모양이군."

하며 노준의는 그 도사를 데려오라고 말했다. 오용이 노준의의 집 대청으로 들어가자 그가 물었다.

"그래, 선생의 이름은 무엇이오?"

"나는 장용張用이라는 사람으로 호는 천구天口고 산동 태생이오. 황극선천신수皇極先天神數라는 역학易學에 의해 사람들의 생사와 귀천을 점친다오. 복채는 은으로 한 냥을 받고 있소."

노준의는 은 한 냥을 꺼내 놓고,

"그럼 내 운수를 알려 주오."

하고 말했다.

"생일은 언제입니까?"

"올해 32세로 갑자甲子년 을축乙丑월 병인丙寅일 정묘丁卯시오."

오용은 쇠로 된 산가지〔算木〕를 꺼내 잠시 잘랑잘랑 소리를 내어 흔들다가 갑자기 그 산가지를 꽉 쥐고 때리더니,

"괴이하도다!"

하고 큰 소리로 외쳤다.

"뭐라고 나왔소?"

노준의는 놀라운 얼굴을 하며 물었다.

"원외께서 반드시 괴이하다고 하실 테니 어찌 감히 직접 얘기를 하겠소!"

"괜찮소. 말해 보오."

"원외는 백 일 이내에 재난을 당하게 될 거요."

"하하하…… 설마. 나는 부잣집에 태어나 조상 대대로 법을 어긴 적이 한 사람도 없고 친척 중에는 재혼한 사람도 없소. 그리고 나는 매사에 조심하여 경우에 벗어난 일도 한 적이 없소. 그러니 재앙이 닥칠 리가 없지 않소."

오용은 얼굴빛을 바꾸며 한 냥짜리 은을 돌려주고 벌떡 일어나더니,

"이 세상에서는 아첨을 좋아하고 충언忠言이 귀에 거슬리게 마련이니 할 수 없지. 그럼 이만 물러가겠소."

하고는 그대로 돌아가려고 했다. 그러자 노준의가 당황하여,

"선생, 화낼 것 없지 않소? 내가 한 말은 농담이오. 어떻게 재앙에서 벗어나는 방법은 없을까요?"

하고 오용을 붙잡으며 말했다. 오용은 다시 산가지를 잘랑거리면서 한참 생각하더니 말했다.

"동남쪽으로 천 리를 가면 이 재난에서 벗어날 수 있소. 원외를 위해 노래를 지어 드리지요."

갈대 숲에 조각배 하나
호걸이 황혼에 북쪽에서 노니는구나
의사義士가 이곳에 머문다면
재난에서 벗어나 걱정이 없으리라.

노준의는 그 노래를 흰 벽에 써 붙였다. 오용은 노준의가 붙잡는 것도 뿌리치며 나왔다.

그 후 노준의는 오용의 말이 몹시 마음에 걸렸다. 어느 날 드디어 고용인들을 불러 놓고 노준의는 말했다.

"나는 이제부터 재앙을 피하기 위해서 동남쪽으로 천 리나 떨어진 태산에 가 있다가 태안주泰安州에서 잠시 장사도 하고 구경도 한 다음에 돌아오려고 한다. 사흘 안으로 떠날 터이니 이고李固 자네는 곧 짐을 꾸려서 따르도록 해라. 그리고 연청燕靑은 집을 잘 지키도록 해라."

이고는 노가盧家의 집사장이었다. 본래는 동경에서 살았

으나 5년 전 노가의 문 앞에 쓰러져 있는 것을 노 원외가 구하여 집에서 부려 보니 글도 알고 주판도 잘 놓아 지금은 집 사장이 되어 상점일을 도맡아 하고 있었다.

그리고 연청은 이 고장 태생으로 어렸을 때부터 노가에서 자랐다. 살결이 명주처럼 부드러워 몸에는 아름다운 문신文身을 새겨 놓았고 미남인데다가 무슨 일이든지 척척 해치우는 재주꾼으로 노래와 춤, 수수께끼 풀기, 활쏘기, 씨름에 이르기까지 못 하는 것이 없는 사람이었다. 그리고 그는 각처의 지방 사투리와 상인과 연예인들의 은어隱語에도 정통해 있었으며 무척 영리했다. 그는 남의 험담을 좋아하여 북경 사람들로부터 낭자 연청浪子燕靑이라고 불렸으며 노 원외의 총애를 받고 있었다.

노준의의 이 말에 두 사람은 깜짝 놀라 주인에게 권하였다.

"맞는 말도 팔괘八卦, 맞지 않는 것도 팔괘라고 합니다. 점 장이의 말은 믿을 것이 못 됩니다."

하고 이고가 말하자,

"태안주로 가시려면 아무래도 양산박 근처를 지나가야 합니다. 그곳에는 요즈음 많은 산적들이 우글거려 관군도 손을 쓰지 못하는 형편입니다. 어쩌면 저번에 이곳에 온 점장이도 양산박의 산적으로 신분을 가장하고 나리를 유인하러 왔을지도 모릅니다. 그때 공교롭게도 제가 그 자리에 없었기에 망정이지 만일 제가 있었더라면 한두 마디로 그놈의 가면을 벗겨 버렸을 겁니다."

하고 연청도 말렸다.

이때 노준의의 부인 가씨賈氏도 병풍 뒤에서 뛰어나와 울면서 노준의를 말렸으나 그는 듣지 않았다.

"너희들이 뭘 안다고 그러느냐! 나는 이미 작정했다. 이제 아무 말도 말아라."

"저는 요즈음 각기脚氣 증세가 있어 길을 오래 걸을 수 없습니다."

하고 이고가 망설이자 노준의가 버럭 화를 냈다.

"내가 따라오라고 하는데 이러쿵저러쿵 무슨 딴소리냐! 내 주먹맛을 보아야 알겠냐?"

이고는 두려워서 다만 가씨 쪽을 바라볼 뿐이었다. 가씨는 안으로 급히 들어갔다. 연청이 이제는 아무 말도 하지 못했다.

노준의는 열 명의 인부와 4, 50필의 말에 수레를 달아 짐을 실은 열 대의 마차를 이끌게 한 뒤 이고를 데리고 길을 떠났다.

날씨도 좋고 산수의 경치도 눈부셨으며, 길은 평탄했고 험한 고개도 없었다.

"집 안에 틀어박혀 있으면 산수의 이런 좋은 경치도 볼 수 없으니 얼마나 막심한 손해인가."

하며 노준의는 즐거워했다. 이렇게 며칠 동안 길을 가다가 어느 날 어느 여관에 도착했다. 주인은 반가이 맞아들이면서,

"이곳에서 20리쯤 가면 양산박의 입구에 이르게 되니 몰래 지나가야 합니다."

하고 주의를 시켰다.

그러자 노준의는 옷상자에서 네 장의 흰 기를 꺼내 대나무에 붙잡아 맸다. 그 깃발에는 다음과 같이 씌어 있었다.

의분義憤에 못 이겨 북경의 노준의는
짐을 꾸려 멀리 타향으로 떠나노니
오직 산적들을 사로잡으려는 일념뿐
그때 비로소 사나이의 뜻을 나타내리라.

이것을 보고 이고와 인부들은 물론, 여관 주인까지도 깜짝
놀랐다.

"아이고! 제발 저희들을 가엾게 여겨 살아서 고향으로 돌
아가게 해 주십시오."

노준의는 큰 소리로 말했다.

"너희들이 뭘 안다고 그래! 지금까지 내가 모처럼 키워 온
솜씨를 발휘할 기회가 없었는데 이제 때를 만난 거야. 이 수
레에 실은 자루 속에는 장사할 물건이 아니라 밧줄이 가득
들어 있다. 내가 산적들을 닥치는 대로 때려눕힐 테니, 너희
들은 이 밧줄로 꽁꽁 묶어 수레에 처박아 넣기만 해라. 산적
의 두목인 송강을 사로잡아 도성에 보내고 천자로부터 상을
받아 내 기품을 천하에 떨칠 거다. 가지 않겠다는 놈은 이 자
리에서 목을 베어 산 제물로 삼을 테다!"

이고 일행은 도리없이 울상이 되어 길을 떠났다. 양산박이
점점 가까워 오자 길은 점점 험해져 산으로 뻗어 올라갔다.
노준의는 엉거주춤하며 겁에 질려 발을 떼어놓기를 주저하
는 일행을 뒤에서 몰아세우며 길을 재촉했다.

열 시쯤 되자 멀리 바라다 보이는 넓은 숲 속에서 휘파람
소리가 들리더니 4, 5백 명의 산적들이 뛰어나왔다. 그리고
뒤에서는 징소리가 울리더니 다시 4, 5백 명의 산적이 도망

칠 길을 가로막았다.

이어서 숲 속에서 포砲 소리가 들리고 한 호한이 두 자루의 도끼를 휘두르면서 뛰어나와서는,

"노 원외, 벙어리 도동을 기억하고 있나?"

하고 외쳤다.

"음, 나는 너희 놈들을 붙잡으러 일부러 여기까지 왔다. 어서 송강에게 가서 항복하라고 전해라. 그렇지 않으면 한 놈도 남기지 않고 죽여 버릴 테다."

이규는 껄껄 웃으면서 말했다.

"원외, 오늘은 고스란히 우리 군사軍師의 계략에 걸려들었군. 자, 어서 산으로 올라가자. 두령의 자리에 앉혀 줄 테니까."

노준의는 화가 치밀어 이규에게 덤벼들었다. 그러나 이규는 노준의와 세 차례도 싸우지 않고 재빨리 숲 속으로 도망쳤다. 노준의가 이규를 뒤쫓아 가자 그는 숲 속 여기저기로 도망치면서 노준의를 숲 속 깊숙이까지 끌어들였다. 이윽고 이규의 모습이 보이지 않자 노준의가 되돌아서려고 하는데 뒤에서 큰 소리로,

"원외, 잠깐만! 모처럼 여기까지 왔으니 나의 인사를 받도록 하시오."

하고 말했다.

검은 옷을 걸치고 석장을 든 스님이었다.

"누구냐?"

하고 노준의가 외치자 그가 말했다.

"나는 노지심이라는 화상으로 군사軍師의 명령으로 원외

를 맞으러 왔소!"

"이놈의 중이 무례하기 짝이 없구나!"

노준의는 화가 나서 노지심에게 덤벼들었다. 노지심은 그
와 서너 차례 싸우다가 재빨리 도망쳤다. 노준의는 이를 놓
칠세라 급히 그를 뒤쫓았다.

그때 산적들 중에서 무송이 불쑥 나타났다. 그는 두 자루
의 계도戒刀를 휘두르면서 말했다.

"원외, 나를 따라오면 재앙에서 벗어날 수 있소!"

노준의는 노지심을 뒤쫓다 말고 무송에게 덤벼들었다. 무
송도 역시 서너 차례 싸우다 말고 재빨리 도망쳤다. 노준의
는 껄껄껄 웃으면서,

"내 너를 쫓아가지 않겠다. 흥, 순 애송이들뿐이잖아!"

하고 말했다. 그러자 고개 밑에서 누군가 말했다.

"노 원외, 큰소리를 치는구나! 군사軍師의 계략에 걸려들
었는데 어디로 도망칠 거냐?"

"웬 놈이냐?"

"나야말로 적발귀 유당이다."

노준의는,

"이놈!"

하고 외치면서 그에게 덤벼들었다. 그러나 세 차례도 싸우지
않아 옆에서 또 한 사람이,

"원외, 목홍이 여기 있다."

하고 큰 소리로 외치며 유당과 함께 칼을 빼들고 노준의에게
덤벼들었다.

아직 세 차례도 싸우지 않았는데 뒤에서 사람의 발자국 소

리가 또 들렸다. 노준의가,

"얏!"

하고 소리를 치자 유당과 목홍은 재빨리 네댓 발자국 뒤로
물러섰다. 그 틈에 노준의가 뒤돌아보니 이번에는 이응이 나
타났다. 노준의는 세 두령에게 에워싸였으나 조금도 당황하
지 않고 더욱 기세 좋게 싸웠다. 그때 산꼭대기에서 징소리
가 울리더니 세 두령은 일제히 도망쳤다.

　노준의는 온몸이 땀으로 흠뻑 젖어 그들을 뒤쫓지 않고 숲
을 나섰다. 그런데 그의 마차 열 대가 보이지 않았다. 그리고
이고와 인부들도 어디론가 가버렸다. 그리하여 노준의가 높
은 언덕에 올라가서 사방을 바라보니 멀리 고개 밑에서 많은
산적들이 마차를 에워싸고 그 뒤에는 이고 일행을 나란히 묶
어 북을 치면서 끌고 가고 있었다.

　노준의가 열화같이 화가 치밀어 칼을 들고 뛰어가 막 고개
에 닿으려는데 두 사람의 호한이 나타나 말했다.

"잠깐만!"

한 사람은 주동이었고 또 한 사람은 뇌횡이었다.

　세 사람이 어울려 세 차례도 겨루지 않았는데 또다시 두
사람은 도망쳐 버렸다. 노준의가 그들을 뒤쫓아 고개를 돌아
서니 벌써 두 사람의 모습은 보이지 않았다. 그때 산꼭대기
에서 북과 피리 소리가 들려왔다. 노준의가 그쪽을 바라보니
다갈색 깃발이 바람에 나부끼고 거기에는 '체천행도替天行
道'라는 네 글자가 새겨져 있었다. 그리고 붉은 비단 천막
아래에서는 송강이 왼쪽에 오용, 오른쪽에 공손승, 그 밖에
6, 70명의 부하를 거느리고 서서 외쳤다.

"원외, 무사하여 다행이오!"

노준의가 욕설을 퍼붓자 오용이 말했다.

"원외, 화내지 마시오. 송 공명은 오래 전부터 원외의 명성을 사모하여 나를 일부러 댁까지 맞으러 보냈던 것이오. 함께 하늘을 대신하여 도를 행하지 않으시겠소!"

"이 고얀 놈들, 나를 감쪽같이 속였구나!"

그때 송강의 뒤에서 뛰어나온 화영이 활을 들고 노준의 앞에 나서며,

"노 원외, 내 활 솜씨를 보여드리지요."

하고 활을 당기자 금세 노준의가 쓰고 있는 갓의 빨간 술을 쏘아 떨어뜨렸다. 그러자 노준의는 가슴이 철렁하여 몸을 돌려 도망쳤다. 그때 산꼭대기에서 대지를 뒤흔드는 북소리가 울려 퍼지더니 진명과 임충이 일대의 기병을 이끌고 산 동쪽에서 들이닥치고, 호연작과 서령은 일대의 기병을 이끌고 서쪽에서 함성을 지르면서 뛰어왔다.

노준의는 깜짝 놀라 줄행랑을 쳤다.

날이 저물자 노준의는 다리도 아프고 배도 고팠다. 그는 산 속의 오솔길을 걷고 또 걸었으나 동서남북을 분간하기가 힘들었다. 이윽고 발길이 닿은 곳은 땅 끝인지 하늘 끝인지 알 수가 없었다. 앞은 온통 갈대가 우거진 망망한 호수였다. 노준의는 발을 멈추고 하늘을 우러러보며 무심코 외쳤다.

"충언을 듣지 않은 벌로 이런 재앙을 당하는구나!"

그때 갈대 숲 속에서 한 어부가 조각배를 타고 나타났다.

"나리도 참 대담하십니다. 이 시간에 어찌하여 이런 곳에 계십니까?"

"길을 잘못 들어 고생하고 있소. 나를 좀 도와주지 않겠
소?"

"열 냥만 내십시오. 그러면 태워 드리지요."

"거리의 여관까지 무사히 건너다 주기만 하면 돈은 얼마
든지 주지."

어부가 노준의를 배에 태우고 약 4, 5리쯤 갔을 때 앞의 갈
대 숲 속에서 노를 젓는 소리가 들리더니 한 척의 작은 배가
재빨리 다가왔다. 그 배에는 두 사나이가 타고 있었는데 뱃
머리에서는 장대를 들고 알몸을 드러낸 채 한 사나이가 노래
를 부르고 있었다.

시詩, 서書는 영웅이 읽을 것이 못 되어
양산박에 모여 있네
올가미를 놓아 호랑이를 잡고
미끼를 내려뜨려 고래를 잡네

노준의는 가슴이 써늘하여 말도 나오지 않았다.

그때 왼쪽 갈대 숲 속에서 또다시 두 사람의 사나이가 한
척의 조각배를 저어 왔다.

그 뱃머리에서도 장대를 든 사나이가 노래를 부르고 있
었다.

나면서부터 불량배인 나는
원래는 사람을 죽이지 않았네
천냥짜리 돈 상자도 거들떠보지 않지만

사로잡고 싶은 것은 저 옥기린뿐이네

노준의는 "앗!" 하고 신음 소리를 냈다.
그때 또 한 척의 조각배가 가운데서 재빨리 다가오더니 뱃머리에 서 있는 사나이가 또 노래를 부르는 것이었다.

갈대 숲에 조각배 하나
호걸이 홀로 황혼엘 노니네
의사義士가 이곳에 머문다면
재난에서 벗어나 걱정이 없으리라

노래를 다 부른 뒤 세 척의 배는 일제히 노를 저어왔다. 가운데 배에는 완소이, 왼쪽 배에는 완소오, 오른쪽 배에는 완소칠이 타고 있었다.
헤엄칠 줄 모르는 노준의는 당황하여 어부에게,
"빨리 배를 기슭에 대어 주게."
하고 외쳤다. 그러자 어부는 껄껄껄 웃으며 말했다.
"위는 푸른 하늘이고 아래는 푸른 물이니 이제 허둥거려도 소용이 없소. 이제 무엇을 감추겠나. 나는 이준이라는 사람이오. 원외, 항복하지 않으면 목숨을 잃을 뿐이오."
노준의는 깜짝 놀라며,
"이렇게 되면 이판사판이다!"
하고 외치더니 칼을 들고 이준의 가슴을 향해 찔렀다. 그러자 이준은 재빨리 장대를 휙 돌아서서는 물 속으로 뛰어들었다. 그때 물 속에서 선미船尾 쪽으로 머리를 쑥 내밀면서,

"나는 낭리백도 장순이다."

하고 노를 잡고 배를 힘껏 비틀자 배가 뒤집히면서 노준의는 물 속으로 빠져 버렸다.

노준의는 헤엄을 칠 줄 몰랐으므로 연거푸 물만 마셨다. 이때 장순이 그의 허리를 끌어안고 맞은편 기슭으로 헤엄쳐 갔다.

기슭에는 어느새 5, 60명이 횃불을 켜 들고 이들을 맞았다.

그들이 노준의의 젖은 옷을 벗기고 밧줄로 묶으려고 할 때 대종이 달려와서는,

"노 원외의 몸에 함부로 손대지 말아라."

하고 송강의 명령을 전했다. 그리고 노준의에게 수를 놓은 비단옷을 입히고 가마에 태워 산으로 가니 송강, 오용, 공손 승 등을 위시한 여러 두령들이 마중을 나와 일제히 말에서 내렸다. 노준의는 당황하여 가마에서 내렸다. 그리고 먼저 송강이 무릎을 꿇자 다른 두령들도 모두 무릎을 꿇었다.

노준의도 무릎을 꿇으며,

"이미 사로잡힌 몸이니 빨리 죽여주시오."

하고 말했다.

송강은 웃으면서,

"어서 가마에 오르시지요."

하고 권한 다음 모두들 말에 올라 음악을 연주하면서 세 개의 일각 대문을 지나 충의당에 도착했다. 그리고 불을 환히 밝힌 대청으로 노준의를 안내하고 첫째 의자를 권하였다. 그러자 노준의가 껄껄껄 웃으면서 말했다.

"이렇게 된 이상 살고 싶은 생각이 없소. 농담은 그만하고

어서 죽여주시오."

"농담이라니, 천만의 말씀입니다. 제가 원외의 명성을 사모해 온 것은 어제 오늘의 일이 아닙니다. 그래서 이런 계략을 써서 원외를 산채의 주인으로 맞아들이려고 한 것입니다."

"듣기 싫소! 나는 죽어도 그러진 못하오!"

오용이 옆에서,

"나중에 다시 의논합시다."

하고 술자리를 마련하도록 명령했다.

노준의는 할 수 없이 몇 잔을 들이키고 그날 밤은 별실에서 잤다.

이튿날 송강은 큰 연회를 베풀고 억지로 노 원외를 한 가운데 자리에 앉힌 다음 술을 권하며 말했다.

"어젯저녁에는 실례가 많았습니다. 너그럽게 용서해 주시기 바랍니다. 이처럼 초라한 산채에 모시게 되어 대단히 죄송합니다. 원외, 부디 '충의忠義'의 두 글자를 보아 저 대신 산채의 주인이 되어 주십시오. 부탁드립니다."

노준의가 말했다.

"두령, 그건 이치에 닿지 않소. 나는 죄를 지은 일도 없고 얼마간의 재산도 갖고 있소. 어디까지나 살아서는 대송大宋의 백성, 죽어서도 대송의 귀신이 되려고 하오. 그 제의는 절대로 받아들일 수 없소."

"그렇게 싫으시다면 억지로 붙잡을 수는 없는 일입니다. 몸은 붙잡아도 마음만은 붙잡을 수 없는 일이니까요. 그러나 모처럼 여기까지 오셨으니 4, 5일 묵었다가 돌아가십시오."

하고 오용이 말했다.

"두령, 나를 붙잡지 않을 것이라면 빨리 돌아가게 해주시오. 집에서 가족들이 몹시 걱정하고 있을 것이오."

"그 일에 대해서는 염려 마십시오. 이고를 먼저 돌려보내 드리지요. 원외께서는 4, 5일 묵었다가 천천히 돌아가십시오."

오용은 이렇게 말하고 곧 이고를 불렀다. 이고를 비롯한 마부들은 송강으로부터 분에 넘치는 은화銀貨를 받아 매우 기뻐하면서 산을 내려갔다.

오용은 이고를 앞질러 금사탄으로 가서 그를 기다리고 있다가 버드나무 그늘로 불러냈다.

"너희 주인과 우리 사이에는 이미 합의를 보아 노준의는 이번에 산채의 두번째 의자에 앉게 되었네. 이것은 실상 산에 오르기 전부터 예정되었던 일이야. 그 증거는 주인집 벽에 쓴 28자의 모반謀反 시 네 구절에서 머리글자를 보면 알 수 있네. '노화탄상유편주蘆花灘上有扁舟'의 노盧라는 글자, '준걸황혼독자유俊傑黃昏獨自游'의 준俊이라는 글자, '의사수제삼척검義士手提三尺劍'의 의義라는 글자, '반시수참역신두反時須斬逆臣頭'의 반反이라는 글자(나중에 두 구절은 벽에 쓴 글귀와는 다르다. 이것은 일부러 그렇게 한 것으로 여기에서도 오용의 지모를 엿볼 수 있다)를 보게. 즉 이 네 구절의 시에는 '盧俊義反(노준의가 배반함)'이라는 네 글자가 숨겨져 있어. 원래는 너희들을 살려서 보내지 않아야겠지만 그렇게 하면 양산박의 명예가 더럽혀질 테니 도성에 가면 그렇게 전해라. 주인은 절대로 돌아오지 않는다고."

이고와 그 일행은 고맙다고 굽실거리고는 돌아갔다.

산에서는 이튿날에도 연회가 열렸다. 노준의가 몹시 초조하여,

"호의는 고맙지만 나에게는 하루가 일년같이 생각되니 오늘은 꼭 보내 주시오."

하고 말하자, 송강이 권유하였다.

"모처럼 맺게 된 인연입니다. 내일은 제가 개인적으로 한잔 내려고 하니 하루만 더 묵어 주십시오."

이리하여 또 하루가 지났다. 그 이튿날은 오용이 노준의를 초대하고, 그 다음날에는 공손승이 초대하는 식으로 30여 명의 두령이 서열에 따라 번갈아 가면서 연회에 초대하여 마침내 한 달이 지나갔다.

노준의는 드디어 화를 내면서 부디 돌아가게 해달라고 우겼다. 그러자 송강은,

"그렇다면 내일 충의당에서 송별연을 열기로 합시다."

하고 말했다.

그러나 송별회 석상에서는 다른 두령들의 불평이 대단했다. 누구는 연회를 열게 하고 누구는 열지 못하게 하는 것은 불공평하다는 것이었다. 특히 이규는,

"나는 갖은 고생을 다하면서 북경까지 맞으러 갔어. 그런 내가 내는 연회에 나오기 싫다면 나와 한판 승부를 내봅시다!"

하고 터무니없이 제의를 했다. 이리하여 노준의의 출발은 다시 4, 5일 연기되었다.

노준의가 북경을 떠난 것은 5월이었으나 양산박에서 두

달을 넘게 지내고 마침내 산을 내려와 북경으로 향하게 된
것은 벌써 바람이 썰렁한 가을이었다.

54. 위기를 벗어난 노준의

노준의는 밤낮을 가리지 않고 길을 재촉하여 열흘 만에 북경에 도착했다.

날이 저물어 성문이 닫혀 있었으므로 그날 밤 노준의는 성밖 여관에서 묵었다. 이튿날 아침 일찍 숙소를 나온 노준의가 성문에서 1리쯤 떨어진 곳에 왔을 때 누더기를 걸친 거지가 그를 보더니 얼른 땅바닥에 엎드려 울기 시작했다. 자세히 보니 뜻밖에도 그는 낭자 연청이었다.

"아니, 네가 웬일이냐?"

하고 물으니,

"여기서는 말씀드릴 수 없습니다."

하고 연청이 말했다. 노준의는 토담 그늘로 가서 까닭을 물었다. 그러자 연청이 대답했다.

"나리께서 집을 떠나신 지 반달쯤 지나 이고가 돌아와서 마님에게 '나리는 양산박에 귀순하여 두번째 자리를 차지했습니다' 하고 말하고는 곧 관청에 고발했습니다. 그놈은 지

금 마님과 한통속이 되어 말을 잘 듣지 않는 나를 눈 위의 혹
처럼 여기더니 저의 물건을 모두 빼앗고는 저를 성 밖으로
내쫓았습니다. 게다가 친척, 친구 할 것 없이 저를 가까이 하
는 자가 있으면 재산의 절반을 없애는 한이 있더라도 감옥에
집어넣고야 말겠다고 호통을 치는 겁니다. 그래서 저는 성
안에 있을 수가 없어서 이렇게 성 밖에서 거지 노릇을 하고
다닙니다. 나리께서는 절대로 산적과 어울릴 분이 아니라고
저는 마음속으로 믿고 있으므로 딴 데 가지 않고 여기서 나
리가 돌아오시기만을 기다리고 있었습니다. 나리, 만일 양산
박에서 돌아오시는 길이라면 다시 양산박으로 돌아가십시

오. 성 안에 들어가시는 것은 그야말로 올가미 속으로 뛰어드는 것과 같습니다."

그러자 노준의가 연청을 큰 소리로 책망했다.

"이놈아, 허튼 소리 작작해라. 집사람은 그런 인간이 아니야!"

"나리도 등 뒤에 눈이 달린 것은 아니잖습니까? 사실은 전부터 마님과 이고는 수상한 사이였습니다. 지금은 드러내 놓고 부부 행세를 하고 있습니다. 나리께서 가 보시면 놀라운 구경을 하시게 될 겁니다."

노준의는 화를 내면서 말했다.

"이고가 아무려면 그런 짓을 할 리가 있겠느냐. 네놈이 무슨 고약한 짓을 해서 쫓겨난 모양이구나. 그것을 거꾸로 뒤집어씌우려는 거지? 집에 가서 사실이 밝혀지면 네놈을 그냥두지 않을 테다!"

연청은 흐느껴 울면서 노준의의 옷자락에 매달렸다.

노준의는 연청을 걷어차서 쓰러뜨리고는 뚜벅뚜벅 성문으로 들어갔다. 그리고 자기 집에 들어서니 하인들이 모두 깜짝 놀라는 것이었다. 이고는 허둥지둥 노준의를 안방으로 맞아들여 굽실거렸다. 노준의가 물었다.

"연청은 어디 있느냐?"

"나리, 그 일에 대해서는 말씀드릴 수 없습니다. 그보다도 먼 길을 오시느라고 얼마나 고생하셨습니까? 우선 푹 쉬십시오. 이야기는 그 다음에 해드리겠습니다."

이때 아내 가씨가 병풍 뒤에서 울면서 나타났다. 노준의가 물었다.

"오, 당신이야? 그런데 연청은 어떻게 되었소?"

노준의는 어디까지나 연청에 대해서 궁금하게 생각했다.

그러자 이고가,

"그보다도 먼저 진지부터 하시지요. 아침 식사를 마치신 후에 천천히 말씀드리겠습니다."

하고 식사를 가져오게 했다.

노준의가 막 젓가락을 들려고 하는데 앞뒷문에서 일제히 함성이 일더니 2, 3백 명의 포졸이 몰려왔다. 그리고 어안이 벙벙해 있는 노준의를 묶어서 한 발짝 떼어 놓을 적마다 곤장으로 후려갈기면서 포도청으로 끌고 갔다.

노준의가 포도청의 장관 양중서梁中書 앞으로 끌려가자 이고와 가씨는 입을 모아 있는 말 없는 말로 멋대로 고해바쳤다. 어느 새 이고는 포도청의 위에서부터 말단직에 이르기까지 뇌물을 주었으므로 노준의가 아무리 변명을 해도 받아주지 않았다. 그리하여 심한 고문에 못 이겨 노준의는 드디어 눈물을 머금고,

"양산박에 가서 두번째 자리를 차지했습니다."

하고 자백하여 백 근의 칼을 쓰고 사형수의 감방에 갇히게 되었다.

그런데 포도청의 절급이면서 회자수(군문軍門에서 사형을 집행하는 천역賤役)를 겸하고 있는 채복蔡福이라는 사람이 있었다. 그는 북경 태생으로 주먹이 셌기 때문에 철비박鐵臂膊이라는 별명을 가지고 있었다. 그리고 그 밑의 옥졸은 그의 친동생인데 언제나 한 송이의 꽃을 머리에 꽂고 있었기 때문에, 험담을 좋아하는 하북 사람들은 그를 일지화—枝花 채경

蔡慶이라고 부르고 있었다.

채북은 집에 볼일이 있어 노준의의 일을 동생 채경에게 부탁하고 포도청을 나섰다. 그런데 얼마 안 가서 찻집 사환을 만나게 되었다. 그 사환은,

"우리집에 나리를 기다리는 분이 계십니다."

하고 알려 주었다.

채복이 찻집에 들어가니 노가盧家의 집사장 이고가 기다리고 있었다. 그들은 인사를 나누고 나서,

"집사장께서 어쩐 일로 보시자고 했소?"

하고 채복이 물으니, 이고가 대답했다.

"내가 말하지 않아도 알고 계실 줄로 생각합니다. 오늘 밤안으로 뒤끝이 시끄럽지 않도록 깨끗이 처치해 주시기 바랍니다. 이건 답례랄 것도 못 되지만 50냥입니다. 받아 주십시오. 관청 쪽은 내가 손을 쓰겠습니다."

채복은 싱글싱글 웃고 나서,

"네놈이 하고 있는 짓을 내가 모를 줄 아느냐? 남의 재산을 빼앗고 아내까지 가로채고는 50냥으로 그 사람의 목숨을 없애 달라 이 말이지? 그렇지만 나중에 발각되면 내 목이 무사하지 못할 텐데, 난 그러고 싶지 않아."

"그럼 50냥을 더 드리지요."

"이봐, '고양이 꼬리를 잘라다가 고양이 밥에 섞는' 째째한 흉내는 그만두는 게 어때? 북경에서도 이름있는 노 원외야. 그의 목숨이 겨우 백 냥밖에 안 되나? 허점을 노려서가 아니라 하다못해 5백 냥쯤은 내야 하지 않겠나?"

"돈은 여기 있습니다. 이걸 모두 드리겠습니다. 부디 오늘

밤 안으로 부탁드리겠습니다."

　채복은 돈을 받고 일어나면서 말했다.

　"내일 아침 일찍 시체를 찾으러 오시오."

　이고는 허리를 굽혀 인사하고 매우 기뻐하면서 돌아갔다.

　채복이 집에 들어서자 곧 뒤에서 발을 젖히며 한 사나이가 들어오더니,

　"채 절급, 처음 뵙겠습니다."

하고 소리를 질렀다.

　그는 풍채가 당당했다. 채복은 당황하여 답례하고는,

　"댁은 누구십니까? 무슨 일로 오셨습니까?"

하고 물었다.

　"놀라지 마시오. 나는 창주 횡해군의 시진이라는 사람으로 주나라 황제의 직계 자손이오. 불행히도 죄를 지어 지금은 양산박에 가 있는데 이번에 두령 송 공명의 명령에 따라 노 원외의 소식을 알아보러 왔습니다. 원외는 탐관오리貪官汚吏와 음부간부淫婦奸父 때문에 사형수의 감방에 갇혀 목숨이 풍전등화風前燈火와 같습니다. 살리고 죽이는 것은 당신의 손에 달려 있습니다. 만일 노 원외의 목숨을 살려 주신다면 절급님을 호의로 대하겠지만 그렇지 못하겠다면 양산박의 군사를 총동원하여 이 북경성의 남녀노소를 가리지 않고 모조리 죽여 버릴 테니 그런 줄 아시오. 당신을 의사義士로 믿고 부탁하는 것이오. 드릴 것은 별로 없지만 여기 천 냥의 황금을 마련해 가지고 왔소. 약소하지만 받아 주시오. 만일 나를 체포하기를 원한다면 지금 곧 밧줄을 드리지요. 눈썹 하나 까딱하지 않겠소."

채복은 놀란 나머지 온몸이 식은땀으로 흠뻑 젖어 한동안 대꾸조차 하지 못했다. 시진이 일어나며 말했다.

"호한은 일할 때 망설이지 않소. 어느 쪽이든 마음대로 택하오."

"그럼, 들어가시오. 어떻게 해보지요."

시진은 머리를 숙이며,

"청을 들어줘서 고맙소. 반드시 은혜는 갚겠소."

하고 밖에 세워 둔 부하에게서 황금을 받아 채복에게 전해주고는 돌아갔다.

그 부하는 바로 대종이었다.

채복은 어떻게 해야 좋을지 몰랐다. 그래서 감옥에 가서 동생과 의논하니 채경이 말했다.

"형답지 않군. 일단 약속했으면 그대로 해요. 양중서 이하 어느 놈이든 돈이라면 오금을 못 펴요. 이천 냥을 고나청의 상하 관직에 뿌리면 노준의의 목숨은 살릴 수 있어요. 그러면 어디 먼 데로 유형을 보내는 정도에서 그치게 될 겁니다. 그렇게만 되면 그 뒤의 일은 양산박에서 처리할 것입니다."

두 사람은 양중서와 재판 담당인 장 공목張孔目 등에게 뇌물을 보냈다. 그 효과는 즉시 나타났다. 결국 노준의의 범죄는 증거가 불충분하다는 이유로 사형을 면하고 곤장 40대에 이마에 문신을 새긴 뒤 3천 리 밖에 있는 사문도沙門島로 유형을 보내게 되었다. 그 호송을 맡은 사람은 동초와 설패였다.

두 사람은 본래 개봉부開封府의 관원으로 임충을 창주로 호송하는 도중 고 태위의 명령으로 임충을 죽이려고 하다가 실패하여 그 때문에 북경에 유배되었으나, 양중서가 두 사람을 쓸 만한 놈이라고 생각하여 다시 호송인으로 삼았던 것이다. 이고가 이 소식을 듣고 깜짝 놀라 황급히 두 사람을 찾아갔다.

이고는 두 사람에게 각각 50냥의 금덩이를 건네주며 도중에서 노준의를 처치하도록 부탁했다. 두 사람은 노준의를 끌고 사문도로 향하였다. 종일 걸어서 어느 한 숙소에 도착한 뒤 호송인은 노준의에게 밥을 짓게 했다. 20근의 칼을 쓰고 있는 데다가 백만장자의 집에서 태어난 노 원외는 부엌일이 서툴러 부뚜막에 불을 지피는 일조차도 쉽지 않았다. 간신히 끓인 밥을 두 호송인은 다 먹어 치우고 그에게는 자기들이 먹다 남은 찬밥을 던져 주었다. 그리고 저녁에는 그들의 발을 노준의에게 씻게 하고 나서 일부러 친절한 채 노준의의 발을 씻겨 주겠다는 핑계로 뜨거운 물에 발을 억지로 넣게 하였다.

노준의는 기겁을 하였다. 발은 온통 빨갛게 데고 물집이 생기고 부르텄다. 이튿날 이들은 새벽이 되기가 무섭게 일어나서 길을 재촉했다. 그리고 덴 발로 걸을 수 없게 된 노준의를 마을에서 떨어진 숲 속으로 유인하더니 소나무에 동여매고 죽이려고 하였다.

설패가 곤봉을 들어올려 노 원외의 머리를 내려쳤다. 숲 밖에서 망을 보고 있던 동초는 몸뚱이가 푹 쓰러지는 소리를 듣고는 일이 끝난 것으로 생각하고 돌아왔다. 그러나 노 원외는 나무에 그대로 묶여 있었고 도리어 설패가 땅 위에 쓰러져 있었다.

"내려칠 때 너무 힘을 주어 스스로 자빠진 게 아닐까?"

하고 부축해 일으키려는데 설패의 가슴에 화살이 박혀 있었고 그는 입에서 피를 흘리며 죽어 있었다.

동초가 "앗!" 하고 소리를 지르려는 순간 동북쪽 나무 위에서 "앗!" 하는 소리와 함께 화살이 날아와 동초의 목덜미에 꽂혔다. 동초는 그 자리에 푹 쓰러졌다.

이윽고 나무 위의 사나이는 훌쩍 뛰어내려 단도를 빼들고 노 원외의 밧줄을 끊은 다음 칼을 부숴 버렸다. 그리고 노 원외를 부둥켜안으며 엉엉 울었다.

노준의가 눈을 떠보니 그는 다름 아닌 낭자 연청이 아닌가? 노준의는 꿈이 아닌가 하고 생각했다.

"이 두 사람을 죽였으니 죄는 더 무거워졌다. 어디로 도망쳐야 하나?"

"모든 것이 송 공명의 탓입니다. 이렇게 된 이상 양산박으로 가는 수밖에 없습니다."

연청은 노준의를 업고 십여 리쯤 걷다가 조그마한 여관을 발견하고 안으로 들어가 잠깐 쉬기로 했다. 노준의는 상처가 쑤시기 시작하여 움직이지도 못할 정도였기 때문에 할 수 없이 그곳에서 묵었다.

연청이 주인의 반찬을 마련하기 위하여 활을 들고 근처의 산새를 잡으러 갔다가 여관으로 돌아오는데 갑자기 마을에서 함성이 들려왔다. 그가 숲 속에 몸을 숨기고 가만히 들어보니 1백 명 내지 2백 명 가량의 포졸들이 노준의를 꽁꽁 묶어서 수레에 싣고 가는 것이 아닌가. 그는 당장 쫓아가 구하고 싶었지만 중과부적이었으므로 이를 갈며 원통해 했다.

'이제는 한시바삐 양산박에 알려 구원을 청하지 않으면

주인의 목숨도 끝장이다.'

연청은 이렇게 생각하고 길을 재촉했다. 그는 밤중까지 계속 걸었다. 배가 고팠으나 돈이 한 푼도 없었다. 그는 숲 속에 드러누워 아침까지 잠이 들었다가 소란스러운 까치 소리에 깨어나 눈을 떴다. 까치가 나무 위에서 그를 바라보면서 울고 있었다. 연청은 기분이 상했다.

'옳지, 저놈이라도 쏘아 떨어뜨려서 구워 먹어야지.'
하고 곧 활을 꺼내 하늘을 향해 빌었다.

'남아 있는 것은 이것 하나뿐이니 만일 주인의 목숨을 건질 수 있다면 저 까치를 쏘아 떨어뜨리게 하고, 그렇지 못할 운명이라면 까치여 날아가 다오!'

그는 활을 당겨,

"내 마음처럼 되어다오!"
하고 쏘았다. 화살은 까치의 꼬리에 맞았지만 까치는 화살이 꼬리에 박힌 채 날아가 고개 밑으로 떨어졌다.

연청은 성큼성큼 고개에서 뛰어 내려갔다. 그러자 까치는 보이지 않고 그 대신 저쪽에서 두 사나이가 다가왔다. 두 사나이를 스쳐 간 연청은 문득 생각했다.

'옳지, 저 두 놈을 때려 눕혀 보따리를 빼앗고 그것을 노자로 하여 양산박으로 가야지.'

연청은 두 사람을 바짝 뒤따라가서 주먹으로 갓을 쓴 사나이의 뒤통수를 후려갈겼다. 사나이는 그 자리에 푹 쓰러졌다.

다시 앞의 사나이를 후려갈기려고 하는데 그 사나이가 재빨리 몽둥이로 내려치는 바람에 연청은 왼쪽 넓적다리를 맞고 벌렁 자빠졌다. 뒤의 사나이가 일어나며 연청을 밟고 단도로 찌르려고 하자 그는 외쳤다.

"호한! 나는 죽어도 무방하지만 딱하게도 주인 나리를 위해 양산박으로 알리러 갈 자가 없으니 이것이 큰일이오!"

사나이가 찌르려던 단도를 멈추고 연청을 일으키며 물었다.

"너 따위가 무엇을 알리러 간단 말이냐?"

"그런 걸 물어서 뭘 하려고 하오?"

하고 연청이 대들었다. 그러자, 앞의 사나이가 연청의 손을 잡아끄는 바람에 팔의 문신이 드러났다.

사나이는 깜짝 놀라 물었다.

"혹시 당신은 노 원외의 집 연청이 아니오?"

"그렇소. 내가 바로 낭자 연청인데 당신들은 누구요?"

두 사람은 얼굴을 마주 보았다.

"하마터면 죽일 뻔했군. 역시 연청이었어. 우리를 모르겠나? 나는 양산박의 두령 양웅이고 이쪽은 석수라고 하네. 우리는 북경으로 노 원외의 소식을 알아보러 가는 중이야."

연청에게서 자세한 이야기를 들은 양웅은 연청을 데리고 서둘러 양산박으로 가고 석수는 혼자서 북경으로 떠나기로 했다.

북경에 도착한 석수는 거리의 사람들로부터 노 원외가 붙잡혀 북경으로 송치되었으며 오늘 오시午時 삼각三刻(12시 45분)에 네거리에서 목을 베기로 되어 있다는 사실을 알아냈다. 그는 마치 머리에 찬물을 끼얹는 듯한 느낌이었다. 그는 급히 네거리에 있는 주루酒樓에 올라가 거리에 면한 식탁에 앉아 술을 마셨다. 이윽고 북소리가 요란하게 울리더니 칼과 몽둥이를 든 옥졸들이 꽁꽁 묶인 노준의를 끌고 와서는 주루

앞에서 멈췄다.

그리고 '오시삼각'을 알리는 신호가 울리자 노준의의 칼을 벗기고 채경이 그의 머리를 누르고 채복이 칼을 빼들었다. 또한 담당 공목은 큰 소리로 노준의의 죄상을 읽어 나갔다. 구경꾼들이 일제히 떠드는 소리가 들려 왔다. 누상樓上에 있는 석수는 그 소란한 가운데서 단도를 빼들고 큰 소리로 외쳤다.

"양산박의 호한들이 모두 여기에 있다!"

이 말에 채복과 채경은 기겁을 하여 노 원외의 밧줄을 풀고 그를 그대로 팽개친 뒤 줄행랑을 쳤다. 석수는 누상에서 뛰어내려 닥치는 대로 단도를 휘둘러 순식간에 십여 명을 찔러 죽인 뒤 한 손에 노준의를 껴안고 남쪽으로 도망쳤다.

석수는 본래 북경 일대의 지리를 잘 몰랐으므로 무작정 뛰어가다가 그만 길을 잃고 말았다. 이 소식을 전해들은 양중서는 즉시 군사를 풀어 성을 포위하고 성문을 지키게 했다. 길을 헤매던 두 사람은 드디어 사방에서 모여드는 포졸들에게 사로잡혀 양중서 앞으로 끌려갔다.

그러나 석수는 눈을 부릅뜨고 큰 소리로 외쳤다.

"백성을 등쳐먹는 나라의 역적놈아! 양산박에서 대군을 이끌고 와서 당장 이 성을 짓밟고 네놈의 몸뚱이를 무 자르듯 할 것이다. 나는 송 공명의 명령을 받아 미리 이것을 네놈들에게 알리러 왔다!"

현장의 관원들은 모두 새파랗게 질렸다. 양중서는 한동안 아무 말도 하지 못하다가, 우선 두 사람에게 칼을 씌워 사형수 감옥에 처넣고는 채복에게 감시를 명령했다. 그러나 은밀히 양산박으로 마음이 기울고 있는 채복은 두 사람을 위로하며 술과 고기를 대접했다.

이튿날 성 안팎에서는 사람들이 양산박의 선전문을 수십 장이나 주워 신고해 왔다.

거기에는 이렇게 씌어 있었다.

　대명부大名府의 관원들에게 고함. 원외 노준의는 천하의 호걸이다. 우리는 이번에 노준의를 산으로 맞아들여 함께 하늘을 대신하여 도道를 행하려고 한다. 그런데 어찌 함부로 간사한 도배徒輩의 뇌물을 받고 무고한 선인善人을 사형에 처하려고 하느냐? 우리는 미리 이것을 경고하기 위해서 석수를 보냈는데 너희 놈들은 석수를 체포했다. 만일 두 사람을 해치지 않고 음부淫婦와 간부奸夫를 순순히 우리에게 인도한다면 잠자코 있겠으나 만에 하나라도 우리 형제를 해칠 경우에는 산채의 대군을 동원하여 음탕하고 간사한 무리들을 모조리 쳐부수고 ㄱ 원한을 풀 것이다. 다만 선량한 백성이나 관원들은 여기서 제외시킬 테니 안심하고 생업에 충실하기를 바란다. 이상 통고하는 바이다.

양산박 의사義士 송강

이것을 본 양중서의 얼굴은 금세 흙빛으로 변했다. 그는 어떻게 해야 좋을지를 몰랐으나 새로 부임한 왕 태수의 권유에 따라 결국 두 사람의 처형을 당분간 서둘지 않기로 하고 즉시 도성에 급한 소식을 알리는 한편 북경성을 굳게 지키기로 했다.

그리고 양중서는 곧 병마도감 문달聞達과 이성李成을 불러서 의논했다. 양중서가 양산박에서 게시한 글과 왕 태수의 말을 이야기하니 이성이 말했다.

　　"너무 걱정할 것 없습니다. 그따위 산적들이 설마 둥우리에서 감히 나설 엄두를 내겠습니까? 만일 나서는 날에는 그야말로 놈들은 끝장이 나는 겁니다. 큰 소리가 아니라 한 놈도 살려 보내지 않겠습니다."

　　양중서는 이 말을 듣자 기뻐했다.

　　위풍 당당한 선봉대장 색초索超는 이성의 명령을 받아 즉시 군사를 이끌고 성에서 35리나 떨어진 비호욕飛虎峪에 진을 치고, 이성도 성에서 25리나 떨어진 괴수파槐樹坡에 진을 쳐놓고 양산박 군이 쳐들어오기만을 기다렸다.

55. 관승의 항복

  양산박에서는 노 원외가 체포되고 석수까지도 붙잡혔다는 소식을 듣고는 송강이 놀라 직접 대군을 이끌고 북경성으로 쳐들어갔다. 때마침 천고마비天高馬肥의 계절이고 오래간만에 출동하는 싸움이라 군졸들의 사기는 한층 드높았다.

  이성과 색초는 양산박의 군사가 쳐들어온다는 보고를 받고 즉시 진지에서 나와 전방의 유가탄庾家疃에 1만 5천의 군사를 포진하고 기다렸다. 이윽고 멀리서 흙먼지를 일으키며 5백여 명의 군사가 달려왔다. 양산박의 군의 선봉에는 흑선풍 이규가 섰다. 그는 두 자루의 도끼를 휘두르면서,

  "이놈들, 양산박의 호한 흑선풍을 모르느냐!"

하고 호통을 치면서 달려왔다. 이성과 색초는 서로 마주 보고 미소를 지은 뒤 부장部將 왕정王定이 백 명의 기병을 이끌고 이규의 군사에게 쳐들어갔다. 그러자 양산박의 군은 사방으로 도망쳤다. 색초가 그 뒤를 따라 유가탄에 이르자 산허리 뒤편에서 갑자기 북소리가 울려 퍼지더니 왼쪽에서 해

진, 공량, 오른쪽에서 공명, 해보가 각각 5백 명의 부하를 이끌고 퇴로退路를 막았다. 뜻하지 않은 복병에 깜짝 놀란 색초는 더 이상 뒤쫓지 않고 돌아갔다.

이것을 본 이성은,

"그까지 산적놈들쯤 두려울 것이 뭐 있겠나!"

하고는 스스로 전군을 이끌고 유가탄을 향하여 쳐들어갔다.

그러자 전방에 금빛 글자로 '미인일장청美人一丈靑'이라고 크게 써 붙인 붉은 깃발을 앞세우고 여장군 호삼랑이 진격해 왔다. 일장청은 왼쪽에 고대수, 오른쪽에 손이랑을 거느리고 전 세계에서 불러 모은 듯한 오합지졸烏合之卒 천여 명을 이끌고 있었다.

"저런 군졸들을 어디에 쓰겠다는 것인가!"

이성은 색초에게 명하여 그들을 쳐부수게 하고 자기도 뒤에서 추격하는데 갑자기 함성소리가 들리더니 이응, 시진, 손신이 세 방면에서 쳐들어왔다. 이성이 당황하여 돌아서려고 하자 왼쪽에서 해진, 공량, 오른쪽에서 공명, 해보 그리고 세 여장수도 말머리를 돌려서 반격해 왔다. 이성의 군사는 뿔뿔이 흩어져 본진本陣으로 도망쳐 갔다. 이때 선봉에 있던 이규의 군사가 이들을 공격했다. 이성, 색초는 간신히 몸을 피해 본진으로 도망쳐 왔으나 군사의 대부분을 잃었다.

양중서는 이성이 크게 패했다는 보고를 받고 즉시 병마도감 문달을 불러들였다. 명령을 받은 문달은 껄껄 웃더니 이성 대신 대군을 이끌고 유가탄으로 쳐들어갔다.

송강의 진지에서는 진명이 말을 몰아 싸움에 나왔고 문달의 진지에서는 색초가 뛰어나와 양군이 함성을 지르는 가운데 접전하여 약 20여 차례 겨루었지만 승부가 나지 않았다. 그러자 송강의 진지에서 한도가 뛰어나와 색초를 겨냥하여 활을 쏘았다. 화살은 색초의 왼쪽 팔꿈치에 맞았다. 그리하여 색초는 도끼를 떨어뜨린 채 본진으로 되돌아갔다. 그리고 송강이 회초리를 들어올리자 삼군이 일제히 돌격하였다. 그리하여 시체가 금세 산더미같이 쌓였고, 피가 강을 이루었다. 양산박군은 질풍처럼 유가탄을 휩쓸고 괴수파를 빼앗았다. 간신히 비호욕과 본진으로 도망쳐 간 문달의 군사는 겨우 3분의 1밖에 되지 않았다.

승세勝勢를 탄 송강의 군사는 밤에도 추격을 멈추지 않았다. 비호욕의 동쪽 산에 불길이 일어 금세 산과 들이 붉게 타오르는가 싶더니 서쪽 산에서도 불길이 일었다. 그리고 허둥지둥 도망치는 문달의 군사를 향하여 동쪽 불길 속에서는 화영이 부장副將 양춘, 진달을 이끌고 쳐들어갔고, 서쪽 불길 속에서는 호연작이 부장 구붕, 연순을 이끌고 쳐들어갔으며, 다시 후방에서는 진명이 부장 한도, 팽기를 이끌고 쳐들어갔다. 게다가 비호욕 쪽을 향하여 능진이 이끄는 포병대砲兵隊는 문달이 도망치는 앞길에 잇따라 대포를 쏘아 댔다. 동시에 임충이 부장 마틴, 등비를 이끌고 퇴로를 막았다. 문달은 칼을 휘두르면서 간신히 혈로血路를 열어 마침 만나게 된 이성과 함께 후퇴하여 날이 밝을 무렵에야 겨우 성벽 아래에 도착했다.

이 패전에 놀란 양중서는 패잔병을 성 안으로 들어오게 한 후 성문을 굳게 닫았다. 그리고 채 태사蔡太師에게 보고하여 대군을 원병으로 보내줄 것을 요청했다.

채경은 사위 양중서가 보낸 밀서密書를 보자 깜짝 놀라며 동청 추밀사東廳樞密使 동관童貫 등과 의논했다. 그러나 아문 방어보의사衙門防禦保義使 선찬宣贊이 채경 앞에 나섰다.

선찬은 냄비 바닥 같은 얼굴에 코는 천장을 향하였고 고수머리에 붉은 수염을 기르고 있었으며 키는 8척을 넘었다. 칼을 잘 쓰고 무예가 뛰어났으며 군왕郡王의 총애를 받아 그 사위가 되었으므로 '추군마醜郡馬(왕의 추악한 사위)'라고 불렸다. 그런데 그 군왕의 공주는 남편의 추한 얼굴이 싫어서 한을 품고 손수 목숨을 끊었다. 그 때문에 그는 출세하지 못하고 병마 보의사 정도에 머물러 있었던 것이다. 선찬은 앞으로 나와서 채 태사에게 말했다.

"저희 친지에 관승關勝이라는 호걸이 있습니다. 삼국 시대의 영웅 관우의 직계 후손으로 관우의 모습을 엿보게 하는 풍모를 하고 있고 칼을 잘 쓰기 때문에 사람들이 대도大刀 관승이라고 부르고 있습니다. 지금은 포동蒲東(지금의 산서성 山西省)의 순간巡簡이라는 아래 자리에 만족하고 있지만 어려서부터 병서兵書를 읽고 무예에 정통한 드문 용사이므로 그를 데려다가 상장上將으로 임명하는 것이 좋을 줄 압니다."

채경은 곧 선찬을 사자로 보내 관승을 불러들였다.

그리하여 관승은 자기 의제義弟 학사문郝思文을 데리고 동경으로 급히 올라갔다.

학사문은, 어머니가 정목안井木犴(별의 이름)이 뱃속으로 들어가는 꿈을 꾸고 나서 그를 잉태하였다고 하여 정목간이란 별명을 가지고 있었다. 그도 역시 무예에 통달한 호걸이었다.

채경은 두 사람을 맞이하였다. 그는 곧 관승의 믿음직스럽고 당당한 풍채에 감탄하여 북경성北京城의 포위를 풀게 할 묘책妙策에 대해서 물었다. 그러자 관승이 대답했다.

"직접 북경으로 향하기보다는 정병精兵 몇 만을 이끌고 가서 먼저 본거지인 양산박을 점령해 버리면, 산적은 서로 연락이 끊겨 북경성을 포위하고 있는 송강 등을 문제없이 사로잡을 수 있을 것입니다."

이 말을 들은 채경은,

"이것이 바로 위魏나라를 포위하여 조趙나라를 구한 계책이니 내 마음에 꼭 드오."

하며 즉시 추밀원에 명하여 산동·하북의 정예 1만 5천 명을 동원, 학사문을 선발대로 하고 선찬을 후속 부대로 인솔케 하였으며 관승을 영병지휘사領兵指揮使로 임명했다. 이리하여 관승이 이끄는 대군은 당당히 양산박으로 진격했다.

송강은 매일 여러 두령들과 함께 성을 공격했으나 이성과 문달이 나와서 싸우지도 않고, 성을 공략하지도 못했으므로 초조해지기 시작했다. 이때 오용이 송강에게, 채경이 무슨 계략을 쓰고 있는 것 같다고 이야기를 하고 있는데 대종이 돌아왔다는 보고가 들어왔다.

대종의 급보急報로 이 소식을 알게 된 송강은 군사軍師 오용과 의논한 끝에 북경성의 포위를 풀고 급히 군사를 이끌고 양산박으로 돌아가기로 했다. 그리고 이 사실이 양중서에게 알려지자 그는 이성, 문달에게 명령하여 추격하게 했다.

그런데 이들이 비호욕까지 왔을 때 갑자기 배후에서 일제

히 화포火砲가 불을 뿜더니 화영, 임충, 호연작이 각각 5백
명의 군사를 이끌고 세 곳에서 쳐들어왔다. 이것은 미리 추
격을 예상한 오용의 책략에 의한 것으로 이성, 문달은 여지
없이 패하고 겨우 성 안으로 도망쳤다. 그리고 성문을 굳게
잠근 채 다시는 나서려고 하지 않았다.

이리하여 송강의 군사는 무난히 북경에서 철수하여 양산
박 근처에서 적의 후미를 지휘하는 선찬과 맞서게 되었다.

한편 양산박의 수채水寨에서는 장횡이 동생 장순에게,

"우리는 이 산에 와서 아직 한 번도 공을 세우지 못했다.
어때, 나와 함께 관승의 진지로 야습夜襲하여 관승을 사로잡
아 공을 세우지 않겠느냐?"

하고 말했다. 그러자 장순이,

"수군水軍을 맡고 있는 우리가 공명功名을 노려 멋대로 움
직였다가 일을 그르치게 되면 그야말로 웃음거리가 됩니
다."

하고 말렸으나, 장횡은 이를 듣지 않고 50여 척의 적은 배를
동원, 희미한 달빛을 이용, 몰래 적진으로 향하였다. 이때는
밤 10시경이었다.

한편 관승은 중군中軍의 막사에서 등불을 켜놓고 병서를
읽고 있었는데 그때 감시병이 와서,

"적의 배 4, 50척이 갈대 숲 속에 숨어 있습니다. 모두 긴
창을 들고 쳐들어올 기세입니다."

하고 보고했다.

관승은 회심의 미소를 지으며 옆에 있던 부장에게 뭐라고
은밀히 몇 마디 일렀다.

이때 장횡은 2, 3백 명의 부하를 이끌고 울창한 갈대 숲 속을 헤치며 본진으로 깊숙이 접근했다. 앞에 보이는 막사에서는 관승이 환한 불빛 아래 수염을 쓰다듬으면서 조용히 글을 읽고 있었다. 장횡은 마침 잘됐다고 생각하고 조용히 웃고 나서 창을 들고 재빨리 안으로 뛰어들었다. 그때 갑자기 옆에서 일제히 징소리가 울려 퍼지더니 천지를 뒤흔드는 함성과 함께 사방에서 복병이 나타났다. 장횡 이하 2, 3백 명의 부하들은 순식간에 사로잡히고 말았다.

형 장횡이 붙잡혀 수인거囚人車에 갇혀 있다는 소식을 전해들은 장순은 완씨 형제에게 이것을 알렸다. 그러자 완소칠이 외쳤다.

"우리 형제는 살아도 같이 살고 죽어도 같이 죽어야 하는 사이야. 더구나 자네는 핏줄을 함께 나눈 동생이 아닌가. 뭣 때문에 형님을 혼자 보냈어? 자네가 가지 않겠다면 우리 형제 셋이 가서 구출해 올 거야."

"그렇지만 송 두령의 명령없이 마음대로 움직일 수는 없지 않소?"

하고 장순이 말했다.

"명령이 내리기를 기다리는 날에는 자네 형은 목이 날아가 버려!"

"그럼, 그렇고 말고."

하고 완소이, 완소오도 찬성했다.

장순은 할 수 없이 그날 밤 세 시 경에 완씨 삼형제와 함께 백여 척의 배에 나눠 타고 일제히 관승의 진지로 쳐들어갔다. 보고를 받은 관승은,

"어리석은 놈들이군!"

하고 한번 웃더니 부장을 돌아보면서 뭐라고 살짝 몇 마디 했다.

건너편에 닿은 완씨 삼형제와 장순은 일제히 함성을 지르면서 진지로 돌입했으나, 진지의 막사에서는 등불만 환히 빛나고 있을 뿐 사람은 그림자도 보이지 않았다. 깜짝 놀란 일행이 돌아서려고 하는데 징소리가 요란하게 울려 퍼지면서 금세 좌우에서 관군의 기병과 보병들이 나타나 이들을 겹겹이 포위했다. 장순은 재빨리 물 속으로 뛰어들었으나 쇠갈퀴를 든 적의 병사들이 물가로 몰려 일제히 덤벼드는 바람에 완소칠은 쇠갈퀴에 걸려 질질 끌려갔고, 완소이, 완소오, 장순 세 사람은 이준이 이끄는 병사들의 필사적인 구원으로 간신히 도망쳐 돌아왔다.

이 일은 곧 양산박에 알려지고 거기에서 또다시 송강의 진지로 알려졌다. 그리고 송강과 오용이 내일의 결전을 앞두고 작전을 세우고 있는데 갑자기 북소리가 요란하게 울리더니 선찬이 삼군을 이끌고 쳐들어왔다. 화영은 뛰어나가 십여 차례 싸우다가 도망치면서 뒤쫓아오는 선찬을 재빨리 활로 쏘았다. 첫번째 화살은 선찬이 칼로 쳐서 땅 위로 떨어뜨렸고 두 번째 화살은 선찬이 몸을 피했으므로 허공으로 날아갔다.

이윽고 선찬이 화영의 화살에 겁을 먹고 더 이상 추격을 그만 두고 말을 돌리려고 할 때 화영의 세 번째 화살이 갑옷을 입은 그의 등에 맞췄다. 선찬은 깜짝 놀라 진중으로 도망쳤다.

이 소식을 들은 관승이 스스로 청룡도靑龍刀를 들고 붉은

말을 몰아 진두에 나섰다. 그 당당한 위풍에 송강도 감탄하
여 두령들에게,

"소문과 다름없는 훌륭한 장군이야!"

하고 말했다. 임충이 이 말을 듣고 나서 몹시 화가 나서,

"우리 형제들이 양산박에 온 후 크고 작은 진을 6, 70개나
가지고 있으면서 아직까지 그 날카로움이 꺾이지 않았는데
오늘 무슨 까닭으로 위풍을 손상시키는 것이오!"

하고 창을 들고 관승에게 덤벼들었다. 관승이 큰 소리로 외
쳤다.

"네놈과 같은 좀도둑은 필요없다. 송강을 나오라고 해. 물
어볼 말이 있다."

송강은 임충을 제지하고 손수 말을 몰아 진두에 나서서 관
승에게 몸을 굽혀 인사를 하고 말했다.

"운성鄆城의 말단 관리 송강이 삼가 인사를 드립니다. 단
지 장군의 문죄問罪를 듣겠습니다."

"말단 관리인 주제에 어찌하여 조정에 반기를 들었느냐?"

"조정에 간신奸臣이 들끓어 충신의 길을 가로막고, 탐관오
리가 천하에 우글거려 백성들을 괴롭히고 있소. 나는 하늘을
대신하여 도道를 행하려고 할 뿐 다른 생각은 없소."

"분명히 산적이로군! 어찌 하늘을 대신하여 도를 행한다
는 것이냐? 천병天兵이 이곳에 있는데 그럴싸한 거짓말로
속임수를 부리다니! 자, 어서 말에서 내려 내 손에 묶여라.
응하지 않으면 네놈을 가루로 만들 테다."

그때 갑자기 진명이 고함을 지르며 낭아봉을 휘두르면서
뛰어나오고 임충도 뒤따라 나와 일제히 관승에게 덤벼들었

다. 관승은 이들을 맞아 흙먼지 속에서 서로 뒤얽혀 싸웠다. 그런데 갑자기 송강이 싸움을 중단시키는 징을 울리게 했다. 그러자 임충과 진명이 말머리를 돌려 뛰어와서,

"놈을 곧 사로잡으려는 참인데 어째서 싸움을 중단시켰소?"

하고 불평했다. 송강이 말했다.

"우리가 충의를 앞세우고 있으면서 한 사람을 둘이 상대하여 싸우는 것은 바람직하지 못해. 설사 사로잡을 수 있다고 하더라도 그의 마음을 굽히게 할 수는 없네. 게다가 그는 의용義勇의 맹장이고 대대로 충신을 배출한 집안이며 그 조상인 관우關羽를 신으로 모시고 제사를 지내는 터이네. 만일 그가 산에 와 준다면 나는 기꺼이 자리를 내놓겠네."

임충과 진명은 별로 달갑지 않은 얼굴로 물러갔다.

한편 관승은 본진에 들어와서도 마음이 개운치 않았다.

'저 두 놈에게 사로잡힐 뻔했는데 어째서 송강은 싸움을 중단시켰을까?'

그는 군졸軍卒에게 명하여 장횡과 완소칠을 수인거에 실어 가까이 오게 했다. 그리고,

"송강은 고작 운성현의 말단 관리에 지나지 않는데 너희들은 어찌하여 그의 밑에서 그를 섬기고 있느냐?"

하고 묻자, 완소칠이 호통을 쳤다.

"우리 형님은 산동, 하북에 이름을 떨쳐 급시우 호보의呼保義라고 불리고 있다. 네놈처럼 충의가 뭔지 모르는 인간이 알 리가 없지!"

관승은 고개를 끄덕이며 아무 말도 하지 않았다.

그날 밤 관승의 마음은 더욱 가라앉지 않아 막사에서 밖으로 나가 보니 썰렁한 하늘에 달이 걸려 있고, 땅 위에는 온통 서리가 내려 있었다. 관승은 잇따라 한숨을 내쉬었다. 그때 감시병이 달려와서 말했다.

"수염을 기른 장군이 혼자 말을 타고 와서 장군을 뵙겠다고 하는데요."

"이름이 무엇이라고 하더냐?"

"그는 갑옷도 걸치지 않고 무기도 갖고 있지 않으며 성명도 대지 않습니다. 다만 장군을 뵙고 싶다고만 합니다."

"그럼 이리 안내하여라."

이윽고 한 무장武將이 안으로 들어왔다. 관승은 어디서 본 듯한 얼굴이라고 생각했다. 그 무장이 말했다.

"저는 호연작이라고 합니다. 불행하게도 산적의 간계에 빠져 도성에 들어갈 수 없게 되었는데 이번에 장군께서 오셔서 반갑기 그지없습니다. 오늘 아침 임충과 진명이 장군을 사로잡으려고 했을 때 송강이 갑자기 싸움을 중단시킨 것은 혹시 장군께서 다치시지는 않을까 걱정했기 때문입니다. 실은 전부터 그 사람은 귀순歸順할 마음을 품고 있었습니다. 그러나 딴 놈들이 들어주지 않았습니다. 그래서 제가 몰래 그 뜻을 받아 이렇게 빠져 나왔습니다. 장군께서 만일 용납만 해주신다면 내일 밤 지름길을 통해 적의 본진으로 쳐들어가 임충 등을 사로잡아 도성에 보내면 장군께서는 큰 공을 세우게 될 뿐만 아니라 저의 무거운 죄도 조금은 보상받을 수 있으리라 생각합니다."

관승은 매우 기뻐하며 술을 내어 호연작을 환대하였다.

이튿날 송강은 싸움을 걸어왔다. 호연작은 관승과 함께 말을 타고 쳐들어갔다. 호연작이 말을 몰아 앞에 나서자 송강이 그에게,

"일찍이 산채에서는 너에게 소홀하게 대한 적이 없는데 어찌하여 너는 깊은 밤에 몰래 도망쳤느냐!"

하고 호통을 치고는 황신에게 나가 싸우라고 했다. 두 사람이 말을 몰아 십여 차례 싸우기도 전에 호연작은 황신을 말에서 떨어뜨렸다. 관승이 기뻐하면서 삼군을 이끌고 일제히 쳐들어가려고 하자 호연작이 이를 만류하며 말했다.

"오용이란 놈은 계략이 뛰어납니다. 깊이 쳐들어가면 계략에 걸립니다."

그리하여 관승은 그날 밤에 몸소 5백 명의 기병을 거느리고 호연작의 안내를 받아 송강의 본진으로 쳐들어가기로 했다.

이윽고 밤이 되었다. 대낮같이 밝은 달밤이었다. 관승은 호연작의 뒤를 따라 줄곧 말을 몰았다. 묵묵히 산길을 약 반 시간쯤 가서 산모퉁이를 돌아 호연작이 창끝으로 가리키는 쪽을 바라보니 멀리 호롱불이 하나 보였다.

"저것이 송 공명의 본진입니다."

이들은 그 호롱불 가까이 가서, 한 방의 대포 소리를 신호로 관승이 앞장서서 일제히 본진으로 쳐들어갔다. 그런데 뜻밖에도 호롱불 밑에는 사람의 그림자도 보이지 않았고 호연작을 불렀으나 그도 어디로 갔는지 보이지 않았다. 그제야 관승은 계략에 걸린 것을 알고 당황하여 말머리를 돌리려고 하는데 산 위에서 일제히 북소리가 울려 퍼졌다.

관승은 겨우 남은 몇몇 기병을 거느리고 쏜살같이 산길로 도망쳤다. 그때 대포 소리가 한 방 울리더니 사방에서 쇠갈퀴를 든 병사들이 일제히 쳐들어갔다. 관승은 쇠갈퀴에 걸려 말 아래로 떨어져 산채로 끌려갔다.

한편 임충, 화영의 별동대는 선찬의 군사를 공격하였다. 선찬이 임충과 화영을 맞아 2, 30차례 겨루다가 힘이 딸려서 도망치자, 여장女將 일장청 호삼랑이 뒤에서 올가미를 던져 선찬을 말에서 떨어뜨리고 사로잡았다.

그리고 진명, 손립의 일대一隊는 학사문을 공격하였는데 학사문도 진명의 낭아봉에 맞아 역시 사로잡히고 말았다.

또한 이응이 이끄는 일대는 관승의 본진으로 쳐들어가 장횡과 완소칠을 구출해 냈을 뿐만 아니라 수많은 포로와 식량, 군마軍馬를 노획하여 산채로 돌아왔다.

그리고 송강이 군사를 이끌고 산으로 올라왔을 때는 동쪽 하늘이 이미 훤히 밝아오고 있었다. 송강을 비롯한 두령들이 충의당에 모여 자리를 잡자 관승, 선찬, 학사문이 끌려 나왔다. 송강은 급히 아래로 내려가 손수 세 사람의 밧줄을 풀어주며 관승을 정면 의자에 앉히고 고개를 숙여 사죄했다. 호연작도 앞으로 나와 관승을 속인 죄를 사죄했다. 관승이 송강의 의협심에 감동하여,

"이제는 도성에 돌아가도 사람들을 대할 면목이 없소. 빨리 죽여주시오."

하고 말하자, 송강이 입을 열었다.

"무슨 말씀을 하십니까? 장군! 만일 뜻이 계시다면 함께 손잡고 하늘을 대신하여 도를 행하지 않으시렵니까? 끝내

마음이 내키지 않는다면 억지로 붙잡지는 않겠습니다. 곧 도
성으로 보내드리지요."

"저는 전부터 '충의忠義의 송 공명'이라고 들어 왔는데 과
연 소문 그대로군요. 부디 저를 부하로 삼아 한 병졸 가운데
끼워 주십시오."
하고 관승이 말했다.

송강은 매우 기뻐하며 곧 축하연을 열었다. 이리하여 양산
박은 새로 세 두령과 6, 7천의 군사를 더 얻게 되었다. 그리
고 송강이 연회석상에서 북경에 잡혀 있는 석수와 노 원외
생각으로 우울해하자, 오용은 내일 다시 북경을 공격하자고
그를 위로했고, 관승 또한 새로 들어왔으니 자기에게 선봉을
맡겨 달라고 부탁하였다.

이튿날 이들은 다시 대군을 동원하여 북풍이 몰아치는 가
운데 북경성으로 쳐들어갔다.

북경성에서 믿는 장수라곤 색초 한 사람뿐이었다. 그는 화
살의 상처가 겨우 아물어 복수심에 불타 있었으나, 첫날에는
새로 가담한 관승을 상대로 싸워 크게 패하고 도망쳤다.

이튿날 밤이 되자 바람은 더욱 거세게 불어닥쳤고 눈이 쏟
아져 내렸다. 오용은 계략을 세워 북경성 밖의 요소마다 함
정을 파놓게 했다. 날이 밝자 눈은 말의 무릎이 묻힐 정도로
쌓여 있었다.

색초는 3백 명의 기병을 이끌고 쳐들어왔다. 그러자 송강
의 군사들은 정의를 잃고 뿔뿔이 도망치기에 바빴다. 그 중
에서 양산박 수군水軍의 두령 이중과 장순이 색초의 군사와
맞서 싸우다가 이윽고 창을 버리고 도망쳐서 교묘히 색초를

함정 근처까지 유인했다. 성급한 색초는 앞뒤를 가리지 않고 이들을 뒤쫓아왔다. 이준도 말을 버리고 개울로 뛰어가면서 앞을 향해,

"송 공명 형님, 빨리 도망치십시오!"

하고 외쳤다.

이 말을 들은 색초가 말을 몰아 뒤쫓아오려는 순간 그는 눈덮인 함정에 말과 함께 거꾸로 떨어져 사로잡히고 말았다.

송강은 본진으로 끌려온 색초의 밧줄을 손수 풀어 주고 좋은 말로 위로하며 대의大義를 위해 함께 일할 것을 권유하였다. 친구인 양지도 색초를 찾아 오래간만에 만나게 된 기쁨을 나누고 손을 잡으며 눈물을 흘렸다. 이렇게 되고 보니 색초도 항복하지 않을 수 없게 되었다.

56. 안도전安道全의 입산

　　그러나 북경성이 좀처럼 함락되지 않자 송강은 답답하기 그지없었다.

　　어느 날 밤 송강은 막사 안에 혼자 있다가 깜박 잠이 들었다. 그런데 갑자기 찬바람이 불어와 등불이 콩알만큼 작아지더니 한 사나이가 나타났다. 조개였다. 송강은 깜짝 놀라,

　　"아니, 형님이 어떻게 오셨습니까! 원수를 못 갚아 밤낮으로 마음에 걸렸는데 오늘 이렇게 혼령이 나타나셨으니 무슨 까닭인지 말씀해 주십시오."

하고 물었다.

　　"모르는 소리! 나와 자네는 마음으로 맺은 형제일세. 내가 오늘 온 것은 특별히 자네를 구해 주고자 함이네. 지금 자네 등에 생겨 난 것은 오직 강남의 지령성地靈星만이 제거할 수 있네. 그리고 자네가 일찍이 '삼십육계 줄행랑이 최고'라고 말했듯이 즉시 군사를 거두어 떠나는 것이 상책이네. 내가 자네를 구하러 오지 않는다고 원망일랑 말게."

송강은 좀더 자세히 묻고 싶어서 가까이 다가갔다.

"동생, 여러말 하지 말고 돌아갈 궁리를 하게. 괜히 미련을 가지지 말고. 그럼 나는 가네."

말을 마친 조개는 순식간에 모습을 감춰 버렸다. 송강이 놀라 눈을 뜨니 꿈이었다.

송강이 이 꿈 이야기를 오용에게 했다.

"꿈의 지시를 절대로 소홀히 생각해서는 안 됩니다. 군사를 철수시키는 것이 좋겠습니다."

그러나 송강은 노 원외와 석수가 북경 감옥에 갇혀서 하루가 천추 같은 심정으로 구제의 손길을 기다리고 있을 생각을 하니 어떻게 해야 좋을지 알 수가 없었다.

그 이튿날 송강은 갑자기 등이 화끈거리며 아파 왔다. 여러 사람에게 보이니 그의 등은 불에 단 냄비처럼 빨갛게 부어올라 있었다.

"이것은 부스럼이 아니면 등창입니다. 의약 처방서에 보면 녹두가루는 심장을 보호할 수가 있어서 독기가 침범하지 못한다고 했습니다. 빨리 이것을 구하여 형님께 올리도록 하겠습니다. 이와 같은 싸움터에서 갑자기 의사를 구하려고 해도 없을 테니 어떻게 하면 좋겠습니까!"

하고 오용이 어쩔 줄을 몰라 하자, 장순이 말했다.

"제가 심양강에 있을 때의 일입니다. 모친 등에 이런 것이 생겼는데 아무리 약을 써도 낫지 않았습니다. 그런데 건강부建康府(지금의 남경南京)의 안도전安道全 선생을 불러서 보였더니 단번에 나아 버렸지요. 여기서 좀 거리가 멀어 금방 데리고 올 수는 없지만 얼른 다녀오겠습니다."

"조 천왕의 꿈에 '강남의 지령성'이란 바로 그분이었군."
하고 오용은, 의사에게 줄 사례금 백 냥의 금붙이와 30냥의 노자를 장순에게 주어 건강부로 급히 보내고, 송강을 수레에 태운 뒤 전군이 양산박으로 철수했다.

장순은 밤낮을 가리지 않고 길을 재촉했다. 겨울이 막바지에 이르러 날마다 비와 눈이 계속 내렸으므로 길을 가는데 애를 먹었다. 그리하여 겨우 양자강 기슭에 도착했는데 나룻배는 한 척도 보이지 않았다. 강 기슭을 여기저기 살펴보니 갈대 숲 속에서 가느다란 연기가 피어 오르는 것이 보였다.

"이봐, 뱃사공. 강을 건너다 주지 않겠나?"
하고 소리를 지르자 삿갓을 쓰고 도롱이를 걸친 한 사나이가 갈대 숲을 헤치며 나타났다.

"어디까지 가십니까?"

"건강부까지 급한 볼일이 있어서 가는 길이네. 배삯은 두둑이 내지."

"건너다 드리고 싶지만 오늘은 날이 저물었어요. 저쪽으로 건너가 봐야 여관이 없습니다. 오늘 밤에는 이 배에서 주무시고 내일 아침 눈보라가 그치면 건너가도록 하십시오. 그렇지만 배삯은 듬뿍 주셔야 합니다."

"그래, 알겠네."

장순은 이렇게 말하고 배에 올라탔다. 젊고 깡마른 한 사나이가 배에서 불을 쬐고 있었다.

"이 근처에 술 파는 데는 없나? 술을 좀 사다 주겠소?"

"술 파는 데는 없는데요. 밥은 조금 있으니 한 그릇 드리지요."

장순은 밥을 한 그릇 먹고 나서 드러눕자마자 깊이 잠들어 버렸다. 깡마르고 젊은 사나이가 장순을 가리키며 살며시 그 사공에게 말했다.

"형님, 보셨소?"

하고는 장순의 옆에 있는 짐 꾸러미를 가리켰다. 사공은 그 사나이에게 재빨리 밧줄을 풀게 하고 강 한복판으로 노를 저었다. 그런 다음 사공은 밧줄로 장순을 칭칭 동여매고 판자 밑에서 칼을 꺼냈다.

장순이 갑자기 눈을 떴다. 그러나 몸을 움직일 수가 없었다. 그때 사공이 칼을 들고 장순을 내리치려고 했다.

"호한, 목숨만은 살려 주시오. 돈은 모두 줄 테니까."

"돈도 필요하고, 네 목숨도 필요해."

장순은 애걸했다.

"제발 부탁하오. 몸에 상처를 내지 말고 이대로 죽여주시오."

"그럼 그렇게 하지."

사공은 칼을 놓고 장순을 풍덩 물속에 던져 버렸다. 그리고 장순의 보따리를 열어 보니 뜻밖에 큰 금덩어리가 있었다. 그는 깜짝 놀랐다. 눈썹을 찌푸리며 한참 생각하다가 그는 젊은 사나이를 불렀다.

"이봐, 잠깐 이리 와봐. 할 얘기가 있어."

사공은 그 깡마른 사나이가 다가오자 갑자기 그를 칼로 찔러 물 속으로 집어 던졌다. 그리고 그대로 배를 저어 갔다.

장순은 사흘이나 나흘쯤은 물 속에서 숨어 있을 수 있는 사나이였다. 물 속에 던져진 장순은 강물 속에서 밧줄을 입으로 물어뜯고 남쪽 기슭으로 헤엄쳐 갔다. 그리고 기슭에 닿아 물에 흠뻑 젖은 채 숲 속으로 들어갔다. 숲 속에서 등불이 반짝거려 그곳으로 가 보니 술집이 하나 있었다. 장순이 문을 두드리자 노인이 나와서 흠뻑 젖은 장순을 보고는,

"아하, 도둑을 만났군그래!"

하고 말했다. 노인은 장순에게 옷을 꺼내 주고 따끈한 술을 내놓았다. 장순이 자기 이름을 대고 산동에서 왔다고 말하자, 노인이 물었다.

"당신은 산동에서 왔으니 그럼 양산박을 지나왔겠군!"

장순이 그렇다고 대답하자, 노인이 말했다.

"그 산의 송 두령은, 길손의 돈은 빼앗지 않고 양민을 죽이지 않으며 하늘을 대신하여 도를 행하는 모양이더군."

"그렇습니다. 송 두령은 충의로써 양민을 해치지 않으며 오직 탐관오리들만을 혼내 줍니다."

"송강이라는 사람은 정말 인의仁義가 두텁고 가난뱅이와 늙은이를 도와준다니, 이 고장의 도둑놈들과는 전혀 달라. 그런 분이 이곳에 와 준다면 백성은 크게 득을 보아 고약한 관원들에게 들볶이지 않아도 될 텐데."

장순이 말했다.

"노인장, 놀라지 마십시오. 저는 송 공명의 밑에 있는 사람입니다. 송 공명 형의 등에 종기가 나서 건강부의 안도전 선생을 모시러 가는 길이오. 그런데 그만 방심하여 배에서 잠이 들었다가 두 도둑놈에게 양손을 묶여 강물에 던져졌습니다. 그리하여 이빨로 밧줄을 물어서 끊고 이곳까지 오게 된 것입니다."

"오, 당신이 그 고장 호한이라구? 그럼 내 아들을 만나 주지 않겠소?"

이윽고 안에서 깡마른 젊은 사나이가 나와 장순에게 인사했다.

"성함은 전부터 듣고 있었습니다. 저는 왕정륙王定六이라고 부릅니다. 남달리 걸음이 빨라 활섬파活閃婆라는 별명으로 통하지요. 수영과 봉술棒術을 좀 합니다. 형씨의 물건을 빼앗아간 놈들은 제가 알고 있습니다. 한 놈은 장왕張旺이고, 젊고 마른 놈은 손오孫五입니다. 모두 나쁜 놈들이지요. 2, 3일 이곳에 머물러 계시면 그동안 반드시 놈들은 술을 마시러 올 겁니다. 그때 제가 원수를 갚아 드리지요."

장순은 고맙다고 말하고 하룻밤 그곳에서 묵기로 했다.

이튿날 장순은 왕정륙에게서 열 냥의 은화를 받아 가지고 건강부의 안도전을 찾아갔다. 안도전은 마침 성문 앞에서 약을 팔고 있었다. 장순이 다가가서 인사를 하자 안도전이 말했다.

"오래간만이군. 무슨 바람이 불어서 이렇게 왔나?"

장순은 안으로 들어가서 자세한 내막을 이야기했다. 그러자 안도전이,

"송 공명은 천하의 의사義士야. 지금 당장이라도 가서 고쳐 드리고 싶지만 나는 상처喪妻한 몸이네. 집에는 별다른 친척이 없어서 멀리 떠날 수가 없네."

하고 말했다. 장순은 재삼 간곡히 부탁했다.

"만약 선생께서 못 가시겠다면 저 역시 산채로 돌아갈 수 없습니다."

안도전이 말했다.

"그럼 다시 의논해 봅시다."

장순이 수차례에 걸쳐 애걸하자 마침내 안도전이 응낙했다. 안도전은 건강부의 이교노李巧奴라는 한 기생을 가까이 하여 항상 왕래하면서 그녀에게 빠져 있었는데 그날 저녁 그는 장순을 데리고 이교노의 집으로 가서 술을 대접했다. 이교노는 장순을 숙부라고 하면서 친절히 대해 주었다. 술잔이 서너 차례 돌아 모두 반쯤 취해 있을 때 안도전이 이교노에게 말했다.

"나는 오늘 저녁 너와 이곳에서 쉬고 내일 아침 이 동생과 함께 산동으로 떠나야 한다. 많이 걸리면 한 달, 빠르면 스무날 걸릴 거야. 그때 돌아와 너를 보겠다."

이교노는 안도전이 한 달쯤 타향에 갔다 오겠다고 말하자 그에게 매달리며 말했다.

"못 가십니다. 제 말을 듣지 않고 가신다면 다시는 우리집 문에 들어서지도 못하게 할 것입니다."

안도전이 말했다.

"나는 이미 약을 모두 챙겨 놓았고 오직 내일 떠나기만 하면 된다. 너는 마음 편하게 먹고 기다리고 있거라. 그곳에 갔다가 지체하지 않고 곧 돌아오겠다."

이교노는 애교 섞인 질투를 하며 안도전의 품속으로 파고 들었다.

"당신이 만약 저를 생각하지 않고 계속 가시겠다면 당신의 살이 모두 날아가도록 저주를 하겠어요!"

이 말을 들은 장순은 여자를 한 주먹에 때려죽이고 싶었

다. 안도전은 술에 녹초가 되어 여자의 방으로 가서 잤다. 이
교노가 장순에게 말했다.

"당신 혼자 돌아가세요. 우리집에는 잘 곳이 없어요."

장순은 화가 났지만 안도전이 술에서 깨면 같이 돌아가겠
다고 말하고 문간방에서 잤다. 장순은 속이 상하여 잠이 오
지 않았다. 여덟 시쯤 되자 어떤 사람이 문을 두드렸다. 장순
이 문틈으로 내다보니, 한 사람이 재빨리 들어와서 주인 노
파와 이야기를 하는데 뜻밖에도 장왕이었다. 이놈은 나룻배
에서 빼앗은 돈으로 이교노와 놀아났던 것이다. 장순은 장왕
이 안방에서 이교노와 수작하는 것을 보고 곧 뛰어들어가 요
절을 내고 싶었으나 만일 그놈을 놓쳐 일을 그르치면 안 된
다고 생각했다.

삼경쯤 되자 장순은 몰래 주방으로 들어가 식칼을 들고 먼
저 여주인을 죽였다. 다음에 사환을 죽이려고 했으나 칼날이
무디어져서 그냥 놔 두려고 하는데 두 사환이 소리를 지르려
고 했다. 장순은 마침 옆에 놓인 도끼를 들어 두 사환을 단번
에 쳐 죽였다. 그 소리에 방에서 이교노가 문을 열었다. 장순
은 곧 도끼로 그녀의 가슴을 후려쳤다. 장왕은 여자가 쓰러
지는 것을 보자 뒷문을 열고 도망쳐 버렸다.

장순은 분했으나 어쩔 수 없었다.

이때 장순은 문득 무송에게서 들은 원앙루의 이야기가 생
각났다. 그래서 곧 옷자락을 잘라 내어 피를 묻혀 흰 벽에다
몇 자 적었다.

"사람을 죽인 자는 안도전이다."

이렇게 같은 말을 수십 군데에 써 놓았다.

아침에 눈을 뜬 안도전은,

"이봐, 어디 갔어!"

하고 이교노를 불렀다.

"쉿, 선생, 목소리가 너무 커요. 이교노는 여기 있습니다."

안도전은 자리에서 일어났다. 그리고 네 구의 시체를 보자 깜짝 놀라 와들와들 떨었다.

"선생, 이 벽을 좀 봐요. 선생입니다."

"아니! 당신 이럴 수가 있소?"

하고 안도전이 말하자 장순이 말했다.

"길은 두 가지 밖에 없습니다. 어느 쪽을 택하건 선생의 자유입니다. 떠들면 나는 도망칠 거요. 그러면 죄는 모두 선생에게 돌아갑니다. 일을 무사히 수습하려거든 곧 집으로 가서 약을 가지고 양산박으로 갑시다. 이 두 가지 중에서 어느 쪽이든 마음대로 택하십시오."

"이보게. 굉장히 성급하군."

날이 밝기 전에 두 사람은 안도전의 집으로 가서 약을 가지고 급히 왕정륙의 집에 도착했다. 왕정륙이 말했다.

"어제 장왕이 이곳을 지나갔습니다. 형님이 있었더라면 좋았을 것을."

"나도 그놈을 만났는데 아깝게도 놓쳤소. 그러나 중대한 일을 앞두고 그런 건 아무래도 좋소."

그때 바로 장왕의 모습이 보였다. 그는 강가로 가고 있었다. 왕정륙이 소리쳤다.

"이봐요. 장왕! 잠깐만 기다려요! 친척을 두 사람만 태워 주시오."

장순은 재빨리 안도전과 옷을 바꿔 입었다. 그리고 갓으로 얼굴을 가린 채 왕정륙과 함께 세 사람은 배에 올랐다. 이윽고 장왕이 배를 강의 중간까지 저어 왔을 때 장순이 갓을 벗으면서,

"이놈, 내 얼굴을 알아보겠지!"

하고 호통을 쳤다.

장왕은 가슴이 철렁 내려앉아 말도 나오지 않았다.

"그 젊은 놈은 왜 보이지 않나?"

"호한, 사실은 모처럼 손에 넣은 큰돈을 그놈에게 나눠 주기가 아까워 강물 속에 던져 버렸습니다."

"이놈! 나는 심양강에서 태어나 소고산小孤山 아래에서 자라면서 생선 장수로 천하에 이름이 알려졌느니라! 강주에서 다툰 일 때문에 양산박에 거주하며 송 공명 형님을 따라 천하를 누비고 다녔지만 누구 하나 나와 원수를 맺은 적은 없었다. 그런데 네놈은 나를 배에 태우더니 두 손을 묶어 강물 속으로 밀어 넣었다. 만약 내가 수영을 할 줄 몰랐더라면 생명을 잃을 뻔 하지 않았느냐? 오늘 네놈은 나를 만났으니 각오하거라!"

하고 밧줄로 칭칭 동여매고 그를 양자강에 던져 버렸다.

"몸에 칼은 대지 않을 테다!"

이것을 지켜 본 왕정륙은 그저 침만 꿀꺽 삼킬 뿐이었다.

강기슭에 도착한 장순은 배에서 전에 빼앗긴 금덩이와 은화를 찾아내어 보자기에 싸서 보따리에 넣었다. 그리고 왕정륙에게 말했다.

"당신의 은혜는 죽어도 잊지 않겠소. 그런데 어떠시오? 술

집을 그만두고 아버지와 함께 양산박으로 올라갈 생각은 없
소?"

"실은 저도 그렇게 하려고 생각하고 있던 참이었습니다."
하고 왕정륙이 대답했다.

장순은 왕정륙과 헤어져 안도전과 함께 길을 재촉했다. 안
도전은 문약文弱한 선비 걸음이라 먼 길을 가는 데에는 익숙
하지 못했다. 그리하여 30리쯤 가자 더는 한 걸음도 움직일
수 없다고 했다. 할 수 없이 두 사람은 마을의 주점으로 들어
가 술을 마시고 있는데,

"아니, 어떻게 된 거야? 이렇게 늦어서야 되겠어!"
하고 소리치는 사람이 있었다. 대종이었다. 장순이 송강의
병세에 대해 물으니,

"송강 형님은 지금 정신을 잃고 밥은커녕 물도 제대로 넘
기지 못하네. 금방 숨이 넘어갈 것만 같다네."
하고 대종이 울먹였다.

장순의 눈에서는 눈물이 뚝뚝 떨어졌다.

"그래, 혈색은 어떻습니까?"
하고 안도전이 묻자, 대종이 대답했다.

"몸이 몹시 쇠약해져서 밤새 신음만 하고 계십니다. 이제
는 어려울 것 같습니다."

"아픔을 느낄 정도라면 아직 가망이 있습니다. 때를 놓치
지 말아야 할 텐데."

"그건 염려 마십시오."

대종은 갑마를 두 장 꺼내서 안도전의 다리에 붙이고 약
주머니를 자기 어깨에 메고는 장순에게,

"당신은 천천히 와. 나는 선생과 앞서갈 테니까."

하고는 신행법을 이용하여 뛰어갔다.

두 사람이 양산박에 도착하여 송강을 보니 숨소리가 들릴락 말락 했다. 안도전이 먼저 맥을 짚어 보았다.

"병세가 꽤 중하지만 걱정할 것 없습니다. 큰소리 같지만 열흘 안으로 건강을 회복시켜 보이겠습니다."

안도전은 우선 뜸을 떠서 독기毒氣를 없애고 약을 발랐다. 5일째가 되자 과연 혈색이 좋아졌다. 그리고 열흘도 못 되어 송강은 식사를 전과 같이 하게 되었다.

그 무렵에 장순이 왕정륙 부자父子를 데리고 돌아왔다.

57. 북경성의 함락

송강은 원기를 회복하자 노준의와 석수의 일을 걱정했다.
그는 곧 북경성을 공략할 의논을 했다. 오용은 원소절元宵節
(정월 대보름) 밤에 북경성에 불을 지르고 이것을 신호로 안팎
에서 일제히 쳐들어가 함락시킬 계책을 세웠다. 그런데 성
안의 요소要所에 불을 지르는 것이 가장 어려웠으며, 이 일
을 맡을 만한 사람이 문제였다. 이때,
"제가 하겠습니다."
하고 나서는 자가 있었다. 시천이었다.
"북경의 중심지에는 하북河北에서 제일이라고 손꼽히는
취운루翠雲樓라는 커다란 술집이 있습니다. 그 집에 불을 지
르지요."
이튿날 새벽 시천은 산을 내려가 북경으로 향하였다. 그리
고 두령들은 각자 오용의 지령을 받고 산을 내려가 북경성으
로 향하였다. 해진과 해보는 사냥꾼의 모습으로 변장하고 떠
났다. 이들의 임무는 유수사留守司 앞에서 전령傳令의 병사

를 끌고 막는 것이었다. 두천과 송만은 쌀장수로 변장하여 수레를 끌고 갔다. 이들의 임무는 동문을 점령하는 것이었다. 공명과 공량은 하인으로 변장했다. 이들은 성 안 번화가에서 연락을 취하는 것이 임무였다. 이응과 시진은 길손으로 가장하여 동문 밖 여관에 묵고 있다가 문지기 병사를 처치하고 동문을 점령하는 임무를 맡았다.

노지심과 무송은 스님으로 변장하여 성 밖의 절에 묵고 있다가 남문 밖에서 적의 대군을 저지하는 임무를 맡았다. 추연과 추윤은 등롱燈籠 장수로 변장하여 성 안에 들어가 있다가 유사시에 사옥사司獄司로 가서 대응하는 임무를 맡았고, 유당과 양웅은 관원으로 가장하여 대명부 앞에 숙소를 정하고 있다가 소식을 전하러 가는 관원을 제지하는 임무를 맡았다.

또한 공손승은 도사道士로, 능진은 그의 제자로 가장하여 수백 개의 화포火砲를 숨겨 가지고 가서 조용한 곳에 묵고 있다가 불이 솟으면 쏘는 임무를 맡았으며, 장순과 연청은 수문水門을 통해 성 안으로 들어간 뒤, 노 원외의 집으로 가서 음부와 간부를 잡아오는 임무를 맡았다. 왕왜호, 손신, 장청, 호삼랑, 고대수, 손이랑 등은 각각 세 쌍의 시골 부부로 가장하여 등롱을 구경하러 성 안에 온 체하며 노준의의 집으로 가서 불을 지르는 역할을 맡았고, 시진과 악화는 병사로 가장, 채 절급의 집으로 가서 노준의와 석수를 구출하는 임무를 맡았다.

한편 북경 유수사 양중서는 양산박 군의 습격이 있을까봐 겁을 먹고, 금년 등롱제燈籠祭는 중지하려는 생각에서 부지사와 이성, 문달 등을 불러 의논했다. 그런데 문달이 말했다.

"해마다 하던 행사를 금년에만 그만둔다는 것은 옳지 않다고 생각합니다. 그렇게 되면 산적들이 더욱 신이 나서 이쪽을 알아보게 될 것입니다. 수비守備는 제가 직접 대군을 이끌고 성 밖 비호욕에서 진을 치겠으며, 이 도감都監은 성안팎을 순찰하여 만반의 태세를 갖출 터이니 조금도 걱정할 것 없습니다. 차라리 예년보다 등롱의 수도 늘리고 훨씬 성대한 축제를 벌여, 상공相公께서 손수 백성들과 즐거움을 나누려는 뜻을 보여주는 것이 좋을 줄 압니다."

양중서는 매우 기뻐하며 그의 말에 따라 예년과 마찬가지로 정월 13일부터 17일까지 5일 동안 철야 개방하여 등롱제를 올린다는 취지를 백성들에게 알렸다.

드디어 원소절이 다가오자 유수사 앞에는 커다란 '오산鰲山'을 장식했다. 위에는 빨갛고 노란 커다란 용 두 마리를 만들어 놓았는데 비늘 한 장 한 장에는 각각 등롱이 하나씩 달려 있었고 용의 입에서는 불을 내뿜도록 되어 있었다. 거리에도 집집마다 등을 장식하여 북경성은 온통 축제 분위기로 들떠 있었다.

이 사실은 즉시 밀정에 의해 양산박에 보고되었고 오용은 일이 잘 되어감을 기뻐했다. 송강은 손수 군사를 이끌고 출동하고 싶었으나 안도전이 무리해서는 안 된다고 만류하였으므로 오용이 대신 가기로 했다. 그리하여 곧바로 북경성 공략 부대가 편성되었다.

제 1군 선봉대장에 관승, 부대장에 선찬, 학사문, 후방대장에 황신이 임명되었다.

제 2군 선봉대장에는 임충, 부대장에는 마린, 등비, 후방대장에는 화영이 임명되었다.

제 3군 선봉대장에는 호연작, 부대장에는 한도, 팽기, 후방대장에는 손립이 임명되었다.

제 4군 선봉대장에는 진명, 부대장에는 구붕, 연순, 후방대장에는 진달이 임명되었다.

제 5군 선봉대장에는 목홍, 부대장에는 두홍, 정천수가 임명되었다.

제 6군 선봉대장에는 이규, 부대장에는 이립, 조정이 임명되었다.

제 7군 선봉대장에는 뇌횡, 부대장에는 시은, 목춘이 임명되었다.

그리고 제 8군 선봉대장은 번서, 부대장은 항충, 이곤이 맡도록 했다.

다만 제 1군에서 제 4군까지는 기병이었고, 제 5군 이하는 모두 보병이었다.

전군은 정월 보름날 밤 열 시에 북경성에 도착할 예정으로 출발했다.

드디어 정월 보름날, 북소리가 밤 열 시를 알리자, 북경성 안의 들뜬 사람들 사이에서,

"양산박의 군대가 서문 밖에 쳐들어왔다!"

하고 외치는 소리가 들려 왔다. 이윽고 관군官軍의 패잔병은 일제히 성 안으로 도망쳐 들어와서,

"문 도감의 본진이 뚫렸습니다! 양산박의 산적들이 성 밑에까지 쳐들어왔습니다!"

하고 외쳐 댔다.

이 말을 들은 이성은 성문을 굳게 닫아 버렸다. 그리고 부지사는 유수사로 뛰어갔다. 이때 양중서는 술에 취해 있다가 급보에 너무 놀라 아무 말도 못 하다가,

"말을 준비해라!"

하는 말만 겨우 입 밖에 낼 뿐이었다.

그때 취운루에서 불길이 치솟았다. 사나운 불길은 하늘을 훤히 비췄다. 양중서가 당황하여 말을 몰아 동문으로 빠져 나가려고 하자 두 사나이가,

"이응, 시진이 여기 있다!"

하고 외치면서 덤벼들었다. 양중서가 남문으로 돌아서려고 하자 석장을 든 키가 큰 화상이 호랑이 얼굴을 한 수행자와 함께 쳐들어왔다. 그리하여 양중서는 유수사 앞으로 되돌아 왔으나 거기에는 해진과 해보가 창을 휘두르면서 쳐들어오고 있었다.

그래서 양중서는 부청 쪽으로 가려고 하는데 마침 달려오던 왕 태수王太守가 바로 그의 눈앞에서 유당과 양웅의 칼에 맞아 그 자리에서 무참한 최후를 마쳤다. 양중서는 할 수 없이 말머리를 돌려 서문으로 갔다. 그때 성황묘城隍廟 쪽에서는 천지를 뒤흔드는 화포 소리가 울려 퍼지더니 추연, 추윤이 대나무 끝에 불을 붙여서 죽 늘어선 처마에 불을 지르며 돌아다녔다. 또한 등불사 앞에서는 장청, 손이랑이 '오산'에 기어 올라가 불을 질렀다. 사방 십여 군데에서 불길이 치솟자 북경성은 그야말로 불바다를 이루었고 사람들은 울부짖으면서 허둥지둥 자기 집으로 도망쳐 들어갔다.

서문 쪽으로 도망친 양중서는 다행히 이성의 일대一隊와

마주쳐 그들의 호위를 받으면서 남문으로 도망쳤다. 그리고 남문 성루에 올라가서 아래를 내려다보니 '대도 관승大刀關勝'이라고 쓴 깃발이 화염에 번쩍이면서 양산박의 제 1군이 성밑까지 쳐들어오고 있었다. 양중서는 당황하여 북문으로 도망쳤다. 그러자 이곳에서 임충이 이끄는 제 2군이 들어닥쳤다. 다시 동문으로 빠져 나가려고 하는데 목홍의 제 5군이 쳐들어왔다. 양중서는 다시 남문으로 죽을 힘을 다하여 도망쳤다. 이때 이규의 제 6군이 나타났다. 양중서는 이성의 도움으로 간신히 성 밖까지 빠져 나갈 수 있었으나 왼쪽에서는 호연작의 제 3군이, 등 뒤에는 화영의 군사가 쫓아왔으며 이어서 오른쪽에서는 진명의 제 4군이 나타났다. 이성은 온몸이 피투성이가 되어 양중서를 호위하면서 도망쳤다. 그리하여 문달의 군사와 합류하고 간신히 서쪽으로 몸을 피했다.

한편 성 안에서는 두천과 송만이 양중서의 집에, 유당과 양웅은 왕 태수의 집으로 쳐들어가서 각각 일가족을 몰살해 버렸다. 그리고 전에 채복·채경의 인도를 받아 사형수의 감방에 들어가 있던 시진과 악화는 재빨리 노준의와 석수를 감옥에서 구출해 냈다. 노준의는 즉시 석수와 공명, 공량, 추연, 추윤을 데리고 이고와 가씨를 잡으러 자기 집으로 뛰어갔다.

한편 이고는 양산박의 호한히 성 안에 난입하여 불을 질렀다는 말을 듣고 간이 콩알만해져 허겁지겁 금은 보화를 챙겨 가씨와 함께 도망치려고 하는데 노준의가 호한들을 이끌고 집 안으로 들어닥쳤다. 두 사람은 기절초풍하여 뒷문 쪽으로 도망쳐 울타리를 뛰어넘어 강기슭으로 피했다. 이때 그곳에

서 기다리고 있던 장순이 큰 소리로,

"이 연놈들! 어딜 가느냐!"

하고 외쳤다.

당황한 이고가 가까이 있는 배에 뛰어올라 선실로 도망쳐 숨으려고 하는데 안에서 불쑥 손이 뻗어와 이고의 머리를 감아 쥐고는 호통을 쳤다.

"이고, 내 얼굴을 알겠지!"

목소리의 임자는 뜻밖에도 연청이었다. 강기슭에 있던 장순은 가씨를 붙잡아 겨드랑이에 끼고 다가왔다.

한편 오용은 군사들을 집합시키고 대명부大名府의 부고府庫를 열어 금은 보화를 모두 수레에 싣게 했다. 쌀은 백성들에게 나눠 주고 나머지는 모두 수레에 실었다. 그리고 이고와 가씨를 수인거에 싣고 양산박으로 향하였다. 채복, 채경도 시진의 권유로 함께 산채로 갔다.

노준의가 충의당에 도착하자 송강은 그에게 고개를 숙여 인사하고는 곤욕을 치르게 한 것을 사과하며 첫째 의자에 앉히려고 했다. 그러자 노준의가 깜짝 놀라며 말했다.

"천만의 말씀입니다. 저 같은 것이 산채의 주인이 되다니! 목숨을 건져 주신 이상 한 병졸로 써 주신다면 다행이겠습니다."

송강은 재삼 권유했으나 노준의는 끝내 이를 거절했다. 그러자 이규가 외쳤다.

"형님! 항상 양보만 하실 거요? 이놈의 망할 의자는 무슨 금덩이나 되나. 언제나 왔다갔다하게!"

"네가 뭘 안다고 그래! 말을 함부로 하지 마라!"

하고 송강이 책망했다.

"그렇게 말씀하시면 저는 몸 둘 곳이 없습니다."

하고 노준의가 말하자, 이규가 말했다.

"이러니저러니 할 것 없이 만약 형님께서 황제가 되시면 노 원외를 승상에 앉히고 우리를 모두 대관大官으로 삼으면 될 것인데, 이 같은 논쟁만 하고 있으니 그런 때가 온다고 하더라도 양산박에서 강도질을 하던 때만 못할 것이오!"

송강은 화가 났으나 더 이상 말하지 않았다.

결국 오용의 권유에 따라 노준의는 당분간 손님으로 있기로 하고 후일에 공을 세우면 자리를 양보하기로 했다.

이윽고 충의당에서는 성대한 축하연이 벌어졌다. 노준의는 이고와 가씨를 끌어내어 모두가 지켜보는 가운데 죽여 버렸다.

한편 양중서는 양산박의 군사가 철수했다는 말을 듣고 이성, 문달과 함께 성 안으로 들어왔으나 가족들은 거의 다 죽음을 당한 뒤였다. 그러나 양중서의 부인은 뒤뜰 화원 속에 숨어서 간신히 목숨을 건졌다. 그녀는 양중서에게 즉시 조정에 상소문을 보내라고 하였다. 그리하여 양중서는 곧 목숨을 잃은 자가 민간인 5천여 명, 군인 3만여 명이라고 과장하여 채 태사에게 글을 써 보냈다.

북경이 참패했다는 소식은 곧 동경에 알려졌다. 조정에서는 태사 채경의 추천으로 능주의 단련사團練使 단정규單廷珪와 위정국魏定國 두 장군을 양산박 토벌하는 데 파견하기로 했다. 단정규는 수공水攻 전법에 뛰어나 신화장군神火將軍이라고 불리고 있었다.

이 소식은 곧 양산박에 전해졌다. 관승은 자진하여,

"제가 그 두 사람을 잘 알고 있으니 가서 설득하겠습니다."

하고 말했다. 송강은 매우 기뻐하며 5천 명의 군사와 선찬, 학사문 두 장수를 동행토록 하고, 다시 만일의 경우에 대비하여 임충, 양지 등에게 5천 명의 군사를 주어 뒤를 따르게 했다. 그러자 이규가,

"나도 보내 주시오!"

하고 말했다.

"자네는 이번엔 안 돼."

하고 송강이 말했다.

"나는 가만히 있으면 병이 나요. 나를 끝까지 보내 주지 않으면 혼자서라도 갈 겁니다!"

"이봐, 군령을 어기면 목을 벨 테야!"

송강에게 책망을 들은 이규는 시무룩하여 물러갔으나 그날 밤 몰래 산을 내려가 지름길을 따라 능주로 향하였다.

'엉터리 장군들에게 군사를 내주어 보낼 게 뭐람? 내가 성 안에 들어가 이 도끼로 두 놈의 목을 잘라 가지고 와서 형님을 놀라게 해야지.'

반나절이나 줄곧 걸은 이규는 배가 몹시 고팠다. 호주머니를 뒤져 보니 너무 서둘러 산을 내려왔기 때문에 여비를 갖고 오는 것을 잊어버렸다.

"오랜 시간을 아무것도 먹지 않았더니 뱃속에서 난리가 나는군!"

하고 중얼거리며 걸어가는데 마침 길가에 주점 하나가 보

였다.

이규는 안으로 들어가 무조건 술 서 되와 고기 두 근을 먹어 치우고 몸을 일으켜 곧장 나가려고 했다.

이때 마침 들어오던 커다란 사나이가 앞을 가로막으려 소리쳤다.

"이봐, 검둥아! 여기가 어딘 줄 알고 허튼 수작을 부리는 거냐?"

그러자 이규는 눈을 부라리면서 말했다.

"나는 어디서나 공짜로 얻어먹고 있어."

"이놈이 내가 누군지 모르고 있군. 나는 양산박의 호한 한백룡韓伯龍이다."

'산채에 그런 놈이 있다는 말을 들은 적이 없는데.'

하며 이규는 속으로 웃으면서,

"그럼 이 도끼를 잡히지."

하고 허리춤에 찬 도끼를 한 자루 꺼내 주는 체하다가 한백룡을 정면으로 내리쳤다. 한백룡은 그 자리에 푹 쓰러졌다.

이 사람은 본래 산적이었으나 양산박에 끼어들려고 주귀를 찾아왔다. 그런데 공교롭게도 송 공명의 병으로 면담시킬 기회가 없어 주귀를 도우면서 이 술집에 있다가 양산박으로 올라가기도 전에 가엾게 이규의 손에 목숨을 잃고 만 것이다.

이규는 상점의 돈을 빼앗아 노자를 마련하였다. 한참을 가고 있는데 저쪽에서 몸집이 큰 어떤 사나이가 이규를 눈여겨보고 있었다. 이규가,

"야, 이놈아! 뭣 때문에 사람을 노려보는 거냐?"

하고 큰 소리로 외쳤다. 그러자,

"너는 누구냐?"

하고 사나이가 되물었다.

이규가 발끈하여 후려갈기려고 하자 어느새 사나이의 주먹이 날아와 이규는 엉덩방아를 찧었다.

'이놈이 여간내기가 아니로구나!'

이규는 이렇게 생각하면서 땅바닥에 주저앉은 채 상대방을 쳐다보면서,

"네놈의 이름은 뭐냐?"

하고 물었다.

"나는 이름이 없는 촌뜨기야. 나와 한판 겨룰 테면 상대가 되어 주지. 자, 일어서!"

이규는 화가 나서 일어서려고 하는데 사나이가 또 옆구리를 걷어차는 바람에 다시 주저앉고 말았다.

"내가 졌다!"

하고 이규가 벌떡 일어나 도망치려고 하자, 사나이는,

"잠깐만, 검둥아! 네놈의 이름은 무엇이냐? 그리고 어디 사는 놈이냐?"

하고 물었다.

"오늘은 내가 졌으므로 이름을 밝히고 싶지 않다만, 너도 상당한 호한으로 보이고, 속이기도 싫으니 말하겠다. 양산박의 흑선풍 이규가 바로 나다."

"정말이냐? …… 거짓말은 아니겠지?"

"거짓말이라고 생각되면 이 두 자루의 도끼를 보렴."

그러자 사나이는 얼른 이규 앞에 엎드렸다. 이규가 물었다.

"그래, 네 이름은 도대체 무엇이냐?"

"나는 중산부中山府(지금의 하북성河北省) 사람으로 3대째 씨름꾼으로 살고 있습니다. 보시다시피 흉한 낯짝을 하고 있어서 어디를 가나 사람들에게 호감을 사지 못하지요. 산동과 하북에서는 모두들 나를 몰면목沒面目 초정焦挺이라고 부르고 있습니다. 구주寇州의 고수산枯樹山에 상문신喪門神 포욱鮑旭이라는 산적이 있다고 하여 그곳에라도 가서 몸을 의지하려고 지금 가는 중입니다."

"너는 주먹이 세니 차라리 우리 양산박에 가지 않겠나?"

"그렇게 될 수만 있다면 얼마나 좋겠습니까?"

"나는 송 공명 형에게 화를 내고 산에서 뛰어나왔다. 한 놈도 때려 눕히지 못하고 빈손으로 돌아갈 수는 없다. 그러니 나와 함께 고수산으로 가서 포욱을 설득한 뒤, 능주성으로 쳐들어가서 단정규, 위정국 두 장수의 목을 따가지고 그것을 선물로 산채로 돌아가자."

이리하여 두 사람은 함께 고수산으로 향하였다.

한편 관승은 부장 선찬, 학사문과 함께 5천의 군사를 이끌고 능주성으로 쳐들어갔다. 그러자 성수장군 단정규와 신화장군 위정국이 화가 치밀어 성에서 나와 관승의 군사를 맞아 싸웠다. 이윽고 단정규와 학사문, 위정국과 선찬이 대결하여 서로 불꽃을 튀기면서 싸우다가 단·위 두 장군이 일부러 말머리를 돌려 도망쳤다. 이를 선찬, 학사문이 무심코 뒤쫓다가 순식간에 적의 보병에게 포위되어 두 사람은 포로가 되고 말았다.

이렇게 포로가 된 선찬과 학사문이 수인거에 실려 병사 3

백 명에게 에워싸여 동경으로 호송되고 있는데 이규, 초정, 포욱 세 사람이 앞길을 가로막아 이들을 무사히 구출해 냈다. 그리하여 이들 다섯 사람은 고수산의 부하 6, 7백 명을 이끌고 일제히 능주로 쳐들어갔다.

이 소식을 들은 단·위 두 장군은 매우 화가 나서 단정규가 5백 명의 군사를 이끌고 나와서 관승과 맞붙어 싸웠다. 50여 차례 겨룬 끝에 관승이 도망치자 단정규가 그의 뒤를 쫓았다. 관승은 십여 리를 도망치다가 갑자기 몸을 돌려 칼 등으로 단정규를 쳐서 말 아래로 떨어뜨렸다. 그리고 그는 말에서 내려 단정규에게 양산박 군에 가담하도록 권유하였다. 마침내 단정규는 함께 하늘을 대신하여 도를 행할 것을 약속했다.

한편 위정국은 이 소식을 듣자 크게 노하여 이튿날 군사를 이끌고 관승과 십여 차례 겨뤘으나 결국 도망쳤다. 관승이 그를 추격하려고 하자 단정규가 속임수라고 제지하며 추격을 못 하게 했다. 그러자 위정국의 군사들은 화공으로 공격해 왔다. 양산박 군은 40여 리를 후퇴했다.

그러나 위정국이 군사를 모아 능주성 안으로 들어가려고 할 때 성 안에서 불길이 치솟았다. 이것은 이규 등이 군사를 몰고 능주성으로 쳐들어가 창고를 털고 불을 질렀기 때문이다. 위정국은 성 안으로 들어갈 수도 없고 뒤에서 추격해 오는 관승의 군사들 때문에 뒤쪽으로 갈 수도 없어 결국 능주성을 버리고 중릉현中陵縣으로 도망쳐 주둔했다.

관승은 위정국의 뒤를 추격하여 중릉현 밖에까지 진을 치고 공격하였다. 그때 단정규가 혼자 위정국에게 가서 설득하겠다고 했다. 관승은 이를 쾌히 승낙했다. 그리하여 단정규가 위정국에게 가서 좋은 말로 설득하니 마침내 위정국도 하늘을 대신하여 도를 행할 것을 약속하였다. 이렇게 하여 관승은 성 안을 공격한 이규와 합류하여 무사히 양산박으로 개선했다.

58. 사문공의 생포

　관승의 군사가 금사탄에 도착했을 때 양림, 석용 등과 함께 북방 변경으로 말을 사러 갔던 단경주가 혼자서 돌아와 임충에게 보고했다. 그의 말에 의하면 그들은 2백여 필의 준마駿馬를 사 가지고 청주까지 왔으나 2백여 명의 부하를 거느린 욱보사郁保四라는 자에게 말을 모두 빼앗겼다는 것이었다. 그리고 그들은 말을 몰아 증두시曾頭市로 갔다고 했다. 임충은 곧 이 소식을 송강에게 전했다.

　송강은 마침 단정규와 위정국이 귀순하였고 또한 이규가 초정과 포욱 등을 데리고 돌아와서 새 두령을 맞이한 기쁨으로 즐거워하고 있는데 이 소식이 전해졌다. 송강은 크게 노하여 여러 두령들과 의논한 끝에 우선 시천에게 증두시의 정황을 알아오도록 보냈다. 2, 3일이 지나자 양림과 석용이 도망쳐 와서는 사문공 등이 양산박을 불구대천不俱戴天의 적으로 알고 있으니 어서 증두시를 공격하자고 말했다. 이에 송강은 더욱 화를 내었다.

"이 원수 같은 증두시. 전에는 나의 명마名馬 '조야옥사자'를 가로채어 가고 조 천왕을 쏘아 죽이더니 이번에는 2백 마리의 말을 빼앗아 갔다고, 이런 무례할 데가 있나!"

"시천이 돌아와서 보고를 할 때까지 기다려도 늦지 않습니다."

하고 오용이 말했다.

마침내 시천이 돌아와서 보고하는 바에 의하면, 증두시에서는 다섯 군데에 보루를 쌓고 총채總寨는 교사敎師 사문공, 북채北寨는 장남 증도와 부교사 소정, 남채南寨는 2남 증밀, 서채는 3남 증색, 동채東寨는 4남 증괴, 중채中寨는 5남 증승과 그의 부친 증롱曾弄이 각각 지키고 있으며 험도신險道神 욱보사는 키가 1장丈이나 되고 허리통이 몇 아름이나 되는 놈으로 법화사에서 빼앗은 말을 지키고 있다는 것이었다.

그리하여 양산박 군은 역시 다섯 보루에 군사를 다섯 대隊로 나누었는데 남채에는 진명과 화영, 동채에는 노지심과 무송, 북채에는 양지와 사진, 서채에는 주동과 뇌횡에게 각각 3천의 군사를 이끌게 하고, 중앙의 총채는 송강 자신이 군사軍師 오용, 공손승과 함께 5천을 이끌며, 후진後陣으로는 이규와 번서가 역시 5천의 병사를 이끌게 하여 총병력 2만 2천이 증두시를 향해 진격하기로 했다.

노준의가 자기도 부디 선봉에 나서게 해달라고 말했으나 오용이 말했다.

"원외는 처음 산채에 와서 아직 전세에도 경험이 없고 증두시의 산세가 너무 험하여 말을 타기에도 불편하므로 선봉으로 삼을 수 없습니다. 달리 1대隊의 군마軍馬를 인솔하여 평지와 소로小路에 매복하였다가 포성이 울리면 나와서 응전케 하는 것이 좋겠습니다."

송강은 오용의 말을 듣자 매우 기뻐하면서 노준의를 선봉에 내세우지 않고, 연청과 함께 5백 명의 보병을 이끌고 별동대로서 평지와 소로에 매복하여 신호가 울릴 때까지 기다리게 했다.

한편 증두시에서는 양산박의 대군이 쳐들어온다는 소식을 듣자 곧 마을 안팎에 많은 함정을 파놓고 이들이 쳐들어오기만을 기다렸다. 그러나 오용은 이미 시천을 증두시로 보내어 적정敵情을 살피게 했으므로 이 사실을 모두 알고 있었다.

오용은 선봉에 선 보병 부대는 삽을 들게 하여 두 대隊로 나누도록 명령하고 또한 양식을 실은 백여 대의 수레에는 갈대와 마른 나뭇가지를 싣게 하여 중군中軍에 감춰 두었다.

그리고 북채를 공격하기로 한 양지와 사진에게는 군사들을 일렬로 늘어서게 한 뒤 북을 치고 기를 휘두르며 허세를 부리게 했다. 그러나 앞으로 나가지는 못하게 했다.

다음날 9시쯤 되자 포성이 들리며 대부대가 남채로 쳐들어갔고, 동채에는 노지심, 서채에는 주동이 쳐들어갔다. 사문공은 군사를 움직이지 않고 양산박의 군사들이 함정에 빠지기만을 기다리고 있었다. 그러나 함정의 양쪽에서 매복하고 있던 증두시의 군사들은 오히려 뒤에서 오용의 군사가 추격해 왔으므로 자기들이 파놓은 함정에 자기들이 빠지고 말았다.

그리고 오용이 신호를 보내자 징소리가 울리더니 갈대와 마른 나뭇가지를 실은 백여 대의 수레에 불을 붙여 밀고 나왔다. 사문공은 할 수 없이 군사를 퇴각시켰다. 그러자 공손 승이 주문을 외어 바람을 불게 하니 불길은 더욱 거세졌고 그 불길은 남문으로 옮겨 붙었다. 이렇게 하여 제 1전은 일 단 양산박 군의 승리로 돌아갔다.

성이 난 증도는 이튿날 군사를 이끌고 도전해 왔다. 여방 과 곽성이 각각 창을 들고 이들과 대적했으나 증도는 대단히 강했다. 그는 창을 휘둘러 여방의 목을 찌르려고 했다. 이때 재빨리 쏜 화영의 화살이 증도의 왼팔에 맞혔다. 증도는 말 에서 떨어졌으며 이에 여방과 곽성이 창을 휘둘러 그는 비명 을 지르며 죽었다.

사랑하는 아들의 전사 소식을 들은 증롱은 몹시 울었다. 그러자 증승이 화가 머리끝까지 치밀어 이빨을 갈면서,

"형의 원수를 갚고야 말겠다!"

하고 아버지와 사문공이 말리는 것도 듣지 않고 수십 명의 기병만을 데리고 말을 몰아 싸움을 걸어 왔다. 진명이 나가 싸우려고 하자 웃통을 벗어부친 흑선풍 이규가 큰 도끼를 휘 두르면서 가운데로 뛰어나갔다. 이때 증승이 그를 향해 활을 쏘았다. 화살은 이규의 넓적다리에 명중하여 그는 태산이 무 너지듯이 땅 위에 쓰러졌다. 그리하여 증승이 곧 군사를 이 끌고 이규를 생포하려고 하자 화영과 진명이 필사적으로 이 를 막아 간신히 이규를 구출하고 돌아왔다. 증승도 송강 휘 하에 뛰어난 사람이 많다는 것을 알고 있었으므로 싸움을 그 만두고 군사를 이끌고 돌아왔다.

이튿날 사문공과 소정은 적의 도전에 응하지 않은 것이 좋 다고 하였으나 혈기가 넘치는 증승은 형의 원수를 갚아야 한

다며 이들의 말을 듣지 않았다. 사문공은 할 수 없이 명마 조야옥사자에 올라 진명과 맞서 20여 차례 겨룬 끝에 진명이 도망쳤다. 그는 용감히 뒤쫓아와서 진명의 넓적다리를 창으로 찔러 그를 말에서 떨어뜨렸다. 그러자 여방과 곽성 등이 필사적으로 나가 싸워서 진명을 간신히 구출하여 돌아왔으나 그날도 양산박 군의 패배로 날은 저물었다.

그날 밤은 하늘이 맑아 달이 밝았고 바람도 불지 않았다.

사문공은 증승에게 말했다.

"적은 두 장수가 상처를 입어 겁을 집어 먹고 있음에 틀림없으니 이때를 놓치지 말고 밤에 쳐들어갑시다."

이때 송강은 향을 피우고 기도를 하고 있다가 점괘를 하나 뽑았다. 오용이 이를 보더니 오늘 저녁 적이 습격해 올 텐데 틀림없이 승리할 수 있을 것이라고 말했다. 그래서 송강은 오용과 함께 계책을 세웠다.

증두시에서는 곧 북채의 소정, 남채의 증밀, 서채의 증색과 연락을 취하여 10시경에 송강의 본진으로 일제히 쳐들어왔다.

그러나 진지는 텅 비어 있었다. 계략에 빠진 것을 알고 당황하여 군사를 되돌리려고 하는데 해진, 해보, 화영의 군사가 세 곳에서 일제히 쳐들어와 증색은 어둠 속에서 해진의 창에 찔려 전사했고 사문공은 겨우 포위망을 뚫고 도망쳤다.

증롱은 또다시 아들 증색을 잃자 더욱 슬픔에 잠겼다. 그리하여 이튿날 사문공과 의논하여 송강에게 강화講和를 제의했다.

증롱이 보낸 글을 읽고 난 송강은,

"두 차례에 걸쳐 빼앗아 간 말과 말 도둑 욱보사를 인도한다면 강화에 응할 용의가 있다."

하고 답서를 보냈다.

증두시에서는,

"욱보사를 인도하는 대신에 누구든지 좋으니 한 사람의 인질人質을 보내 주기 바란다."

하고 다시 답서를 보내 왔다. 그리하여 송강은 시천, 이규, 번서, 항충, 이곤의 다섯 두령을 보냈다.

이를 본 사문공은,

"다섯 사람이나 보내다니, 어떤 계략이 숨어 있을지 모르겠습니다."

하고 증롱에게 말했다. 그러자 이규가 화를 내면서 사문공에게 덤벼들었으나 은밀히 강화를 바라고 있던 증롱은 이러한 사문공의 말을 듣지 않고 다섯 사람을 환대하여 법화사에서 쉬게 하고 5남 증승을 사자로 하여 욱보사를 데리고 송강의 진지로 가게 했다.

그러나 증승이 가져온 말에는 조야옥사자가 들어 있지 않았다. 송강이 이것을 탓하자,

"그것은 스승 사문공이 타고 있으므로 가지고 오지 못했습니다."

하고 증승이 대답했다. 송강이 말했다.

"곧 편지를 써서 그 말을 되돌려 보내도록 하라."

증승은 즉시 편지를 썼다. 그러나 사문공은,

"다른 말이라면 모르지만 이 말은 줄 수 없다."

하고 회답을 보내 왔다.

사자가 몇 차례 내왕했다. 송강이 끝까지 조야옥사자의 인도를 요구하자 드디어 사문공도,

"만일 그쪽에서 군사를 철수시키면 돌려주겠다."

하고 양보했다.

그때 송강에게 청주와 능주에서 적의 원군援軍이 오고 있다는 보고가 날아들었다. 송강은,

'만일 이 사실을 증두시의 적이 알게 되면 갑자기 태도를 바꿀 것이다.'

하고 생각하고 관승, 단정규, 위정국에게 청주의 원병을 대적하게 하고 화영, 등비에게는 능주의 원병을 치게 하는 동시에 은밀히 욱보사를 불러 부드러운 말로 구슬렸다.

"이번에 네가 공을 세운다면 산채의 두령으로 세우고 말을 훔쳐 간 원한도 없었던 일로 하겠다. 어차피 증두시의 운명도 오늘내일 하는 마당이니 자네의 의향은 어떤가?"

욱보사는 송강의 말을 듣고 충성을 맹세했다. 그래서 오용은 그에게 계략을 일러주어 사문공에게 보냈다. 욱보사는 오용이 말한 대로 사문공에게,

"송강은 다만 천리마千里馬 조야옥사자를 원할 뿐 강화할 마음이 없습니다. 만일 말을 돌려주면 다시 마음이 변할 겁니다. 지금 청주와 능주에서 관군官軍이 쳐들어왔다고 하여 당황한 송강은 어찌해야 좋을지 모르고 있는 모양이니 이 기회에 역습하면 승리는 틀림없습니다."

하고 말했다.

사문공은 이 말을 믿었다. 그래서 곧 증룡을 설득하여 소정, 증밀, 증괴를 거느리고 으스름한 달밤을 이용하여 전군이

송강의 진지로 쳐들어갔다. 그러나 진지는 텅 비어 있었다.

그제야 계략에 빠진 것을 알고 당황하여 군사를 되돌리려고 하는데 증두시 쪽에서 징과 대포 소리가 울려 퍼졌다. 그리고 법화사에서는 시천이 재빨리 종루鐘樓에 올라 종을 쳤고 동서남북에서 일제히 포화가 울려 퍼지면서 함성과 함께 무수한 군사가 벌떼처럼 쳐들어왔다. 또한 법화사에 가 있던 이규도 군사를 이끌고 일제히 공격해 왔다. 증두시는 금세 수라장이 되었고 증룡도 이제 자기 운명이 다한 줄로 알고 스스로 목숨을 끊었다. 증밀은 주동의 칼에 죽었고, 증괴는 군병들에게 짓밟혀 죽었으며, 소정은 양지와 사진이 쏜 화살을 맞고 죽었다. 그들의 뒤를 따르던 군사들은 자기들이 파놓은 함정에 빠져 그 죽은 숫자는 이루 헤아릴 수가 없었다.

오직 사문공만은 천리마 덕택으로 서문을 빠져 나와 황야로 도망칠 수 있었다. 그러나 때마침 안개가 자욱하여 방향을 알 수 없었다. 약 20리 남짓 달려갔을 때 갑자기 숲 속에서 징소리와 함께 4, 5백 명의 군사가 뛰어나오더니 앞장선 장수가 사문공의 말 다리를 곤봉으로 후려쳤다. 그러나 그 말은 과연 천리마답게 곤봉을 휘두르는 순간 슬쩍 뛰어넘어 도망쳐 버렸다.

사문공은 계속 달렸다. 그때 하늘에 먹구름이 끼고 몸에 냉기가 스며들면서 사나운 바람이 부는가 싶더니, 허공에 온통 조개의 원통한 영靈이 나타나 사문공에게 달라붙어 떨어지질 않았다. 할 수 없이 사문공은 달려온 길을 다시 되돌아서 오는데 낭자 연청과 마주쳤다. 그리고 이어서 노준의가 나타나면서 큰 소리로,

"이놈, 어딜 가느냐!"

하고 외치는 동시에 칼로 사문공의 허벅지를 푹 찔러 말에서 떨어지는 것을 붙잡아 묶어서 증두시로 끌려갔다. 그리고 연청은 그의 명마를 끌고 본진으로 갔다.

송강은 사문공이 붙잡혀 오는 것을 보자 기쁨과 분노를 동시에 느꼈다. 한편으로는 노 원외가 공을 세운 것이 기뻤고, 다른 한편으로는 사문공이 조 천왕을 쏘아 죽인 것이 생각나서 화가 치밀었던 것이다. 그는 먼저 증승의 목을 자르고 증가曾家의 가족들을 한 사람도 남김없이 죽여 버린 다음 금은 재보와 쌀, 보리 등 곡식을 모두 수레에 싣고 양산박으로 개선했다.

그때까지 관승은 청주의 적을 무찌르고, 화영은 능주의 적을 격퇴시킨 다음 돌아오게 되었다. 그리하여 모든 두령들이 무사히 산채로 돌아왔다. 이들 두령들은 충의당에 모여 송강이 제주祭主가 되어 조개의 위령제慰靈祭를 지내고, 사문공을 죽여 그 시체를 영전에 바쳤다. 제사가 끝나자 송강은 두령들에게 정식으로 양산박의 주인을 세우자고 제의했다.

먼저 오용이 말했다.

"송 두령이 주석, 노 원외가 차석, 그 밖의 형제들은 종전대로 하는 것이 어떻겠습니까?"

그러자 송강이 말했다.

"아니오. 전에 조 천왕의 유언에 사문공을 죽인 사람을 양산박의 주인으로 세우라고 했소. 오늘 노 원외가 그를 죽였으니 마땅히 노 원외를 주석의 자리에 앉혀야 하오."

"당치 않은 말씀입니다. 말석末席을 더럽히는 것도 과분하게 생각하고 있습니다."

하고 노준의가 사양하자,

"아니오. 나는 결코 괜히 사양하는 것이 아니오. 내가 원외보다 못한 것이 세 가지가 있소. 첫째로 나는 살결이 검고 볼품없이 생겼지만 원외는 당당한 풍모를 가지고 있소. 둘째로 나는 말단 벼슬아치 출신이고 죄까지 지은 몸이지만 원외는 훌륭한 가문에서 태어난 호걸이오. 셋째로 나는 학문도 없고 무예에도 능하지 못하여 수많은 사람들을 위에서 다스려 나갈 역량力量이 없지만 원외는 문무에 통달해 있으므로 천하의 호한이 흠모하여 모여들 것이오. 어느 모로 보나 나는 원외에게 미치지 못하는 사람이오. 그러니 부디 산채의 주인이 되어 주시오."

노준의는 땅바닥에 엎드려,

"제발 그러지 마십시오. 저는 죽어도 그 말씀대로 따를 수 없습니다."

하고 말했다. 그러자 오용이 주장했다.

"송 두령이 주석이고 노 원외가 차석을 맡는 것이 모두의 의견입니다. 끝까지 양보하시겠다면 오히려 모든 사람들의 뜻에 거역하는 것이 됩니다."

오용은 말을 마치고 일동에게 눈짓을 했다. 그러자 흑선풍 이규가 큰 소리로 외쳤다.

"우리는 강주에 있을 때부터 목숨을 걸고 형을 따라왔습니다. 모두 형을 존경하고 있습니다. 양보하느니 마느니 하는 소리는 말아 줬으면 합니다. 그렇지 않으면 차라리 뿔뿔이 흩어져 버리든가!"

무송도 입을 열었다.

"이곳에는 조정에서 높은 지위에 있었던 군인이나 관원도 있지만 모두 형님을 지도자로 세우기를 원합니다. 다른 사람은 용납도 되지 않습니다."

유당도 말했다.

"처음 우리 일곱 사람이 이 산에 올라왔을 때부터 형님을 주인으로 세울 생각이었습니다. 이제 와서 나중에 온 사람에게 양보한다는 것은 도리에 닿지 않는다고 생각합니다."

노지심도 반대하고 나섰다.

"형님께서 너무 그러시면 나는 이곳을 떠나렵니다."

이윽고 송강이 말했다.

"그렇다면 하늘에 뜻을 물어서 정하는 것이 좋겠소."

"하늘에 뜻을 묻다니요?"

"지금 산채에는 군량軍糧이 부족하오. 그러나 양산박의 동쪽에는 두 주부州府가 있는데 양식과 재물이 풍부하오. 동평부東平府와 동창부東昌府가 바로 그곳이오. 이제부터 그곳으로 식량을 빌러 가기로 합시다. 그래서 나와 노 원외가 제비를 뽑아 각자 한 성을 뽑아 각자 한 성을 택하여 먼저 그 성을 쳐부순 쪽이 양산박의 주인이 되기로 하면 어떻겠소?"

"그거 재미있군요."

하고 오용이 말했다.

노 원외가 반대했으나 결국 제비를 뽑아 송강이 동평부, 노준의가 동창부를 치기로 했다.

술자리가 무르익었을 때 송강이 동원령을 내렸다.

송강은 임충, 유당, 사진, 서령, 연순, 여방, 곽성, 한도, 팽기, 공명, 공량, 해진, 해보, 왕왜호, 일장청, 장청, 손이랑, 손신, 고대수, 석용, 욱보사, 왕정륙, 단경주의 24명의 두령에게 기병과 보병 만 명을 거느리게 하고 수군水軍의 두령 완소이, 완소오, 완소칠 삼형제가 합세하도록 했다.

그리고 노준의는 오용, 공손승, 관승, 호연작, 주동, 뇌횡, 색초, 양지, 단정규, 위정국, 선찬, 학사문, 연청, 양림, 구붕, 능진, 마린, 등비, 시은, 번서, 항충, 이곤, 시천, 백승의 24명의 두령에게 기병과 보병 만 명을 이끌게 하고 수군의 두령 이준, 동위, 동맹이 합세하기로 했다.

이리하여 양산박의 군사는 양분되어 송강은 동평부, 노준의는 동창부를 향해 각각 군사를 이끌고 산에서 내려왔다.

이때는 3월 1일로 날씨는 따뜻하고 초목은 푸르러 싸움을 하기에는 알맞았다.

59. 충의당에서의 맹세

　송강은 군사를 이끌고 동평부의 성에서 40리쯤 떨어진 안
산진安山鎭에서 일단 머물렀다. 그리고 욱보사, 왕정륙을 사
자로 세워 동평부에 도전장挑戰狀을 보냈다. 동평부의 태수
정만리程萬里와 병마도감 동평董平은 크게 노하여 두 사람을
한 밧줄에 동여매고 피투성이가 되도록 때려서 성 밖으로 내
쫓았다. 두 사자의 보고를 받은 송강은 매우 화가 나서 당장
동평성을 짓밟아 버리자고 했다.
　그때 사진이 나서서,
　"동평부에는 이수란李睡蘭이라는, 내가 잘 아는 기생이 있
습니다. 그 집에 가 있다가 동평이 성에서 군사를 이끌고 나
올 무렵에 고루鼓樓에 불을 지르고 성 안팎에서 일제히 공격
하는 전술이 어떨까요?"
하고 말했다.
　"그것이 좋겠군."
하고 송강은 이에 찬성하고 사진을 성 안에 잠복시켰다.

그러나 사진은 이수란 일가의 밀고로 붙잡혀 사형수의 감방에 갇히고 말았다. 송강은 깜짝 놀라 오용에게 연락하여 의논했다. 그리하여 고대수를 여자 거지로 가장시켜 3월 그믐밤에 사진을 감옥에서 탈출시키기로 하고 옥중의 그와 연락을 취했다. 그러나 사진은 날짜를 잘못 알아 29일 밤으로 잡았기 때문에 계획은 실패로 돌아가고 말았다. 그러나 이것은 정 태수를 당황하게 만드는 데는 충분했다.

"틀림없이 산적의 밀정이 성 안에 들어와 있다. 차라리 성에서 쳐들어가 송강을 사로잡는 것이 낫겠다."

동평은 이렇게 말하고, 이튿날 날이 밝기 전에 군사를 이끌고 송강의 진지로 진격했다.

동평은 하동 상당군河東上黨郡(지금의 산서성) 사람으로 창술이 뛰어날 뿐만 아니라 대단히 머리가 좋았다. 그리고 못하는 것이 없어서 산동, 하북에서는 '풍류쌍창장風流雙鎗將'이라고 불리고 있었다.

송강은 진두에 서서 동평의 풍모를 보고 아주 마음에 들어했다. 그가 든 깃발에는 '영웅쌍창장英雄雙鎗將 풍류만호후風流萬戶侯'라고 씌어 있었다.

송강은 먼저 한도를 내보내 그와 싸우게 했다. 동평의 창술은 신출귀몰神出鬼沒하여 한도가 쩔쩔매는 것같이 보였다. 그래서 그를 불러들이고 서령을 대신 내보냈다. 서령이 창을 들고 나가 동평을 맞아 50여 차례 겨뤘으나 승부가 나지 않았다. 송강은 서령이 다치지나 않을까 걱정되어 징을 울려 다시 그를 불러들였다. 동평은 곧장 송강의 진지로 돌진하였다.

그러자 송강이 재빨리 진을 펼쳤다. 그리하여 동평은 송강의 병사에게 포위되고 말았다. 동평이 동쪽으로 가면, 송강은 언덕 위에서 지휘봉을 동쪽으로 흔들어 군사들을 동쪽으로 이동하게 하고, 동평이 서쪽으로 가면 군사를 서쪽으로 이동하게 하여 동평을 포위했다. 저녁때가 가까워서야 겨우 동평은 혈로를 열어 성 안으로 도망쳤으나 송강은 일부러 뒤쫓지 않았다.

그러나 송강은 늦추지 않고 성 아래까지 쳐들어가서 주둔했다. 동평이 정 태수의 독촉을 받아 다시 성에서 공격해 나오자 송강은 진두에 서서 항복을 권했다. 그러자 동평은 화가 나서 송강을 향해 돌진해 왔다. 왼쪽에서 임충, 오른쪽에서 화영 등이 뛰어나가 동평과 싸웠으나 몇 차례 겨루지도 않고 두 두령은 모두 도망쳤다. 그리고 송강의 보병들은 일부러 뿔뿔이 흩어져 버렸다.

용맹한 동평은 말을 몰아 송강의 군사를 추격했다. 그는 송강의 뒤에 바짝 달라붙어 십여 리를 뒤쫓아 어느 마을까지 왔다. 양쪽에는 초가집이 들어서 있었고 그 가운데에는 길이 하나 나 있었다. 동평은 계략이 있는 줄도 모르고 끝까지 송강을 쫓아 말을 몰았다. 그때 말이 밧줄에 걸려 그는 말과 함께 쓰러졌고 왼쪽에서 일장청과 왕왜호, 오른쪽에서 장청과 손이랑이 뛰어나와 동평을 사로잡았다.

송강은 동평이 두 여장女將에게 잡혀 끌려오는 것을 보자 당황하여 두 사람을 책망했다. 그리고 말에서 뛰어내려 손수 그의 밧줄을 풀어 주고 그 앞에 엎드렸다.

동평이 깜짝 놀라 답례를 하자 송강이 말했다.

"장군, 만일 우리를 버리지 않는다면 부디 이 산채의 주인이 되어 주십시오."

동평이 대답했다.

"당치 않은 말씀! 나는 사로잡힌 몸으로 목숨을 살려 주신 것만 해도 다행으로 생각하고 있는데, 산채의 주인이라니 황송하기 짝이 없습니다."

"우린 산채에 군량이 모자라 식량을 얻으러 왔을 뿐 다른 뜻은 없습니다."

"정만리는 본래 동관童貫의 집에서 서생으로 있다가 태수가 된 몸으로 백성들을 이모저모로 괴롭히고 있습니다. 만일 허락만 해주신다면 내가 성 안으로 들어가 교묘히 그를 속여서 군량을 모조리 빼앗아 오도록 하겠습니다."

동평은 정 태수의 딸을 아내로 삼기를 원했으나 태수가 응낙하지 않아 태수를 원망하고 있었다.

이리하여 동평은 송강으로부터 갑옷과 투구를 돌려받고 말을 몰아 동평성으로 들어갔다. 그리고 그 뒤에서 송강의 군사가 일제히 쳐들어갔다. 김지선은,

"백성을 죽이지 말아라!"

하고 명령했다. 동평은 정 태수의 일가족을 죽이고 그 딸을 빼앗았다. 또한 송강은 사형수의 감옥에서 사진을 구출하고 부고府庫를 열어 금은 재보와 식량을 모두 수레에 실은 뒤 양산박으로 돌아가게 했다. 그리고 사진은 이수란의 집으로 가서 일가를 모조리 죽여 버렸다.

이리하여 군사를 이끌고 산으로 돌아가려고 하는데 백승이 뛰어와서 동창부의 전황戰況을 전하였다.

그의 보고에 의하면 동창부에는 장청張淸이라는 맹장이 있는데 돌을 던지면 백발백중으로 맞히기 때문에 몰우전沒羽箭(날개가 없는 화살)이라는 별명으로 불리고 있다고 했다. 그리고 그 밑에는 부장이 두 사람 있는데, 한 사람은 공왕龔旺이라고 부르며 온몸에 호랑이와 같은 반점斑點 문신이 있고 목덜미에는 호랑이 머리를 새겨 넣었으며 말 위에서는 창술槍術에 능하였다고 했다. 또 한 사람은 정득손丁得孫이라고 부르는데 얼굴에서 목덜미까지 상처투성이인 호걸로, 그도 말 위에서의 창술에 능하였다고 했다. 노 원외는 이 세 장수 때문에 고전을 하고 있으며 학사문은 장청의 돌에 이마를 맞았고, 항충은 정득손의 창에 옆구리를 맞아 모두 중상이라는 것이었다.

그리하여 송강은,

"여러 형제들께서는 산채로 돌아가지 말고 모두 나를 따르시오!"

하고는 즉시 군사를 이끌고 동창부로 향하여 노 원외의 군사와 합류했다. 그때 장청이 공왕과 정득손을 좌우에 거느리고 전두에 서서 말을 몰아 송강에게 덤벼들었다. 그래서 송강의 진지에서는 서령이 뛰어나갔으나 그는 장청이 던진 돌에 이마를 맞고 말 위에서 굴러 떨어졌다. 서령 대신 연순을 내보냈으나 몇 차례 겨루다가 갑옷에 돌을 맞고는 도망쳐 돌아왔다. 다음은 한도가 나섰다. 그는 돌에 코를 맞아 피투성이가 되어 돌아왔다. 그 다음은 팽기가 나가 싸웠으나 그도 뺨에 돌을 맞고 칼을 떨어뜨린 채 도망쳐 돌아왔다. 또다시 선찬이 대적했으나 입술에 돌을 맞고 말 위에서 떨어졌고 호연작도 장청의 돌에 팔을 맞고 도망쳐 돌아왔다. 다음은 유당이 장청과 맞서 겨루다가 내려친 칼이 빗나가는 바람에 장청의 말 엉덩이를 베어 말이 뒷발로 벌떡 일어나면서 꼬리가 유당의 얼굴을 휩쓸었다. 유당이 얼떨떨하게 있는데 장청이 돌을 던져 유당을 쓰러뜨리고 적진으로 끌고 갔다. 송강이 급히 유당을 구하라고 명령하자 양지가 나섰다. 장청이 던진 돌은 양지의 옆구리를 스쳐갔으나 다음에 던진 돌은 그의 투구에 명중하여 양지는 본진으로 뛰어왔다. 다음에는 주동과 뇌횡이 좌우에서 덤벼들었다. 그러자 장청이 웃으면서 말했다.

"아니, 혼자서는 못 당하여 이번에는 두 놈이 덤비는 거냐? 차라리 열 놈이 한꺼번에 덤비는 게 어때?"

하고 돌을 하나 들어서 던지니 뇌횡이 먼저 이마에 맞고 쓰러졌다. 그를 부축해 일으키려던 주동도 목덜미에 돌을 맞았다. 그러자 관승이 청룡도를 휘두르면서 덤벼들었다. 그때 장청의 돌이 날아들었다. 관승은 급히 칼로 돌을 막았으나 칼날에 부딪쳐 불꽃이 튀었다. 관승은 깜짝 놀라 전의戰意를 잃고 말머리를 돌렸다. 이것을 본 동평이 새로 입산한 솜씨를 보이는 것은 이때라고 생각하고 말을 몰아 쳐들어갔다. 동평은 장청이 던진 돌을 두 번이나 피하였다. 이윽고 두 사람은 창을 집어던지고 말 위에서 맞붙어 싸웠다. 그리고 송강의 진지에서 색초가 도끼를 휘두르면서 동평을 구출하러 뛰어나오자 관군 쪽에서도 공왕과 정득손이 말을 몰아 색초를 가로막고 3파전이 되어 싸웠다. 그러자 임충과 화영, 여방, 곽성이 동평과 색초를 구하러 다시 달려 나왔다.

형세가 불리해진 장청이 동평을 버리고 도망치자 동평은

장청의 뒤를 쫓았다. 그때 장청이 던진 돌이 동평의 귀를 스치고 지나갔다. 동평은 깜짝 놀라 급히 되돌아왔다. 색초가 공왕과 정득손을 버리고 급히 되돌아오려는데 뒤에서 장청이 던진 돌이 색초의 얼굴에 명중하여 그는 피투성이가 되어 돌아왔다.

또한 임충과 화영이 공왕의 퇴로退路를 막았다. 그러자 공왕은 가지고 있던 창을 던졌으나 맞지 않았다. 결국 그는 사로잡히고 말았다.

한편 정득손은 창을 휘두르면서 여방과 곽성을 상대로 필사적으로 싸워 연청이 쏜 화살이 정득손의 말발굽에 명중하여 결국 정득손도 여방과 곽성에게 사로잡혔다.

이리하여 양산박 군은 공왕, 정득손 두 사람을 사로잡았지만 장청 한 사람 때문에 15명의 두령이 상처를 입었을 뿐만 아니라 유당을 포로로 넘겨주게 되었다. 송강은 혀를 내두르면서 감탄했다. 이제 계략을 써서 장청을 사로잡는 수밖에 없다고 생각한 송강은 노준의, 오용과 함께 즉시 계략을 세웠다.

성 안에 있던 장청은 양산박 군의 수레 백여 대와 배 5백여 척이 양곡을 가득 실은 채 진지 뒤에 와 있다는 것을 척후병으로부터 듣고, 이것을 빼앗기 위하여 몸소 창을 들고 천여 명의 군사를 이끌며 몰래 성에서 나왔다. 그날 밤은 날이 맑아 별이 하늘에서 반짝이고 있었다.

10리쯤 가니 많은 수레와 '수호채 충의량水滸寨忠義糧'이라고 쓴 깃발이 보였다. 그곳에는 노지심이 석장을 메고 옷을 걷어 올린 채 앞장서서 가고 있었다.

'옳지, 저 중놈에게 한 대 먹여야지.'

하고는 장청은 돌을 한 개 집어 들었다. 노지심은 장청을 알 아보았으나 모르는 체하고 뚜벅뚜벅 걸어가며 다만 돌이 날 아오는 것만을 조심했다.

그런데 노지심은 장청이 던진 돌을 머리에 맞고 피를 흘리 면서 쓰러졌다. 장청의 군사는 함성을 지르면서 일제히 쳐들 어왔다. 무송은 필사적으로 노지심을 구출하여 수레는 그대 로 버려둔 채 도망쳤다. 그러자 장청은 이들의 뒤를 쫓지 않 고 수레를 빼앗아 성으로 돌아온 후, 다시 양곡선을 빼앗기 위해 앞문으로 말을 몰았다. 강 후미에는 무수한 양곡선이 모여 있었다. 장청은 함성을 지르며 강가로 돌격했다. 그때 갑자기 검은 안개가 피어오르더니 서로 콧등을 잡아도 알 수 없을 만큼 캄캄해졌다. 이것은 공손승이 도술道術을 행하였 기 때문이다.

장청은 당황하여 되돌아가려고 했으나 길을 알 수가 없었 다. 그때 갑자기 사방에서 함성이 울려 퍼지더니 어디서 나 타났는지 임충이 철기군鐵騎軍을 이끌고 와서 장청의 군사 를 강물 속으로 몰아넣었다. 강물 속에는 이준, 장횡, 장순 등 여덟 명의 수군水軍 두령이 이들을 기다리고 있었다. 장 청은 곧 완씨 삼형제에게 사로잡혀 본진으로 끌려왔다.

송강과 오용은 이 기회를 놓치지 않고 군량을 빼앗아 양산 박으로 보내고 일부는 백성들에게 나누어 주었다. 그리고 태 수는 청렴한 관리였으므로 죽이지 않고 용서해 주었다.

수군의 두령에게 끌려온 장청을 보자 모두들 이를 갈면서 죽이려고 했다. 특히 노지심은 머리를 천으로 싸매고 있으면서도 석장을 들고 장청에게 덤벼들려고 했다. 송강은 큰소리로 그를 책망하고 손수 장청의 밧줄을 풀어 주며 당상堂上으로 맞아들였다. 장청은 송강의 의협심義俠心에 감동되어 머리를 숙이고 항복했다. 송강은 술을 땅에 붓고 화살을 꺾은 다음 지금까지의 원한을 잊을 것을 하늘에 맹세했다. 물론 한 사람도 반대하지 않고 모두들 웃는 얼굴로 이 호한을 동료로 얻게 된 것을 기뻐했다.

장청은 송 공명에게 동창부의 수의獸醫 황보단皇甫端을 추천했다. 송강은 기뻐하면서 곧 그를 불러오게 하여 만났다.

과연 자염백紫髥伯이라는 별명대로, 서양 사람처럼 눈이 푸르고 수염이 금빛이었고 보기만 해도 당당한 풍채였다. 송강은 감탄하여 동료가 되기를 권하자 황보단도 기꺼이 승낙했다.

이리하여 전군이 양산박으로 개선하여 모두 충의당에 나란히 앉았다.

송강은 두령들을 돌아보았다. 꼭 108명이었다. 송강은 천천히 입을 열었다.

"나는 여러분들의 덕택에 이 산의 주인으로 추대되었소. 이제 108명의 두령을 얻게 되니 반갑기 그지없소. 조 천왕이 승천한 후 여러 차례 전쟁을 했는데도 한 사람도 잃지 않고 무사히 오늘에 이르게 된 것은 오직 하늘의 가호에 의한 것으로, 사람의 힘으로는 절대 될 수 없는 일이라고 생각하오. 이 108명이 한 자리에 모인다는 것은 실로 전무후무前無後無한 경사라고 하지 않을 수 없소. 이제 천지신명天地神明의 큰 은혜에 보답하기 위해 큰 제사를 올려, 첫째는 형제들의 앞날의 안전을 빌고, 둘째는 조속히 조정의 은사恩敕가 내려 나라에 충성할 날이 하루 속히 오기를 빌며, 셋째는 조 천왕을 비롯한 전쟁에서 목숨을 잃은 모든 무고한 사람들의 명복을 빌고자 하는데 여러분들의 의견은 어떻소?"

물론 모두들 이의가 있을 리 없었고 곧 의논하여 공손승을 사제로 추대하고 4월 15일부터 7일 동안 주야로 성대한 제齊를 지내게 되었다. 충의당 앞에는 긴 깃발을 세워 놓았다. 사방에서 초청을 받은 유덕한 도사道士들은 공손승을 합하여 모두 49명이나 되었다.

7일째를 맞는 밤이었다.

3단으로 설치된 허황단虛皇壇의 제일 윗단에 공손승, 2단째에 도사들, 3단째에 송강 이하 두령들, 단 아래에 부두령과 장수들이 모여 하늘을 향해 기도를 드리는데 갑자기 하늘의 서북쪽에서 비단을 찢는 듯한 요란한 소리와 함께 빛이 번쩍 비쳤다. 그리고 거기서 한 덩어리의 불구슬이 허황단까지 날아와서 단상을 한 바퀴 돌고는 남쪽 땅 속으로 쑥 들어갔다.

송강은 곧 그곳을 파게 했다. 석 자쯤 파내려 가니 안에서 석문石文이 나타났다. 앞과 양쪽에는 천서天書로 된 글자가 새겨 있었다. 그러나 그것은 모두 과두 문자蝌蚪文字(올챙이 모양을 한 고대문자)로 아무도 읽지 못했다. 그런데 마침 도사 중에 하현통何玄通이라는 사람이 있었는데 그 사람만이 그것을 읽을 수 있었다. 그의 말에 따르면 이 돌에 새겨 있는 것은 모두 두령들의 이름으로 한쪽에는 '체천행도替天行道'의 네 글자가 새겨져 있고, 또 한쪽에는 '충의쌍전忠義雙全

(충과 의가 모두 온전함)'의 네 글자가 새겨져 있다고 했다. 그리고 두령들의 이름 위에 새겨 있는 것은 별의 이름과 별명이었다. 하 도사가 읽는 것을 성수서생 숙양이 받아 썼다. 앞의 천서 36행은 모두 천강성이고 뒤의 72행은 모두 지살성이며 두령의 이름은 그 밑에 씌어 있었다.

석판 앞면에 씌어 있는 양산박 천강성 36명은 다음과 같았다.

천괴성天魁星 호보의呼保義 송강

천강성天罡星 옥기린玉麒麟 노준의

천기성天機星 지다성智多星 오용

천한성天閒星 입운룡入雲龍 공손승

천용성天勇星 대도大刀 관승

천웅성天雄星 표자두豹子頭 임충

천맹성天猛星 벽력화霹靂火 진명

천위성天威星 쌍편雙鞭 호연작

천영성天英星 소이광小李廣 화영

천귀성天貴星 소선풍小旋風 시진

천부성天富星 박천조撲天鵰 이응

천만성天滿星 미염공美髯公 주동

천고성天孤星 화화상花和尙 노지심

천상성天傷星 행자行者 무송

천립성天立星 쌍창장雙鎗將 동평

천첩성天捷星 몰우전沒羽箭 장청

천암성天暗星 청면수靑面獸 양지

천우성天佑星 금창수金鎗手 서령

천공성天空星 급선봉急先鋒 색초

천속성天速星 신행태보神行太保 대종

천이성天異星 적발귀赤髮鬼 유당

천살성天殺星 흑선풍黑旋風 이규

천미성天微星 구문룡九紋龍 사진

천구성天究星 몰차란沒遮欄 목홍

천퇴성天退星 삽시호揷翅虎 뇌횡

천수성天壽星 혼강룡混江龍 이준

천검성天劍星 입지태세立地太歲 완소이

천평성天平星 선화아船火兒 장횡

천죄성天罪星 단명이랑短命二郎 완소오

천손성天損星 낭리백도浪裏白跳 장순

천패성天敗星 활염라活閻羅 완소칠

천뢰성天牢星 병관색病關索 양웅

천혜성天慧星 반명삼랑拚命三郎 석수

천폭성天暴星 양두사兩頭蛇 해진

천곡성天哭星 쌍미갈雙尾蝎 해보

천교성天巧星 낭자浪子 연청

석문石文의 뒤쪽에 씌어진 지살성 72명은 다음과 같았다.

지괴성地魁星 신기군사神機軍師 주무

지살성地煞星 진삼산鎭三山 황신

지용성地勇星 병위지病尉遲 손립

지걸성地傑星 추군마醜郡馬 선찬

지웅성地雄星 정목안井木犴 학사문

지위성地威星 백승장白勝將 한도

지영성地英星 천목장天目將 팽기

지기성地奇星 성수장군聖水將軍 단정규

지맹성地猛星 신화장군神火將軍 위정국

지문성地文星 성수서생聖水書生 소양

지정성地正星 철면공목鐵面孔目 배선

지벽성地闢星 마운금시摩雲金翅 구붕

지합성地闔星 화안산예火眼狻猊 등비

지강성地强星 금모호錦毛虎 연순

지암성地暗星 금표자錦豹子 양림

지보성地輔星 굉천뢰轟天雷 능진

지회성地會星 신산자神算子 장경

지좌성地佐星 소온후小溫侯 여방

지우성地佑星 새인귀賽仁貴 곽성

지령성地靈星 신의神醫 안도전

지수성地獸星 자염백紫髥伯 황보단

지미성地微星 왜각호矮脚虎 왕영

지혜성地慧星 일장청一丈靑 호삼랑

지폭성地暴星 상문신喪門神 포욱

지묵성地默星 혼세마왕混世魔王 번서

지창성地猖星 모두성毛頭星 공명

지광성地狂星 독화성獨火星 공량

지비성地飛星 팔비나타八臂那吒 항충

지주성地走星 비천대성飛天大聖 이곤

지교성地巧星 옥비장玉臂匠 김대견

지명성地明星 철적선鐵笛仙 마린

지진성地進星 출동교出洞蛟 동위

지퇴성地退星 번강신翻江蜃 동맹

지만성地滿星 옥번간玉旛竿 맹강

지수성地遂星 통비원通臂猿 후건

지주성地周星 도간호跳澗虎 진달

지은성地隱星 백화사白花蛇 양춘

지이성地異星 백면낭군白面郎君 정천수

지리성地理星 구미구九尾龜 도종왕

지준성地俊星 철선자鐵扇子 송청

지악성地樂星 철규자鐵叫子 악화

지첩성地捷星 화항호花項虎 공왕

지속성地速星 중전호中箭虎 정득손

지진성地鎮星 소차란小遮欄 목춘

지기성地羈星 조도귀操刀鬼 조정

지마성地魔星 운리금강雲裏金剛 송만

지요성地妖星 모착천摸着天 두천

지유성地幽星 병대충病大蟲 설영

지벽성地僻星 타호장打虎將 이충

지공성地空星 소패왕小霸王 주통

지고성地孤星 금전표자金錢豹子 탕륭

지전성地全星 귀검아鬼臉兒 두흥

지단성地短星 출림룡出林龍 추연

지각성地角星 독각룡獨角龍 추윤

지수성地囚星 한지홀률旱地忽律 주귀

지장성地藏星 소면호笑面虎 주부

지복성地伏星 금안표金眼彪 시은

지평성地平星 철비박鐵臂膊 채복

지손성地損星 일지화一枝花 채경

지노성地奴星 최명판관催命判官 이립

지찰성地察星 청안호靑眼虎 이운

지악성地惡星 몰면목沒面目 초정

지추성地醜星 석장군石將軍 석용

지수성地數星 소위지小尉遲 손신

지음성地陰星 모대충母大蟲 고대수

지형성地刑星 채원자菜園子 장청

지장성地壯星 모야차母夜叉 손이랑

지열성地劣星 활섬파活閃婆 왕정륙

지건성地鍵星 험도신險道神 욱보사

지모성地耗星 백일서白日鼠 백승

지적성地賊星 고상조鼓上蚤 시천

지구성地狗星 금모견金母犬 단경주

이것을 보고 놀라지 않은 사람이 없었다. 그래서 송강은
여러 두령들에게 말했다.

"소생은 원래 하늘의 천강성에 응하였고 여러 두령들께서
모두 같은 분들로 하늘의 뜻을 받들어 이렇게 모여 의義를
같이하게 되었나 봅니다. 지금은 이미 인원도 충분하고 각기

서열도 정해져 있어 여러 두령들께서는 각기 그 지위를 지키고 있으니 하늘의 뜻을 거역할 수 없을 것이오."

여러 두령들이 말했다.

"천지의 뜻으로 인원도 갖추어졌고 서열도 정해졌는데 누가 감히 고집을 부리겠습니까?"

송강은 즉시 황금 50냥을 하 도사에게 주어 사례하고 그 이외의 도사들에게도 노자를 주어 돌려보냈다.

여러 도사들이 돌아가자 송강은 군사 오용과 주무 등과 함께 계획을 의논했다. 그리고 '충의당忠義堂'이라고 세 글자를 새긴 현판을 걸고 단금정에도 큰 현판을 걸도록 했다. 그리고 충의당 뒤편에는 안대鴈臺를 한 채 짓도록 하여 꼭대기 중앙에 대청을 만들고 동서로 각기 두 개의 방을 만들도록 했다. 그리고 대청 중앙에는 조 천왕의 영위를 모셔 놓고, 양쪽 방에는 두령들이 나누어 거처하도록 하였으며 108명의 두령들에게 모두 직분을 정하고 병부인신兵符印信(임명장)을 주었다. 때는 선화宣和 2년(1120년) 4월 1일이었다. 그리고 좋은 날을 택하여 두령들을 충의당에 모아 놓고 송강은 말했다.

"오늘 여기 천강성과 지살성이 서로 만나게 된 이상 피차에 딴 생각을 품지 말고 생사를 함께 하며 환난 때는 서로 돕고 힘을 합쳐서 나라를 보전하고 백성을 편안하게 하는 데 힘쓸 것을 하늘에 맹세하지 않겠는가?"

두령들은 모두 기뻐했다. 그리하여 향을 피우고 일제히 무릎을 꿇고 송강이 대표가 되어 맹세했다.

"저는 아는 것도 없고 무능한 작은 관원 출신이지만 천지 신명의 가호에 의해 여기 108명이 의형제를 맺게 되었습니다. 만일 앞으로 각자가 마음에 불의를 품고 대의大義를 그르치는 일이 있으면 신인神人이 함께 이를 무찌를 것입니다. 원하옵건대 서로 충성심을 가지고 나라에 공을 세우고 하늘을 대신하여 도道를 행하며 백성을 평안히 살아가게 할 것을 천지신명께 맹세합니다."

이리하여 일동은 피를 마시고 언제까지나 딴 생각을 품지 않을 것을 맹세했다.

60. 천하장사 연청

그 해는 아무 일 없이 저물고 새해를 맞이했다. 선화 3년 (1121년) 정월, 송강은 아직 한 번도 도성 동경에 가본 적이 없었으므로 정초의 번화한 광경을 보고 싶어했다. 위험하니 그만두는 것이 좋겠다고 오용이 말리는데도 불구하고 시진, 대종, 사진, 목홍, 노지심, 무송, 주동, 유당과 함께 두 사람씩 짝을 지어 각각 퇴직 관리나 상인, 순례승巡禮僧의 행색으로 가장하고 몰래 산을 내려가기로 했다. 그러자 이규도 함께 가겠다고 우겨 할 수 없이 제일 마음에 맞는 연청과 짝이 되어 데리고 가기로 했다.

1월 11일 동경성 밖의 여관에서 묵기로 하고 우선 시진과 연청이 관원과 그 수행원으로 가장하고 성 안으로 들어갔다.

동화문東華門 밖의 주루酒樓에 올라가 거리를 내려다보니 두건頭巾에 조화造花를 꽂은 궁내관宮內官 여럿이 지나가고 있었다. 연청이 내려가 그들 중에서 얌전해 보이는 한 사람에게 인사를 했다. 그러자 그 궁내관은,

"당신은 누구시오?"

하고 의아한 표정을 지었다.

"당신은 장 관찰張觀察이시지요?"

"아니, 나는 왕王이라는 사람이오."

"아, 왕 관찰이시군요. 나의 주인은 당신의 옛 친구로 저쪽에서 기다리고 있습니다. 어서 가시죠."

하고 손을 잡고 주루로 데리고 가자 시진이 그를 맞아들였다.

고개를 갸웃거리는 궁내관에게 시진은 웃으면서,

"내 이름을 잊으셨습니까? 한 잔 드시면서 생각해 내십시오."

하고 술을 권했다.

"그 머리에 꽂은 조화는 무엇이오?"

하고 물으니, 궁내관이 대답했다.

"이것이 있으면 대궐에 자유롭게 출입할 수가 있소."

이윽고 연청이 따뜻이 데운 술을 가져왔다. 궁내관이 그 술을 한 잔 마시자 곧 군침을 흘리며 푹 쓰러졌다. 시진은 재빨리 그 궁내관의 모자며 옷, 신발을 걸치고 궁내관으로 가장하여 대궐로 들어갔다. 그러나 아무도 눈치를 채지 못하였다. 시진은 자신전紫宸殿에서 문덕전文德殿과 응휘전凝暉殿을 돌아서 다시 예사전睿思殿으로 들어갔다. 이곳은 천자의 서재였다.

흰 병풍에는,

산동山東의 송강

회서淮書의 왕경王慶

하북河北의 전호田虎

강남江南의 방랍方臘

이라고 4대 산적의 이름이 씌어 있었다.

시진은 곧 호주머니에서 단도를 꺼내 '산동의 송강'이라고 쓴 것을 도려 내고 얼른 대궐로 나와 주루로 돌아왔다. 그리고 아직 마취술에서 깨나지 않은 왕 관찰에게 본래대로 모자와 옷, 구두를 입히게 한 다음 연청과 함께 성 밖의 여관으로 돌아왔다. 이튿날 이것을 발견한 대궐에서는 큰 소동이 일어났다.

14일 밤 송강과 시진은 휴직 관원으로, 대종과 연청은 그 수행원으로 가장하고 성 안으로 들어갔다. 등롱 빛으로 대낮같이 밝은 거리를 여기저기 구경한 네 사람은 어느새 홍등가紅燈街로 접어들었다. 양쪽에는 기생집이 죽 늘어섰는데 그 중에서도 특히 으리으리한 집이 있었다. 그 집 앞에 있는 찻집으로 가서 급사에게 물어 보니 그곳은 동경에서 제일가는 명기名技 이사사李師師의 집이라는 것이었다. 도군 황제道君皇帝가 이사사를 사랑하여 궁궐에서 그녀의 집으로 직통하는 지하도를 파고 그 길을 통하여 자주 드나든다는 이야기는 송강도 들어 알고 있었다.

송강은 꼭 한 번 이사사를 만나고 싶다고 말했다. 혹시 이사사를 통하여 천자에게 직접 이쪽 의사를 전할 기회를 얻을 수 있을지도 모른다고 생각했기 때문이다. 그래서 먼저 연청을 이사사의 집으로 보내 거간 노파와 교섭하게 했다. 돈에 눈이 어두워 노파는 상대가 하북에서 첫손 꼽히는 큰 부자라

는 말을 듣고 두말없이 승낙하여 곧 이사사를 만나게 해주었
다. 이사사는 소문을 능가하는 미인이었다.

　이사사는 손수 송강, 시진, 대종, 연청 네 사람에게 차를
따라 주었다. 드디어 이야기를 꺼내려고 하는 찰나에,

　"천자께서 오셨습니다."

하고 알려 왔다. 이사사는,

　"미안하지만 내일 또 오세요."

하고 말했다.

　이튿날 밤에는 이규까지 다섯 사람이 다시 그곳을 찾아 갔
다. 연청이 백 냥짜리 금덩이를 꺼내자 노파는 눈빛이 달라
지면서 기뻐했다. 송강은 이규와 대종을 밖에서 기다리게 하
고 세 사람이 안으로 들어가 술을 마셨다. 이사사가 노래를
불렀다. 그런데 뜻밖에도 또다시,

　"천자께서 지하도로 찾아오셨습니다."

하고 알리는 것이었다.

　송강 일행은 피할 사이가 없어서 어둠 속에 몸을 숨겼다.

　그러자 휘종 황제가徽宗皇帝가,

　"오늘은 상청궁上淸宮에 갔다가 돌아오는 길이야. 갑자기
너와 이야기를 나누고 싶어서 왔다."

하고 말하는 소리가 들려 왔다. 그래서 송강이 시진에게,.

　"이때를 놓치면 다시는 기회가 없어. 천자에게 우리의 의
견을 직접 전할까?"

하고 묻는데 갑자기 밖에서 이규가 소동을 부렸다.

　이규는 송강과 시진이 미인을 상대로 술을 마시고 있는 것
을 보자 화가 나서 견딜 수가 없었다. 그래서 안으로 들어가

려다가 천자를 따라온 양 태위楊太尉를 만나 그에게 덤벼들었기 때문에 소동이 일어났던 것이다. 게다가 이사사의 집에서 불이 났기 때문에 천자는 놀라 도망쳐 들어갔다. 송강, 시진 등도 급히 성 밖으로 도망치고 노지심과 무송 등은 성 안으로 쳐들어갔다. 이런 일이 있을 줄 미리 내다보고 있던 군사 오용은 관승, 임충 등에게 천 명의 군사를 이끌고 동경성 밖에 가 있게 했으므로 무사히 송강 일행을 맞아 양산박으로 돌아올 수 있었다.

그런데 이규와 연청 두 사람은 동경을 떠나 지름길로 돌아오던 중 형문진荊門鎭 근처에서 날이 저물어 유 태공劉太公이라는 지주의 집에서 하룻밤을 묵기로 했다. 그러나 그 집 늙은 주인 부부는 밤새 울음을 그치지 않았다. 듣기가 싫은 이규가 화를 내자,

"양산박의 두령 송강이 어떤 젊은 남자와 함께 열여덟 살의 외딸을 빼앗아 갔습니다."

하고 하소연하는 것이었다. 이규는 화가 머리끝까지 치밀어 말했다.

"젊은 남자란 시진임에 틀림없어. 말도 안 돼! 송강 형은 하는 말과 행실이 딴판이군. 이건 있을 수 없는 일이야! 나는 양산박의 흑선풍 이규라는 사람인데 지금 곧 당신의 딸을 빼앗아 데려오겠소."

연청이,

"송강 형은 그런 사람이 아니야."

하고 아무리 말해도 이규는 들으려고 하지 않았다. 그는 위타천韋馱天(불법 수호신의 하나, 걸음이 빠르다고 함)처럼 양산박

으로 뛰어와 갑자기 '체천행도'라고 쓴 누런 깃발을 도끼로 때려 부수고 송강에게 덤벼들었다. 모두들 깜짝 놀라 이를 말리고 연청에게 까닭을 물은 다음, 그렇다면 유 태공을 산으로 데리고 와서 송강과 시진이 과연 딸을 빼앗아 간 범인인지를 확인하기로 했다.

유 태공과 마을 사람들은 고개를 옆으로 흔들며

"아닙니다."

하고 말했다. 그리하여 어떤 놈이 송강의 이름을 도용盜用하여 나쁜 짓을 한 것임이 드러났다. 그러자 이규가,

"나는 이 목을 잘라 형에게 사과하겠소!"

하고는 정말 자기 목을 베려고 했다.

그러자 연청은 이규에게 옛사람들이 "가시를 짊어지고 사죄를 구한다"라고 했듯이 그렇게 용서를 빌라고 이야기해 주었다. 이규는 시키는 대로 알몸을 밧줄에 묶고 등에 가시나무 가지를 지고 충의당 앞에 꿇어 엎드려서,

"형님, 부디 직성이 풀릴 때까지 나를 때려 주시오."

하고 말했다. 송강은 웃으면서 용서했다.

이규는 연청과 함께 산을 내려와 유 태공의 딸을 빼앗아 간 놈을 찾아냈다. 그것은 우두산牛頭山에 있는 산적 왕강王江과 동해董海가 한 짓이었다. 이규와 연청은 두 놈을 죽이고 유 태공의 딸을 구출하여 돌아왔다.

3월 28일은 태산泰山의 천제성제天齊聖帝의 탄생일로 해마다 씨름 대회가 열렸으므로 사흘 동안에 걸쳐 수천 명의 씨름꾼들이 모여 성황을 이루었다. 그런데 태원부太原府(지금의 산서성)에서 키가 1장丈이나 되고 스스로 '경천주擊天

柱' 라고 말하는 임원任原이라는 사나이가 출전한 후로는 아무도 상대가 되지 않아 2년째 계속해서 그는 천하장사를 하고 있었다. 자기 입으로 천하 제일의 씨름꾼이라고 호언하였으므로 올해에도 그가 천하 장사가 될 것이라는 소문이 자자했다.

이 말을 들은 연청은 좀이 쑤셔 견딜 수가 없었다. 그는 어렸을 때부터 노 원외에게서 씨름을 배웠었다.

'이번에 그놈의 콧대를 꺾어 주어야지.'

하고 생각한 연청은 송강의 허락을 받아 잡화 상인으로 가장하여 천평칭을 메고 산을 내려갔다.

그날 저녁, 연청이 여관에 들어서려고 하는데 뒤에서 부르는 사람이 있었다. 뒤돌아보니 이규였다.

"자네를 혼자 보내는 게 마음이 놓이지 않아 내가 몰래 산을 내려왔어."

하고 마치 무슨 은혜라도 베푸는 듯한 어투로 이규는 말했다.

연청은 달갑지 않은 친절이라고 생각했으나 상대가 상대인만큼 할 수 없이 함께 가기로 했다.

태산에 도착한 그들은 여관에 들어섰다. 과연 임원의 소문은 자자했다. 드디어 막판인 사흘째 되는 날 두 사람의 씨름판에 가 보니 꽤 넓은 동악묘東嶽廟는 구경꾼으로 꽉 들어차서 크게 붐비고 있었다. 옆의 천막에는 금은 접시와 술잔, 비단 등이 높이 쌓여 있었고 아름다운 안장을 얹은 다섯 필의 준마駿馬가 매여 있었다. 이것은 모두 최우수 천하장사에게 줄 상품 등이었다.

이윽고 씨름이 진행되어 드디어 마지막 한판 승부를 하게 되었다. 부채를 손에 든 늙은 심판이 씨름판에 나타나 작년의 우승자를 불러내자, 가마를 탄 임원은 앞뒤에 팔에 문신을 새긴 2, 30명의 호한을 거느리고 입장했다. 임원이 가마에서 내려 씨름판에 오르자 구경꾼들이 일제히 갈채를 보냈다. 그러자 그는 큰 소리로 외쳤다.

"4백여 주州에서 모인 여러분이 기증한 푸짐한 상품을 나의 상대가 되어 승부를 겨루려는 사람이 없기 때문에 2년을 계속하여 내가 받게 되어 미안하기 그지없는 일이오. 그러므로 올해만 출전하고 다시는 얼굴을 내놓지 않으려고 하오. 자! 하늘과 땅 사이, 동서남북 어느 나라 사람이라도 좋으니 승부를 겨룰 사람이 없는가?"

이 말이 채 끝나기도 전에 연청이 양쪽 사람들을 헤치고 씨름판으로 뛰어나갔다.

"내가 겨루겠소!"

구경꾼들은 일제히 술렁거렸다. 심판이 말했다.

"당신의 이름과 국적은 어디오?"

"나는 산동의 장張이라는 잡화 상인이오."

심판은 연청의 6척도 되지 않는 체격을 보고는 말했다.

"당신, 어쩌면 목숨을 잃게 될지도 모르는데 괜찮겠소? 그래 신원 보증인은 있소?"

"내가 신원 보증인이오. 죽어도 군말하지 않겠소."

"그럼 웃통을 벗으시오."

연청은 옷을 벗었다. 흰 살결에 온통 문신이 새겨져 있었다. 구경꾼들은 깜짝 놀라며 일제히 갈채를 보냈다. 임원도 연청의 건장한 체격을 보자 속으론 뜨끔했다.

본주本州의 태수太守가 정면 귀빈석에서 많은 관원들을 거느리고 구경하고 있다가 이것을 보자 매우 기뻐하면서 연청을 가까이 부르더니,

"저 상품을 임원과 자네에게 절반씩 나눠 줄 터이니 씨름은 그만두고 나를 섬길 의향은 없는가?"

하고 물었다.

"저는 상품은 탐나지 않습니다. 다만 저 사나이를 동댕이치고 여러분의 갈채를 받고 싶을 뿐입니다."

하고 연청이 대답했다.

"그렇지만 상대는 보는 바와 같이 인왕仁王과 같은 사나이야. 곁에 다가서기도 어려울걸."

"죽어도 한은 없습니다."

연청은 씨름판에 들어섰다. 심판은 연청에게,

"우선 살고 봐야 해. 얌전히 고향으로 돌아가는 것이 어때? 이 씨름은 무승부로 해도 괜찮으니."

하고 말했으나 연청은 듣지 않았다. 이때 임원이 이 주제넘은 풋내기를 구름 저쪽까지 동댕이쳐서 씨름판의 흙으로 만들어야겠다고 생각하면서 씨름판 위로 뛰어올랐다.

두 사람은 동서로 갈라져서 마주 섰다. 심판이 부채를 들고 "얏!" 하고 소리치며 아래로 내리자, 두 사람은 곧 다가서서 겨루었다. 연청이 재빨리 오른쪽으로 잡아끌자 임원이 왼쪽에서 떠밀었으나 연청은 꿈쩍도 하지 않았다. 이번에는 임원이 오른쪽에서 낚아채려고 했으나 연청은 여전히 꿈쩍하지도 않은 채 상대방의 다리를 노려보았다. 그러자 임원이,

'이놈이 다리를 걸려나?'

하고 일부러 오른쪽 다리를 들어 보였다. 그때 연청이 "에 잇!" 하고 외치면서 임원의 왼쪽 겨드랑이 밑으로 파고들었 다. 임원은 몸을 돌려 연청을 붙잡으려고 했으나 연청은 또 다시 상대방의 오른쪽 겨드랑이 밑으로 파고들었다. 덩치가 큰 몸뚱이를 돌리기에는 아무래도 애를 먹게 마련이었다. 연 청의 계속적인 몸 돌리기에 임원은 그만 다리가 비틀거렸다. 이때를 놓칠세라 연청이 덤벼들어 오른손을 상대방의 목에 걸고 왼손을 상대의 다리 가랑이에 넣어 그의 가슴을 자기 어깨에 바싹대고서 번쩍 들어올려 힘껏 4, 5차례 빙빙 돌린 뒤 "에잇!" 하고 동댕이치자 임원은 거꾸로 씨름판 위에 나 가떨어졌다. 수만의 관중은 일제히 "와!" 하고 연청에게 갈채 를 보냈다.

그러자 임원의 제자들이 일제히 몰려와 천막을 쓰러뜨리고 앞을 다투어 상품을 빼앗았다. 이렇게 모두들 큰 소동을 부리 자 태수가 말렸으나 가라앉질 않았다. 이것을 보고 있던 이규 는 화가 나서 삼나무를 꺾어서 덤벼들었다. 그러나 사람들 중 에는 이규의 얼굴을 아는 자가 있었다. 관원들은 저마다,

"양산박의 흑선풍이다. 놓치지 말고 잡아라!"

하고 외쳤다. 이 말을 들은 태수는 간담이 서늘해져 도망쳤다.

이규는 씨름판 아래 자빠져 있는 임원의 머리를 박살내고 연청과 함께 동악묘 밖으로 도망치려고 했다. 그러자 문 밖 에서 화살이 빗발치듯 날아왔다. 두 사람은 지붕 위로 뛰어 올라가 기왓장을 마구 집어 던졌다. 그때 노준의를 앞세우고 시진, 목홍, 노지심, 무송, 해진, 해보의 여섯 호한이 천여 명 의 군사와 함께 일제히 쳐들어왔다. 그리하여 관군은 개미

새끼처럼 뿔뿔이 흩어져 도망치고 말았다.

노준의는 두 사람을 데리고 떠나려고 했으나 웬 영문인지 이규의 모습은 보이지 않았다.

이규는 혼자 두 자루의 도끼를 들고 수장현 현청으로 달려갔던 것이다.

"여봐라, 양산박의 흑선풍이 오셨다!"

하고 이규가 외치자, 청사 안에 있던 사람들은 모두 벌벌 떨면서 어찌할 바를 몰랐다. 이곳 수장현은 양산박에서 아주 가까운 곳으로 흑선풍 이규라는 이름을 들으면 울던 아기도 울음을 그칠 정도였다.

이규는 정면에 놓인 현 지사의 의자에 버젓이 앉아서,

"이봐, 누구든지 와 봐! 할 얘기가 있다. 오지 않으면 이곳에 불을 질러 버릴 테야!"

하고 말하자 관원 두 사람이 벌벌 떨면서 나타나 머리를 조아리며 말했다.

"두령님, 어서 오십시오. 무슨 볼일이라도……."

"아니, 별로 볼일은 없어. 마침 이 앞을 지나가게 되어 구경삼아 잠시 들렀을 뿐이야. 지사를 불러와! 만나보고 싶으니까."

"지사께서는 두령님이 나타나신 것을 보고 뒷문으로 도망쳐 버렸습니다."

"거짓말 말아!"

이규는 이렇게 말하고 안으로 들어가 지사를 찾아보았다.

그리고 지사의 관복을 찾아내어 갈아입고 나와서는,

"여봐라, 관원들은 모두 이리로 모여라!"

하고 큰 소리로 외쳤다.

할 수 없이 관원들이 "네, 네!"하고 모여들자 이규가 입을
열었다.

"어때? 어울리나?"

"네, 네, 썩 잘 어울립니다."

"자, 그럼 이제부터 지사가 현청에 나왔을 때의 예식을 올
리기로 한다. 내 말에 응하지 않으면 이 현청을 박살낼 테
다."

관원들은 할 수 없이 북을 울리고 이규에게 일제히 절을
했다. 이규는 재미있는 듯 껄껄 웃고 나서 말했다.

"좋아, 그럼 이번에는 재판을 하기로 한다. 누구든지 좋으
니 두 사람은 이곳으로 나와서 소송을 하여라. 뭐, 그냥 농담
으로 하는 것뿐이다. 때리지는 않을 거다."

관원들은 또다시 할 수 없이 두 사람이 옥졸에게 사정하여
싸움을 벌여 고소하기로 했다.

이규는 현청 밖에 있던 군중들을 모두 안으로 불러들여 구
경시켰다.

두 사람은 땅바닥에 무릎을 꿇고 우선 한쪽이,

"지사님, 이놈이 저를 때렸습니다."

하고 말하자, 다른 쪽이,

"아닙니다. 이놈이 먼저 욕했기 때문에 때렸습니다."

하고 말했다. 그러자 이규가 말했다.

"어느 쪽이 얻어맞은 거냐?"

"제가 얻어맞았습니다."

하고 원고가 된 쪽이 말했다.

"누가 때렸느냐?"

"저놈이 먼저 욕했기 때문에 제가 때렸습니다."

하고 피고가 말했다.

그러자 이규가 말했다.

"이쪽의 때린 자는 호한이므로 먼저 풀어 준다. 그쪽 바보 같은 놈아! 네놈은 어째서 남에게 얻어맞기만 하는 거냐. 여봐라! 이놈에게 칼을 씌워 현청 앞에서 구경거리가 되게 하라!"

이규는 일어나 원고가 칼을 쓰고 현청 앞에서 구경거리가 되는 것을 확인하고는 지사의 관복과 관모를 걸친 채 유유히 양산박으로 돌아갔다.

61. 관군의 패망

　태안주의 소동은 즉시 동경에 보고되어 도군 황제가 배석한 가운데 어전 회의御前會議가 열렸다.

　'훗날에 큰 우환이 되기 전에 송강을 토벌해야 한다' 는 주장도 나왔으나 '요遼 나라의 군사가 북방에서 중원中原을 노리고 있는 이때 차라리 조정에 귀순하도록 부드럽게 권고하는 것이 좋겠다' 는 어사대부御史大夫 최정崔靖의 주장에 따르기로 했다. 전전태위殿前太尉 진종선陳宗善을 칙사로 칙어勅語와 하사한 어주御酒를 가지고 양산박으로 향하게 했다.

　태사 채경과 전수 고구는 이 일에 반대하였으므로 진 태위를 불러 자기들의 견해를 밝히고 장張과 이李라는 심복 서기를 진 태위에게 딸려 보냈다.

　진 태위 일행이 제주에 도착하자 태수 장숙야張叔夜는 이들을 맞아들이며,

　"양산박에는 유능한 사나이들이 많이 있습니다. 일언반구一言半句라도 그자들의 비위에 거슬리는 문구가 있으면 이야

기는 깨질 테니 조심하기 바랍니다."

하고 주의를 주었다. 그러나 두 사람의 서기는 물론, 진 태위는 이를 귀담아 들으려고 하지 않았다.

송강은 조정에서 칙사가 왔다는 말을 듣고 매우 기뻐하며 곧 환대할 준비를 서두르게 했다. 그러나 다른 두령들은 모두 조정의 진의를 의심하고 있었다.

배선, 소양 등이 산을 내려와 공손히 일행을 맞이하자 두 사람의 서기가 호통을 쳤다.

"뭐야, 송강은 어떻게 된 거냐! 천자의 칙서를 가지고 왔는데 어찌하여 직접 마중을 나오지 않는 거냐? 예의를 몰라도 분수가 있지!"

호숫가에 도착한 일행은 배를 탔다. 완소칠이 뱃머리에서 지휘했다. 배를 저어 나가면서 수부들이 일제히 노래를 부르자 이 서기가 호통을 쳤다.

"이 촌놈들아, 조용히 해! 조정의 높은 분들이 타고 계셔!"

수부들은 개의치 않고 노래를 계속 불렀다. 그러자 이 서기는 회초리를 들고 이들을 후려갈기려고 했다. 그래도 수부들은 꿈쩍하지 않았다.

"우리는 자유롭게 노래부르고 있는 거야. 당신과 무슨 관계가 있어?"

"이놈, 어디다 대고 말대꾸냐!"

이 서기가 다시 때리려고 하자 수부들은 모두 물 속으로 뛰어들어가 버렸다.

그때 상류에서 두 척의 다른 배가 빠른 속도로 다가왔다.

완소칠이 얼른 배의 마개를 빼고 "얏! 배가 샌다!" 하고 외쳤다.

배 안에는 금세 물이 스며들어 한 자나 차 올랐다. 진 태위 일행은 당황하여 그 두 척의 배에 옮겨 탔으나 칙서와 어주까지는 챙길 여유가 없었다. 그리고 그 두 척의 배는 그대로 진 태위 일행을 태우고 가버렸다.

완소칠은 배 안의 물을 퍼낸 후,

"자, 천자가 하사한 어주란 어떤 것인지 맛 좀 볼까?"

하고 모두들 열 단지의 술을 몽땅 마셔 버리고 대신 막걸리를 넣었다.

태위 일행이 기슭에 도착하자 송강 등은 이들을 공손히 맞아들였다. 서기들은 송강에게 배가 샌 데에 대해서 투덜거렸다. 그들의 그 오만한 태도는 두령들의 비위를 거슬리게 하여 죽여 버리려는 생각까지 들게 했다. 다만 송강의 얼굴을 보아 손을 대지 않고 있을 뿐이었다.

이윽고 충의당에 모여 진 태위가 상자에서 꺼낸 칙서를 소양이 읽었는데 그것은 "빨리 모든 군기軍器, 병량兵糧, 군마軍馬, 주선舟船을 조정에 인도하고 산채를 파괴한 다음 도성으로 오라. 그러면 지금까지의 죄를 용서하겠지만 만일 이 칙서에 어긋나는 행동을 할 경우에는 즉시 관군을 동원하여 한 사람도 남김없이 처단할 것이다"라는 내용이었다.

어디까지나 고자세의 문구로 나열되어 있었다. 이에 대해서 송강 이하 모든 두령들은 분개를 금할 수 없었다. 이때 이규가 갑자기 대들보 위에서 뛰어내려 소양의 손에서 칙서를 빼앗아 북북 찢어 버리고는 진 태위의 멱살을 잡아 후려갈기

려고 했다. 송강과 노준의가 겨우 말렸다. 그러자 이 서기가,

"이건 웬 놈이냐? 돼먹지 않았구나!"

하고 책망하며 이규의 뺨을 후려갈겼다..

송강과 노준의는 겨우 이규를 달래고 나서 천자가 하사한 어주御酒를 따라 주었다. 그런데 금잔에 어주를 정중히 따르고 보니 뜻밖에도 시골 막걸리였다. 노지심은 화가 나서 석장을 들고,

"이놈들, 사람을 뭘로 보는 거냐!"

하고 호령했다.

유당, 무송, 사진 등도 각각 무기를 들고 뛰어나왔다.

그리하여 진 태위 일행은 허둥지둥 산을 내려와 동경으로 돌아갔다.

채경은 즉시 이를 천자에게 주상奏上했다. 매우 화가 난 천자는 추밀사樞密使 동관童貫을 양산박 정벌의 대원수로 임명했다.

동관은 10만의 대군을 이끌고 북을 치면서 당당히 양산박으로 쳐들어갔다. 양산박에서는 구궁팔괘九宮八卦의 진을 쳐서 관군을 물리치고 서전緖戰에 우선 동관의 간담을 서늘하게 한 다음 이어서 오용이 십면매복十面埋伏의 계략으로 동관의 군사를 대패했다. 동관은 마침내 3분의 2의 병력을 잃고 간신히 동경으로 도망쳤다.

그러자 고구는 채경에게,

"큰소리를 치는 것 같습니다만 만일 제가 정벌 대원수로 추천된다면 한꺼번에 짓밟아 버리겠습니다."

하고 말했다. 그래서 채경은 고구를 천자에게 추천하여 동관

대신 양산박을 치게 했다.

고구는 곧 하남과 하북의 절도사節度使 왕환王煥 이하 열 명의 절도사를 기용하여 정병 약 13만, 그 밖의 수군水軍 1만 5천과 군선軍船 5백 척을 이끌고 제주로 향하였다.

양산박에서는 송강 자신이 군사를 이끌고 고구의 군사를 맞아 한 차례 싸움으로 절도사를 패배시켰다.

특히 완씨 형제가 이끄는 수군은 적의 대선대大船隊를 양산박으로 깊숙이 끌어들여 한 발의 포성을 신호로 사방에서 작은 배로 선대를 에워싸고 미리 물 속에 목재와 그 밖의 것을 숨겨 놓았다가 관군의 선대가 그것에 걸려 전혀 움직이지 못할 때 모조리 사로잡아 버렸다.

고구는 수군의 전멸에 놀라 제주로 도망쳤다. 그러나 금세 수世의 제갈공명諸葛孔明으로 알려진 문환장聞煥章이라는 모사謀士를 동경에서 맞아들여 참모로 임명하고, 이어서 새로 군선 1천 5백여 척도 도착하자 신바람이 나서 반달쯤 병사를 훈련시킨 뒤 다시 양산박으로 쳐들어왔다. 양산박에서는 공손승이 산 위에 있다가 주문을 외니, 금세 검은 구름이 땅을 뒤덮고 사나운 광풍이 휘몰아쳤다.

이때 양산박 군이 배를 몰고 가서 적의 군선에 일제히 불을 질렀으므로 1천 5백여 척은 순식간에 불타 버렸다.

수군이 다시 전멸되고 고 태위가 새파랗게 질려 있을 때 색초, 임충, 주동 등이 쳐들어갔으므로 육군도 거의 다 전멸되고 고 태위는 간신히 제주로 도망쳤다.

조정에서는 고 태위가 두 번이나 크게 패하자 다시 칙사를 제주로 보냈다. 고 태위는 왕근王瑾이라는 간계가 뛰어난 제주의 한 늙은 관원의 지혜를 받아들여, 칙서에 "송강, 노준의 등이 저지른 잘못은 모두 용서하고" 운운 하는 구절을 구두점句讀點을 찍는 데에 따라 "송강은 제외하고 노준의 등이 저지른 죄는 모두 용서하고"로 읽을 수도 있게 했다. 그리하여 먼저 송강을 유인하여 죽여 버리면 나머지는 머리가 없는 뱀과 마찬가지라고 생각하여 몰래 계획을 세워 양산박에 다시 칙서가 내렸다는 사실을 알렸다.

송강은 매우 기뻤다. 그러나 오용은 곧 고구의 음모를 간파했다. 그리하여 제주성의 주변에 군사를 숨겨 두고 갑옷과 투구로 무장한 송강, 노준의, 오용, 공손승 등이 앞장서서 군사를 이끌고 제주성에 이르러 고구에게 대중 앞에서 칙서를 읽을 것을 요구했다. 칙사가 "송강을 제외하고……"라는 대

목까지 읽었을 때 화영이,

"송강 형님을 용서하지 않고 항복이라니 무슨 소리야?"

하고 외쳤다. 그리고 칙서를 읽고 있는 칙사에게,

"내 화살을 보아라!"

하고 활을 쏘니 화살이 칙사의 이마에 명중했다. 동시에 성 안팎에서는 큰 싸움이 벌어져 송강은 큰 전과를 올리고 양산 박으로 돌아왔다.

그리고 동경에서는 새로 친위군親衛軍 수천 명의 정예 부 대가 도착했다. 고구는 섭춘葉春이라는 조선가造船家를 민간 에서 채용하여 수천 명의 목수들을 모아 밤낮을 가리지 않고 큰 군선軍船을 서둘러 건조하게 했고 양산박에서는 장청, 손 신 등을 인부로 가장하여 조선소에 침투시켰다. 그리고 조선 소와 성루城樓, 여물 저장소 등에 불을 지르게 하여 고구에 게 큰 타격을 안겨 주었다.

이윽고 겨울이 되자, 드디어 군선 3백여 척이 완성되고 만 명의 수병 훈련도 끝냈을 무렵, 양산박에서 도전장挑戰狀이 날아들었다.

고 태위는 화가 치밀어 문 참모의 만류도 듣지 않고 몸소 큰 군선에 올라 양산박으로 쳐들어갔다. 완씨 형제는 이들을 교묘하게 바다 깊숙이 유인하였고, 산 위에서 울리는 호포號 砲를 신호로 갈대 숲에서 수많은 장애물을 물 속에 설치했다.

이 때문에 관군의 배들은 발에 묶이게 되었으며 이윽고 배 들은 모두 물이 새기 시작했다. 이것은 장순이 이끄는 수병 이 물 속으로 들어가서 적의 군선 밑에 구멍을 뚫었기 때문 이다. 이리하여 관군의 장병들은 다만 네 사람의 장수를 제외하고 모두 포로가 되었으며, 고구는 물 속에서 장순에게 붙잡혀 산으로 끌려갔다.

송강은 충의당에서 이들을 맞아들여 축축이 젖은 고구에게 새 비단옷을 입히고 그 앞에 엎드려 사죄했다. 고구도 당황하여 답례를 했다. 송강은 곧 성대한 주연을 베풀고 고 태위에게 말했다.

"두 차례씩이나 천자의 칙서를 받고서도 불행하게도 받아들일 수 없었습니다. 이것은 결코 우리들의 본의가 아닙니다. 천자께 이 뜻을 전해 주신다면 고맙겠습니다."

고구는 모든 호한들의 성격이 괄괄하고 특히 임충과 양지가 눈을 번뜩이면서 자기를 노려보고 있었으므로 기가 질려,

"걱정 마십시오. 제가 조정에 들어가면 반드시 당신들을 위해 천자께 잘 말씀드려 사면赦免과 동시에 상을 내리도록 하겠습니다."

하고 말했다. 송강은 매우 기뻐하며 태위에게 감사했다. 그리고 두령들은 번갈아 가면서 공손히 술잔을 권했다. 그러자 거나하게 취한 고구는 방자한 본성을 드러내어,

"나는 젊었을 때부터 씨름을 했는데, 천하 무적이야."

하고 큰소리쳤다. 노준의도 술에 취해 연청 쪽을 가리키면서 말했다.

"씨름이라면 이 사나이도 잘하지. 태산의 씨름 대회에서 세 번이나 우승한 천하무적의 씨름꾼이야."

고구는 자리에서 일어나더니 옷을 벗어 던지고 연청과 씨름을 하자고 나섰다. 두령들은 모두 고구의 말이 귀에 거슬렸으므로,

"이거 재미있게 됐군!"

하고 떠들어대면서 곧 넓은 융단을 깔았다.

두 사람이 동서에서 맞붙자 고구는 곧 안다리를 걸었다. 연청이 재빨리 상대방을 붙잡아 배지기를 하자 고구는 엉덩방아를 찧고 나자빠져 한동안 일어나질 못했다.

송강과 노준의는 당황하여 고구를 부축해 일으키고는 옷을 입혀 주면서 말했다.

"오늘은 술에 취했으므로 무리한 일입니다."

그러자 고구는 멋쩍어하면서 얼굴을 붉혔다.

이튿날에도 연회를 벌이고 다시 천자께 잘 중재해 달라고 부탁하자 고구가 말했다.

"도성으로 돌려보내 주신다면 반드시 귀공을 중용重用하도록 천자께 말씀드리지요. 이것은 내 목숨을 걸고 맹세해도 좋습니다."

사흘 만에 고 태위는 산에서 내려갔다. 송강은 그에게 수천 금의 선물을 주었다. 송강이 거듭 천자께 잘 말씀드려 달라고 부탁하자, 고구가 말했다.

"그럼 누구든지 좋으니 나와 동행하게 해주시오. 내가 천자를 뵙는 즉시 여러분의 고충을 말씀드리겠습니다."

송강은 오용과 의논한 끝에 소양과 악화를 고구에게 딸려보내기로 했다. 고 태위는 그 대신에 문 참모(포로가 되어 있었다)를 인질로 산에 남겨 두고 동경으로 돌아갔다.

62. 황제를 알현한 연청

　송강을 비롯한 두령들은 고구를 정중하게 동경으로 전송
했으나 결코 고구를 신용하고 있지는 않았다. 그 사나이는
틀림없이 천자를 적당히 구슬려 소양과 악화를 집 안에 연금
軟禁할 것이다. 그렇게 되면 두 사람을 괜히 함정에 빠뜨리
는 결과가 되지 않겠는가?
　그래서 대종과 연청을 동경에 잠입시켜 형편을 알아보게
했다. 그리고 포로인 문 참모가 태위 숙원경宿元景에게 보내
는 편지를 대종에게 들려 보냈다. 숙 태위는 천자의 신임이
두터운 인자한 사람이었으므로 이 사람을 통해서 천자에게
뜻을 전하려 생각했던 것이다. 문 참모는 숙 태위와 동창
으로 가까운 친구 사이였다.
　두 사람은 무난히 동경성에 잠입했다. 연청은 건달로 가장
하여 곧바로 이사사의 집을 찾아갔다. 전에 불탄 집은 모두
재건되어 전보다 더 훌륭히 보였다. 거간 노파는 연청을 보
자 몹시 놀랐다. 연청은 이사사를 만나 넓죽 엎드리며 고개

를 숙였다.

"전일에는 소동을 부려 뭐라고 사과의 말씀을 드려야 할지 모르겠습니다."

이사사가 말했다.

"당신, 속이지 말고 바른대로 말해요. 산동의 떠돌이 장사꾼이라고 말했는데 정말 누구예요? 바른대로 말하지 않으면 가만두지 않을 거예요."

"그럼 말하지요."

하고 연청은 저번에 함께 온 사람은 송강, 시진, 대종, 이규 등이며 자기 이름은 연청이라고 밝히고, 양산박의 고충을 상세히 설명했다. 그리고,

"우리의 충성심을 당신이 천자께 말씀드려 준다면, 당신은 양산박 수만 인의 은인이 될 것입니다."

하고 보따리 속에서 금은 보화를 꺼내 탁자 위에 나란히 놓았다. 보석에 눈이 뒤집힌 노파는 곧 싱글벙글하면서 그를 안방으로 안내하고 다과를 내놓으며 정중히 대접했다. 이사사의 집에는 천자가 가끔 행차하므로 귀공자나 부호들의 자손들도 이곳에서 차를 변변히 마시지 못했다.

연청이 이사사의 손수 접대에 황송해하자 그녀가 말했다.

"그렇게 겸손하실 필요는 없어요. 당신네들은 의사義士니까요. 천자와의 사이에 뜻을 전하는 사람이 없었기 때문에 고생하셨군요."

연청이 고 태위의 언동에 대해서 상세히 말하자, 이사사는,

"그놈은 아주 나쁜 놈이에요. 내가 힘이 닿는 데까지 주선하지요. 자, 한 잔 드세요."

"나는 술을 잘 못합니다."

"그렇지만 기분 전환을 위해서 한 잔 드세요."

연청은 사양할 수가 없어서 한두 잔 마셨다.

이사사는 본색이 기생이라 바람기를 버릴 수 없었다. 그녀는 연청의 사나이답고 솔직한 데에 반했던 것이다. 연청은 척하면 3천 리를 내다볼 만큼 영리했으므로 물론 여자의 이런 심정을 모를 리 없었다. 그러나 그는 끝까지 시치미를 뗐다. 이사사가 말했다.

"당신은 못 다루는 악기가 없다지요? 한번 들려주세요."

"조금 배우기는 했지만 당신에게 드려줄 만한 솜씨는 못됩니다."

"그럼 내가 먼저 한 곡 불 테니 들어 봐요."

이사사는 퉁소를 들고 조용히 불기 시작했다. 무척 아름다운 가락이었다. 연청은 입에서 침이 마르도록 칭찬했다. 이사사는 다 불고 나서 퉁소를 연청에게 넘겨주면서 말했다.

"당신도 한 곡 들려주세요."

연청은 할 수 없이 한 곡 불었다. 이사사는 매우 감탄하며,

"어머, 참으로 훌륭해요!"

하더니 이번에는 월금月琴을 꺼내 와서 탔다. 꾀꼬리가 지저귀는 듯한 여운이 들려 왔다. 그래서 연청이,

"그럼 내가 심심풀이로 노래 한 곡 부르지요."

하고는 아름다운 목소리로 노래를 불렀다. 그러자 이사사는 더욱 기뻐하며 연청에게 술잔을 권하고 생글생글 웃으면서 말했다.

"당신의 몸에는 아름다운 문신이 새겨져 있다지요. 보여

주시지 않을래요?"

"그건 말도 안 돼요. 나 같은 사람이 당신 앞에 알몸을 드러내 보이다니요."

"괜찮아요. 어서요!"

이사사가 졸라대는 바람에 연청은 할 수 없이 옷을 벗었다. 이사사는 가느다랗고 부드러운 손으로 연청의 살결을 어루만졌다. 그러자 연청은 당황하여 옷을 입었다. 이사사는 또다시 연청에게 술을 권했다. 연청이 물었다.

"당신 나이는?"

"올해 스물일곱이에요."

"나는 스물다섯입니다. 그러니까 내가 2년 연하가 되는군요. 어때요, 내 누나가 되어 주지 않으시겠습니까?"

연청이 이렇게 말하고 이사사에게 절을 했다. 연청은 과연 철석鐵石 같은 호한이었다. 딴 사람 같았으면 여자의 색정色情에 빠져 큰일을 그르쳤을 것이다. 그러나 연청이 이렇게 나오자 이사사도 단념할 수밖에 없었다.

연청이 돌아갈 때 이사사가 말했다.

"우리집으로 옮겨 와요. 여관에 묵을 것 없잖아요."

"그럼 말씀대로 숙소에 가서 짐을 갖고 오겠습니다."

연청은 대종에게 양해를 구하고 그날부터 이사사의 집에서 묵게 되었다.

마침 그날 밤 천자가 행차했다. 이사사는 천자의 기분이 좋은 것을 보자 연청을 자기 동생이라고 천자에게 소개했다. 천자는 연청의 훌륭한 풍채가 마음에 들었다. 연청이 퉁소를 불고 나서 이사사의 원금에 맞춰 노래를 부르자 더욱 기뻐했다.

그때 연청이 갑자기 천자 앞에 무릎을 꿇고 흐느껴 울면서 말했다.

"저는 어렸을 때부터 떠돌이 장사꾼 틈에 끼여 여러 나라를 두루 돌아다녔습니다. 양산박을 지나다가 산적에게 붙잡혀 산으로 끌려갔습니다. 저는 그곳에서 3년쯤 지냈습니다. 금년에 겨우 탈출하여 도성으로 돌아와 누이와도 만나게 되었으나 드러내 놓고 거리를 돌아다닐 수도 없습니다. 만일 저의 정체를 아는 자가 관청에 알리게 되면 신세를 망치게 되니까요."

이때 이사사가 옆에 있다가 연청의 말을 거들면서 천자의 손을 끌다시피 하여 사면장을 쓰게 했다. 천자는 서명을 하고 나서 연청에게 양산박에 대해서 물었다. 연청이 대답했다.

"송강을 비롯한 두령들은 깃발에 '체천행도'라고 크게 쓰고 '충의당'을 세웠으며 주부州府를 침범하지 않고 양민을 괴롭히지 않으며 다만 고약한 관원이나 망령된 자들만 해칠 뿐입니다. 그리고 하루 속히 조정의 사면을 받아 오직 나라에 충성하기를 바라고 있습니다."

"짐은 두 차례나 칙서를 내렸다. 그런데 어찌하여 이것을 거절하고 귀순하지 않았나?"

연청은 그 동안에 있었던 사정을 상세히 설명하고 고 태위가 세 번이나 패하여 사로잡히고 천자께 사면을 주상奏上할 것을 약속하고도 지키지 않았다고 말했다.

"짐은 전혀 그런 줄을 몰랐군. 동관이 귀경했을 때는 병사들이 더위를 이기지 못해서 한동안 철수시켰다고 말했고, 고구가 귀경했을 때는 병으로 잠시 전쟁을 중단하고 돌아왔노라고 말했지."

하고 천자는 탄식했다.

　그 다음날 연청은 사면장을 가지고 여관으로 가서 대종에게 그 이야기를 했다. 그리고 두 사람은 숙 태위를 찾아가서 참모의 편지를 전하고 천자께 사면을 주선해 줄 것을 탄원했다.

　그리고 고 태위의 서기에게 뇌물을 주고 집 안에 몰래 들어가 연금된 악화와 소양을 구출하여 무사히 양산박으로 돌아갔다.

　이튿날 도군 황제는 문덕전文德殿으로 행차하여 동관을 불러 양산박을 정벌한 내막을 힐문하고 책망했다. 그리고,

　"양산박의 송강 등을 불러들이러 갈 자는 없는가?"

하고 말하자 태위 숙원경이 앞으로 나와서,

　"저를 보내 주십시오."

하고 말했다.

　천자는 매우 기뻐하며 친히 칙서를 써서 숙 태위에게 주었다. 그리하여 숙 태위는 칙서를 가지고 양산박을 향해 떠났다. 동관은 창피하여 집으로 돌아와서는 병을 핑계로 궁궐에도 얼씬도 하지 않았다. 고 태위도 이 말을 듣고 두려운 나머지 역시 궁궐에 나타나지 않았다.

　한편 숙 태위가 양산박에 도착하자 송강을 비롯한 두령들은 그를 충의당에 공손히 맞아들이고, 너그러운 칙서에 모두들 만세를 불렀다.

　숙 태위는 산에서 며칠 묵으면서 융숭한 대접을 받은 뒤 도성으로 돌아갔다. 송강은 곧 북을 울려 충의당에 두령 이

하 병사들을 모두 모이게 하고 양산박의 해산을 선언했다.

"우리 108명의 두령은 이번에 천자의 부름을 받아 모두 도
성으로 올라가게 되었다. 너희들 중에는 함께 따라오려는 사
람은 데리고 가려고 한다. 그것을 원치 않는 사람은 고향에
돌아가 선량한 백성이 되기 바란다."

약 4, 5천의 병사들이 고향으로 돌아가기를 바라고 있었으
므로, 그들에게는 얼마간의 돈을 주어 돌려보내기로 했다.
그리고 산채의 창고를 열어 여러 해 동안 간수해 둔 금은보
화, 비단 등을 꺼내 두령들과 병사들에게 나눠 주었다. 그래
도 아직 산더미처럼 남아 있었으므로 인근 각처에 널리 공고
하여 10일 동안 시장을 열어 백성들에게 싼값으로 팔았다.

이리하여 산채가 완전히 정리되자 모두들 산을 내려왔다.
그리고 먼저 제주의 태수 장숙야에게 인사를 하고 '순천順
天', '호국護國'이라고 크게 쓴 두 개의 깃발을 앞세우고 동
경으로 떠났다.

천자는 매우 기뻐하며 숙 태위에게 명하여 이들을 동경 교
외까지 마중 나가게 했고 이들이 입성하면 문덕진까지 친
히 접견함과 동시에 작위와 관직을 주기로 했다.

그러나 추밀원에서는 귀순하자마자 아무 공로도 없는 산
적들에게 곧바로 작위를 주는 것은 부당하며, 훗날에 공훈을
쌓은 후에 주는 것이 타당하다고 천자에게 주장했다. 이 말
을 전해들은 두령들은 화를 냈다.

"그렇다면 약속이 다르지 않은가? 다시 양산박으로 돌아
갈 수밖에 없어!"

하고 주장하는 자들도 있었다. 송강은 이들을 무마할 수가

없어서 이 사실을 천자게 아뢰었다. 천자가 다시 추밀원에 의견을 묻자, 추밀사 동관은,

"놈들은 귀순하였다고 하지만 본심은 아직 변치 않고 있습니다. 그대로 두어서는 장차 나라에 큰 화근이 될 것입니다. 차라리 108명 모두 성 안에 끌어들여 죽여 버리는 편이 나을 것입니다."

하고 상주했다. 천자는 어떻게 해야 할지 몰라 망설였다. 이 때 숙 태위가 나서서,

"나라를 망치는 간신놈! 무슨 소리를 하고 있는 거냐?"

하고 동관을 책망하고 말을 이었다.

"그 108명의 호한들은 모두가 지혜와 용기가 뛰어나고 서로 생사를 같이 하기로 맹세한 사람들입니다. 만일 성 안에서 일을 일으키면 어떤 사태가 벌어질지 알 수 없습니다. 지금은 요나라가 10만의 대군을 거느리고 북쪽 국경을 침범하고 있습니다. 마땅히 이들 호한들에게 명하여 요나라를 격퇴시키고 그 공로에 의해 크게 등용하는 것이 나라를 위해서도 이득이 될 것입니다."

천자는 이 말을 듣자 매우 기뻐하며 동관을 책망했다.

63. 송강의 요나라 정벌

　이리하여 송강은 천자의 칙서를 받아 요나라 정벌의 도선봉都先鋒, 노준의는 부선봉副先鋒이 되어 삼군을 이끌고 북쪽으로 떠났다. 그리하여 먼저 단주檀州의 밀운현密雲縣에서 적과 싸워 승리를 거두고, 나아가서 계주성薊州城을 함락시켰다. 그리고 노준의는 옥전현玉田縣에서 크게 승리했다. 송강은 오용의 계략에 따라 적에게 항복을 가장하고 그날 밤 익진관益津關을 건너 노준의와 안팎에서 호응하여 패주覇州를 점령했다. 요遼 의 부통군副統軍 하중보賀中寶는 독록산獨鹿山에서 송강의 군사와 격전을 벌이고 요술을 써서 노준의의 군사를 청석욕靑石峪에서 격퇴시켰으나 공손승이 법술法術로 이를 격파하고 노준의를 구출했다.

　이윽고 송강의 군사가 유주성幽州城으로 쳐들어가자 요의 도통군都統軍 올안광兀顔光은 20여 만 명의 대군을 이끌고 송강의 구궁팔괘 진법을 태을혼천상太乙混天象 진법으로 여지없이 무찔렀다. 그러나 송강은 꿈에 구천현녀로부터 혼천상을 무찌르는 비결을 알아내어 마침내 요의 군사를 격파하고 올안광을 전사시켰으며 영주領主 야율휘耶律輝를 쫓아 연경성燕京城을 포위했다.

영주는 마침내 송강에게 강화講和를 제의했다. 선화 4년(1122년) 겨울의 일이었다. 송강은 이를 완전히 무찔러 화근을 없애는 것이 좋겠다고 생각하여 그 제의를 받아들이지 않았다. 그런데 요나라의 뇌물을 먹은 채경, 동관, 고구, 양전楊戩 등 조정의 대신들이 천자에게 권하여 정전停戰의 칙서를 내렸기 때문에 송강은 할 수 없이 천수공주天壽公主를 비롯한 포로들을 본국으로 돌려보내고, 점령한 단주, 계주, 패주, 유주도 요나라에 돌려준 후 개선의 길에 올랐다.

그리고 노지심이 도중에서 오대산에 들러 지진선사智眞禪師를 만나고 오겠다고 요청하여 송강도 함께 가서 선사를 만났다. 선사는 두 사람에게 부처의 공덕을 찬송하는 시를 써주었는데 노지심에게 준 것은 "하夏를 만나면 금擒, 납臘을 만나면 집執, 조潮를 들으면 원圓, 신信을 보면 적寂"이라는 것이었다.

한편 연청은 쌍림진雙林鎭이라는 곳에서 뜻밖에도 옛 친구 허관충許貫忠을 만나, 나라에 공을 세운 다음에는 자기의 산속 은신처로 함께 가서 은거하라는 충고를 받았다.

송강 일행은 동경에 개선하여 천자를 알현하고 치하를 받았다. 천자는 송강을 비롯해 전공을 세운 사람들에게 작위와 관직을 주라고 명했으나 채경과 동관은 일부러 차일피일 이를 뒤로 미루었다.

이윽고 하북 전호田虎의 군사가 개주蓋州를 무찌르고 위주

衛州로 쳐들어온다는 보고가 도성에 전해졌다. 송강은 이들을 징벌하라는 명령을 받았다.

이 전호라는 자는 본래 하북 위승주威勝州 심원현沁源縣(지금의 산서성)의 사냥꾼이었으나 백성들 중에서 불평분자를 규합하여 반란을 일으킨 후 얼마 가지 않아 하북의 5주州 56현縣을 점령했다. 그리고 분양汾陽(지금의 산서성)에 궁전을 세우고 문무백관을 거느려 스스로 진왕晉王이라고 칭하고 있었다.

노준의의 군사는 동경을 출발하여 황하를 건너자 재빨리 적의 두 성을 함락시켰고, 송강의 군사는 개주를 공략했다. 성은 견고했으나 오용의 계략과 화영의 신전神箭에 의해 대승을 거두고 개주에 입성하여 선화 5년(1123년)의 설날 축하연을 의춘포宜春圃의 우향정雨香亭에서 열었다.

흑선풍 이규는 이 연회 석상에서 만취되어 꿈을 꾸었다. 그는 꿈속에서 한 도사를 만나 그의 아내를 얻었는데 천지령天池嶺이라는 곳에 이르니 괴한이 한 처녀를 빼앗아 달아나려고 했다. 이규는 처녀를 구출하기 위하여 괴한을 쫓아가다 어느새 궁전에 발을 들여놓게 되었다. 문덕전에는 천자가 백관을 거느리고 앉아 있었다. 그래서 천자를 배알하고 있는데 채경 등 네 간신이 나타나 송강을 모함하는 것이었다. 이규는 화가 치밀어 두 자루의 도끼를 휘둘러 그들을 때려 눕혔다. 그리고 산으로 돌아오니 아까의 그 도사가 나타나,

"전호를 무찌르려면 경시족瓊矢鏃과 결혼하라."

고 가르쳐 주었다. 이규는 옳은 말이라고 생각했다. 이때 숲속에 한 노파가 있어 이규가 가까이 다가가 보니 뜻밖에도

자기 어머니였다.

"어머니! 호랑이에게 먹혀 버렸는가 했는데 여기 계셨군
요."

하고 말하자,

"나는 호랑이에게 먹히지 않았다."

하고 어머니가 대답하는 것이었다.

이규는 너무 기쁜 나머지 눈물을 흘리며 어머니를 업고 가
려고 했다. 이때 커다란 호랑이 한 마리가 요란하게 울부짖
으면서 덤벼들었다. 이규는 깜짝 놀라 두 자루의 도끼를 들
어 호랑이를 후려쳤으나 도끼는 허공을 가르고 우향정의 술
을 나란히 놓은 탁자 위를 때리는 바람에 꿈에서 깨났다. 모
두들 배꼽을 잡고 웃어댔다.

이튿날 눈이 그쳤으므로 송강은 군사를 이끌고 개주를 떠
나 큰 산에 이르렀다. 이규가 꿈에 본 경치와 같다고 말하여
항복한 적장敵將에게 물어 보니 과연 천지령이라고 대답했
다. 호관壺關에서 적의 정병 3만과 반달 남짓 싸운 끝에 마
침내 견고한 성을 함락시키고 항복한 군사 2만과 군마軍馬
천여 필을 얻었다. ·

전호가 믿는 심복 가운데에는 교도청喬道淸과 손안孫安이
라는 두 사람이 있었다. 교도청은 본래 섬서 경원陝西涇原
태생으로 공동산崆峒山의 선인仙人으로부터 환술幻術을 배
워 바람과 비를 일으키고 구름과 안개에 올라탈 수 있었다.
그래서 사람들은 그를 환마군幻魔君이라고 불렀으나 고약한
관원을 때려 죽였기 때문에 세상을 버리고 마침내 전호의 일
당이 되었던 것이다. 전호는 그를 호국 영감진인護國靈感眞

人으로 봉하여 군사 좌승상軍師左丞相의 자리를 주고 국사國師라고 불렀다. 그의 원래 이름은 교열喬洌이었다. 그리고 손안은 키가 9척인데다가 두 자루의 칼을 잘 쓰는 명인名人이었다. 그는 아버지의 원수를 죽였기 때문에 동향의 교도청에 의지하여 전호의 부하가 되었던 것이다. 그는 전수殿帥의 자리에 있었다.

교도청이 정병 2천을 이끌고 소덕성昭德城으로 쳐들어왔다. 이규는 제멋대로 5백 명의 군사를 이끌고 돌격했으나 금세 검은 구름에 휩싸여 5백 명의 군사와 구원하러 갔던 포욱, 항충, 이곤 등까지도 모두 사로잡히고 말았다.

송강은 깜짝 놀라 오용의 만류를 뿌리치고 임충 이하 8명의 장수와 함께 군사 2만을 이끌고 소덕성으로 진격했다. 그런데 교도청은 삼매신수법三昧神水法으로 성 밖의 광야를 온통 바다로 만들어 버렸다. 송강의 군사는 도망칠 곳을 잃어 노지심. 무송, 유당 등이 사로잡히고 말았다. 송강도 이제는 자기 운명이 다한 것으로 생각하고 스스로 칼을 뽑아 자기 목을 자르려고 했다.

그때 머리에 두 개의 뿔이 달린 이상한 자가 나타나서 한 줌의 흙을 쥐어 그 물가에 던지니 신기하게도 물이 금세 사라져 버렸다. 이것은 토지신土地神이 송강의 충성심을 가상히 여겨 도우러 왔던 것이다.

교도청이 다시 번서의 신병술을 격파하고 또다시 삼매신수법을 사용하려고 하자 송강의 진지에서도 한 도사가 나타나서 교도청의 삼매신수법을 격파했다. 그는 바로 공손승이었다.

교도청이 오룡산 산채로 도망치자 공손승이 이를 뒤쫓아 갔다. 그리하여 두 사람이 술법術法을 겨루게 되었다.

교도청이 주문을 외고 오룡산을 향해 손짓을 하면서 "에 잇!"하고 외쳤다. 그러자 산 중턱까지 금세 한 조각의 검은 구름이 날아오더니 그 구름 속에서 한 마리의 검은 용이 사나운 기세로 날아왔다.

이것을 본 공손승이 껄껄 웃고 나서 오룡산을 향해 손짓을 하자 산 중턱에서 한 마리의 누런 용이 번개같이 나타나 검은 용과 공중에서 싸웠다.

"푸른 용아 오너라!"

하고 외치자 산꼭대기에서 한 마리의 푸른 용이 뛰어나오고 이어서 흰 용이 뛰어나왔다. 교도청이 다시 칼을 들고,

"붉은 용아, 오너라!"

하고 외치자 또다시 산 중턱에서 한 마리의 붉은 용이 날아 왔다. 그리하여 다섯 마리의 용이 공중에서 한데 엉켜 일대 격투를 벌였다.

이때 공손승이 불자佛子를 공중에 던지자 그것은 금세 기 러기로 변하여 하늘 높이 날더니 대붕大鵬으로 변했다. 그 날개는 하늘을 뒤덮을 만큼 컸다. 대붕은 곧 다섯 마리의 용 에게 덤벼들었다. 그러자 와르르 하고 큰 소리가 나더니 다 섯 마리의 용이 가루가 되어 땅 위로 떨어졌다.

이리하여 교도청은 백곡령百谷嶺으로 도망치고 공손승이 2만의 군사로 그를 에워쌌다.

송강이 소덕성에 대해 항복을 권고하자 마침내 그는 성에 백기白旗를 세우고 노지심을 비롯한 여덟 명의 포로를 무사

히 돌려보냈다. 적장 손안은 노준의와 50여 차례 겨룬 끝에 사로잡혀 항복했다. 이어서 교도청도 손안의 권유로 드디어 송강에게 항복하고 공손승을 스승으로 모시기로 했다.

전호는 이 소식을 듣고 깜짝 놀랐다. 그리하여 진왕의 장인인 오리鄔梨가 손수 3만의 정병을 이끌고 딸 경영瓊英을 앞세워 송강의 군사와 싸웠다.

오리는 본래 위승주에서 소문난 부자였다. 무술에 능하고, 미인인 그의 여동생이 전호의 아내가 된 덕분으로 추밀樞密의 자리에 올라 국구國舅라고 불렸다. 그의 딸 경영은 올해 나이 16세로 꽃 같은 소녀였으나 꿈에 이상한 선인仙人으로부터 무예를 배웠고, 힘도 셀 뿐만 아니라 돌을 던지면 백발백중이었기 때문에 '경시족瓊矢鏃'이라고 불릴 정도로 명인名人이었다. 원래 경영은 오리의 친딸은 아니다. 본래의 성은 구仇이며 분양부 개휴현介休縣의 부잣집에서 그녀는 태어났다. 열 살 때 부모를 산적의 손에 잃고 충실한 집사 섭청葉淸 부부에게 얹혀 살았었다. 그 후 전호의 난을 만나 섭청 부부와 함께 전호의 군사에게 사로잡히는 몸이 되었다. 그때 오리가 경영의 뛰어난 용모를 보고 자기 집으로 데리고 와서 친딸처럼 키우게 되었던 것이다.

경영은 강했다. 여자를 좋아하는 왕애호가 그녀와 대적하다가 먼저 쓰러지고 호삼랑, 손신, 고대수, 그리고 임충, 이규, 손안, 해진 등도 경영의 돌에 맞아 부상을 당했다. 섭청은 경영의 부모를 죽인 자가 전호라는 것을 알고 그 원수를 갚기 위하여 송강과 내통하여 투석投石의 명인인 장청과 신의神醫 안도전을 각각 전우全羽 전령이라는 이름으로 가장

시켜 오리의 진지로 인도했다. 안도전은 오리를 독살하고 경영은 장청의 아내가 되었다.

그 후 노지심이 함정에 빠져 사로잡혔다가 어떤 중의 도움으로 구출된 일도 있었으나 수군水軍의 장수 이준이 홍수를 이용, 태원성太原城에 황하의 물을 끌어들이는 데 성공하여 장청 부부와 섭청이 마침내 전호를 사로잡고 2만 명의 군사를 죽여 경영의 부모 원수를 갚았다.

이리하여 송강은 5개월에 걸쳐 전호의 난을 평정하고 동경으로 개선했다. 도군 황제는 매우 기뻐하며 송강을 위시한 공로자들에게 작위와 관직을 주려고 했으나 채경 일당이 또다시 천자를 속여 때마침 회남淮南에서 반란을 일으킨 역적 왕경王慶의 토벌에 파견하였다.

이 왕경은 어렸을 때부터 굉장한 도락자道樂者로 동경 개봉부의 부배군副排軍으로 있었던 자이다. 그는 어느 여름 무더운 날, 뜰 가운데에다 평상平床을 놓고 더위를 식히고 있었는데 이상하게도 그 평상 다리가 갑자기 걸어가는 것이었다. 그가 깜짝 놀라 그 괴물인 평상을 걷어차니, 평상이 갑자기 뒤집히는 바람에 옆구리를 다치고 말았다. 그는 할 수 없이 관청을 쉬게 되었다. 왕경은 전부터 여자의 일로 태위 동관의 미움을 받고 있었으므로 동관은 곧 이를 구실로 왕경을 협주로 유형을 보내게 되었다.

협주의 감옥으로 온 왕경은 전옥을 죽이고 방주房州로 도망쳐 방산房山의 산채 주인이 되었다. 그는 마침내 방주를 점령하고 2개월 만에 2만의 군사를 모아 이조李助의 군사軍師로 세워 놓고 스스로 초왕楚王이라고 칭하면서 선화 5년까

지 8주 86현을 점령했다. 그리고 채수蔡收(채경蔡京의 아들)와 동관의 토벌군을 무찌르고 이어서 완주宛州까지 점령하였다. 이렇게 되자 동경도 위태로워졌으므로 송강에게 토벌 명령을 내렸던 것이다.

송강은 20만여 명의 대군을 이끌고 동경을 떠났다. 때마침 더위가 심했으므로 장병들은 몹시 시달렸다. 이때 공손승이 바람을 일으켜 병사들을 서늘하게 해주었다. 이윽고 송강의 대군은 완주성으로 쳐들어갔다. 적의 수비대장 유경劉敬은 화전火箭, 화포火砲 등으로 한꺼번에 송강의 군사를 불태워 버리려고 했으나, 교도청이 오히려 회풍회화법回風回火法으로 적을 불태워 죽였다. 이어서 성수서생 소생이 계략을 쓰고 이준도 수군을 이끌고 와서 마침내 완주성으로 쳐들어갔다. 송강의 대군은 형남荊南으로 진격했다. 그리하여 기산군에서 왕경의 군사를 크게 무찔렀다. 노준의의 별동대도 군사軍師 주무가 순환팔괘循環八卦 진법을 사용하여 적의 육화六花 진법을 격파했다.

적군 중에는 독염귀왕毒焰鬼王이라는 요술사妖術使가 있었다. 그가 입에서 불을 뿜어 노준의의 군사를 공격하여 그들은 곧 궁지에 몰리고 말았다. 이 급보急報를 받고 뛰어온 교도청은 안개를 일으켜 서경성西京城을 에워싸고 적병 3만을 사로잡았다.

송강의 군사는 연전연승連戰連勝하여 적의 본거지인 남풍성南豊城으로 쳐들어갔다. 왕경의 군사軍師 이조는 통군대원수統軍大元帥가 되어 11만의 군사를 이끌고 용문산龍門山에서 송강의 군사와 싸웠다. 이때 시진이 곳곳에 화포를 숨겨 두고 적을 유인하여 전멸시켰다.

왕경은 송강의 군사에게 포위되어 크게 패하자 양자강을 건너 도망치려고 했으나 마침내 수군의 장수 이준에게 붙잡혔다. 이어서 항복한 장수 호준胡俊의 계략에 따라 동천東川, 안덕安德 등을 싸우지도 않게 점령하고, 왕경 휘하의 역적들을 모두 평정하였다.

송강은 군사를 5대로 나눠서 남풍을 떠나, 개선의 길에 올랐다.

이윽고 완주의 추림도秋林渡에 도착한 송강이 말 위에서 산 경치를 바라보고 있는데 멀리서 무리를 짓지 않은 기러기가 흩어져서 날아가고 있었다. 송강이 이상하게 여겨 까닭을 물으니, 연청이 기러기를 잇달아 쏘아 십여 마리를 떨어뜨렸다는 것이다. 송강이 연청을 불러 말했다.

"무사로서 활쏘기를 즐기는 것은 당연한 일이다. 그러나 기러기는 인의예지신仁義禮智信의 오상五常을 갖춘 새로, 수십 마리가 서로 양보하여 존자尊者는 앞에 서고 비자卑者는 뒤에 서서 질서 정연하게 날아가지. 한 마리라도 죽거나 처지면 수십 마리가 모두 슬피 우는 거야. 지금 자네는 그 중에서 십여 마리를 쏘아 떨어뜨렸어. 가령 우리 형제 가운데 몇 사람을 잃게 된다면 모두의 심정은 어떻겠나?"

연청은 대꾸할 말이 없었다. 후회했으나 이미 엎질러진 물이었다. 그날 밤 송강은 마음이 언짢아 우울한 마음을 시로 써서 오용과 공손승에게 보여주었다.

동경에 도착한 송강 이하 108명의 장수들은 문전에서 천자를 배알하고 각자 포상褒賞을 받았다. 이튿날 공손승은 송

강 앞에 엎드려 말했다.

"저는 전에 나 진인의 말씀에 따라 귀공의 곁으로 달려왔습니다. 그러나 이미 귀공은 공을 이루고 이름이 알려져 저의 역할도 끝난 것 같습니다. 작별은 아쉽지만 다시 산으로 돌아가 스승으로부터 도道를 배우고 노모老母를 봉양하고자 합니다."

송강은 전에 약속한 일도 있어서 굳이 만류할 수가 없었다. 그리하여 눈물을 흘리면서 송별연을 열었다. 이튿날 송강은 사람들과 작별을 나누고 고향 계주로 떠났다.

한편 채경 일당은 송강의 전공을 시기하여 송강을 보의랑保義郎, 노준의를 선무랑宣武郎의 직책에 임명했을 뿐, 다른 두령들에게는 관직도 주지 못하게 하고 성 밖에 주둔케 하였다. 뿐만 아니라 그때는 정초라 도성 안은 한창 북적거리고 있는데도 성 안으로 한 발짝도 들여놓을 수 없게 하였다. 이에 두령들의 불평은 대단했다. 특히 이규는 화가 치밀어,

"이제 무슨 꼴이야? 처음부터 칙서 따위에 응한 게 잘못이야. 양산박에 그대로 머물러 있었다면 이런 억울한 변은 당하지 않았을 게 아냐? 차라리 다시 양산박으로 돌아가는 게 좋겠어!"

하고 외쳐 송강에게 책망을 들었다. 이규의 말에 다른 두령들은 동감이었으나 송강을 꺼려 잠자코 있었다.

이때 강남의 역적 방랍方臘이 윤주潤州(지금의 강소성 진강鎭江)를 침범하고 양주로 쳐들어오려고 한다는 보고가 들어와 송강과 노준의에게 다시 토벌 명령이 내려졌다.

방랍은 본래 흡주歙州(지금의 안휘성)의 나무꾼이었는데 어

느 날 산 계곡에서 손을 씻다가 물에 비친 자기의 모습을 보고 깜짝 놀랐다고 한다. 뜻밖에도 머리에는 평천관平天冠(천자의 갓)을 쓰고 몸에는 곤룡포袞龍袍(천자의 옷)를 걸치고 있는 것이 아닌가.

'그렇다면 나는 천자가 될 운수란 말인가?'

하고 생각한 방랍은 화석강花石綱의 악랄한 착취 때문에 백성의 원한이 큰 것을 이용하여 반란을 일으켰다. 그리하여 청계현淸溪縣의 방원동幇源洞에 궁전을 짓고 목주睦州, 흡주에 별궁을 세웠으며 8주 25현을 점령하여 마침내 국왕을 자칭하고 연호를 고쳤던 것이다.

송강은 대군을 이끌고 양주에 도착하여 양자강을 사이에 두고 윤주로 쳐들어갈 태세를 취했다. 5만의 군사를 이끌고 윤주성을 지키고 있던 방랍의 장수는 추밀사樞密使 여사양呂師襄이었다. 그 밑에는 12명의 통제관統制官이 있었는데 '강남 12신江南十二神'이라고 하여 모두 쟁쟁한 맹장猛將들이었다. 시진, 장순은 척후병斥候兵이 되어 금산사金山寺에 잠입하였다. 장순은 밤중에 적의 군복 천 벌, 군기軍旗 3백 개와 그 밖의 물건을 빼앗아 돌아왔다. 연청과 그 부하들은 이것으로 갈아입고 적의 군사로 분장했다. 그러곤 적진으로 들어가 안팎에서 호응하여 일제히 윤주성을 함락시켰다.

승세를 탄 송강의 군사 3만은 단도丹徒를 함락시킨 다음 상주常州와 소주蘇州로 진격했다. 노준의가 이끄는 3만의 군사도 선주宣州와 호주湖洲로 진격하였고, 이준이 이끄는 수군 5천 명과 군선 백 척도 이와 병행하여 공격을 개시했다. 양지는 병으로 종군하지 못하고 단도현에 머물러 있었다. 송강은 여 추밀呂樞密의 군사와 상주 비릉군毗陵郡에서 싸워 일승일패一勝一敗하는 가운데 한도, 팽기 두 장수가 전사했다. 그러나 상주의 수비대장 김절金節이 송강의 군사와 내통했기 때문에 상주성은 곧 함락되었다. 한편 노준의의 군사도 선주성을 점령했다. 그러나 이 전투에서 정천수, 조정, 왕정륙 세 장수가 전사했다. 이 소식을 들은 송강은 흐느껴 울었다.

송강은 도망치는 여사양을 추격하여 무석현無錫縣에서 싸워 격퇴시키고 다시 소주로 쳐들어갔다. 소주의 수비대장 방모方貌는 방랍의 동생으로 삼대왕三大王이라고 칭하는 자였다. 그는 부하로 '팔표기八驃騎'라는 8명의 맹장을 거느리고 있는데 송강에게 양쪽 진지에서 8명씩 출전시켜 동시에 싸워서 승부를 가리자고 제의했다. 송강의 진지에서는 관승, 화영, 서령, 진명, 주동, 황신, 손립, 학사문 8명이 출전하여 적의 여덟 장수와 맞서서 한 발의 호포號砲를 신호로 여덟 조組로 갈라져서 승부를 겨루었다. 약 30여 차례 겨룬 끝에 주동이 재빨리 적의 장수를 말에서 떨어뜨려 이 승리는 송강 쪽으로 돌아갔다. 그 후로 삼대왕은 성문을 굳게 잠그고 나서려고 하지 않았다.

한편 수군의 장수 이준, 동맹, 동위 등은 각각 부하 두 사람을 거느리고 한 척의 배에 올라 태호太湖로 향하였다. 그리고 비보費保, 예운倪雲, 상청上靑, 적성狄成이라는 네 호한과 의형제를 맺은 다음 이들의 힘을 빌어 소주성을 함락시켰다.

송강의 군사는 다시 수주秀州를 공격했다. 그러자 수비대장 단개段愷는 싸우지도 않고 항복했다. 송강은 다시 항주로 쳐들어갔다. 이곳은 방랍의 장남인 남안왕南安王이라고 칭하는 방천정方天定이 7만의 군사를 거느리고 수비하고 있었고, 그 밑에는 보광여래 국사寶光如來國師라는 등원각鄧元覺을 비롯한 28명의 맹장이 버티고 있었다.

다음날 서령과 학사문이 수십 명의 기병을 거느리고 성문 가까이 탐정을 나갔다가 적군의 포위를 받아 학사문은 포로가 되고 서령은 화살을 맞아 전사했다. 이렇게 되자 송강이 군대를 움직이지 않았으므로 싸움은 반 달 동안이나 교착 상태에 빠졌다.

장순은 서호西湖에 뛰어들어 용금문湧金門에서 항주 성안으로 잠입하려고 했다. 그는 이준이 만류하는 것도 뿌리치고 혼자 몰래 서호의 서능교 위에 서 있었다. 때는 봄이라서 어스름한 달빛 아래 푸른 물이 출렁거리는 서호의 풍경은 실로 천하제일의 명승이라 해도 거의 손색이 없었다.

'나는 심양강가에서 태어나 아름다운 경치를 많이 보았으나 이런 절경은 처음이야. 이런 데서 죽으면 한이 없겠다.'

그는 이렇게 생각하고 옷을 벗은 다음 단도 하나만 허리에 찬 채 호수에 뛰어들었다. 그리하여 무난히 용금문에 접근하여 물 위로 고개를 내밀고 저쪽을 엿보았다. 바로 그때 성에서 일경사점一更四點(오후 9시)을 알리는 북이 울렸다. 성벽 밖은 조용하고 아무도 없었으나 성벽 위에는 4, 5명의 감시병이 감시하고 있었다.

장순은 다시 물 속에 잠겨 있다가 얼마 후 머리를 내밀고 살펴보니 성벽 위에는 사람의 그림자도 보이지 않았다. 그래서 장순은 수문으로 다가갔다. 그곳에는 쇠로 된 격자格子가 끼워져 있었고 그 안쪽에는 발이 쳐져 있었다. 격자는 아주

튼튼하여 도저히 수문을 통해 성 안으로 들어갈 수는 없었다. 장순은 발을 들어올렸다. 그러자 그 밧줄에 달아 맨 구리 방울이 울려 성벽 위의 감시병이 깜짝 놀라 일어났다. 이리하여 한때 소동이 벌어졌다. 장순도 놀라 재빨리 물 속에 다시 몸을 숨겼다. 아래로 뛰어온 감시병은 주위에 아무도 없었으므로,

"이상하군. 커다란 물고기가 발을 건드렸나."

하고 중얼거렸다.

장순은 수문을 통해서는 도저히 성 안으로 들어갈 수 없었으므로, 성벽을 뛰어넘을 수밖에 없다고 생각하였다. 그래서 고루鼓樓에서 삼경三更(자정)을 알린 후 얼마가 지나자, 이제는 병사들도 잠이 들었겠지 생각하고 시험삼아 흙을 집어서 성 벽에 던져 보았다. 그러자 아직 잠들지 않은 병사들이 깜짝 놀라 다시 수문 근처를 살피기 시작했다. 그러나 역시 아무것도 눈에 띄지 않았으므로,

"거 참 괴상한 일이군. 유령의 조화인가? 내버려 두고 이제 그만 잠이나 자도록 해야겠다."

하고 중얼거리고는 자지 않고 가만히 엎드려 주위를 살폈다.

장순도 두 시간쯤 가만히 귀를 기울이며 기회를 엿보다가 다시 한 번 흙을 쥐어 성벽 위로 던져 보았다. 잠잠했다.

'곧 사경이 되어 새벽이 가까워질 텐데 언제까지나 이러고 있을 수만은 없다.'

이렇게 생각한 장순은 용기를 내어 성벽 위로 기어 올라갔다. 그리하여 절반쯤 올라갔을 때 성벽 위에서 박자목拍子木 소리가 울리더니 군사들이 일제히 뛰어나왔다. 장순은 당황

하여 성벽에서 물 속으로 뛰어내리려고 했으나 이미 때가 늦었다. 군사들이 쏜 화살과 돌이 일제히 날아와 가엾게도 장순은 용금문 밖에서 이슬로 사라지고 말았다.

그날 밤 송강은 피투성이가 된 장순이 나타나 작별인사를 하는 꿈을 꾸었다.

이튿날 과연 장순이 적의 화살을 맞고 전사했다는 소식을 이준으로부터 전해 들은 송강은 땅을 치면서 통곡했다. 평소에 남달리 정의情義가 두텁던 장순을 생각하고 모두들 눈물을 흘렸다. 사람들은 극진히 장례를 지냈다.

한편 노준의의 별동대가 독송관獨松關을 격파하고 항주에

도착하니 동평, 장청, 주통 세 장수가 전사했다는 소식이 전해졌다. 그때 호주湖州를 공략하고 있던 호연작의 군사도 합세했으나 뇌횡과 공왕이 전사했다는 것이었다. 노준의는 항주성杭州城을 총공격하여 색초, 등비, 유당을 잃었으나 마침내 성을 점령했다. 항주성 방천정方天定은 필사적으로 탈출하려고 했으나 장횡의 몸에 장순의 망령亡靈이 합세하여 방천정을 죽여 버렸다. 그리고 장횡은 송강의 진지에 돌아오자마자

"동생!"

하고 한마디 던지고는 졸도했다.

이어서 송강은 목주를, 노준의는 흡주를 공격했다. 송강의 군사는 오룡령烏龍靈에서 적군과 싸워 패하고 수군의 장수 완소이와 맹강이 전사했다.

그리고 적진에 잠입하여 불을 지르려던 해진, 해보도 적에게 발각되어 죽음을 당하였으며, 이들을 구출하러 갔던 송강은 적의 복병을 만나 간신히 위기에서 벗어났다. 그러나 적의 용장 등원각이 화영의 화살을 맞고 죽었기 때문에 송강의 군사는 적군을 무너뜨리고 오룡령을 지나 목주로 쳐들어갔다. 적의 천사天師 포도을包道乙과 정표鄭彪가 요술을 부려 송강이 군사를 괴롭혔다. 이때 왕영, 일장청 부부가 나란히 전사했다. 그리고 무송은 포도을의 현원혼천검玄元混天劍에 맞아 왼팔이 잘려 가죽만 남아 매달려 있었으므로 손수 칼로 잘라 버렸다.

노지심은 적장 하후성夏候成을 추격하여 산속 깊숙이 들어갔는데 끝내 행방불명이 되었다. 송강은 오룡신烏龍神의 가호로 포도을과 정표의 요술을 격퇴시킬 수 있었으나 연순, 마린 두 장수를 잃고 이어서 관승의 군사에 속해 있던 여방, 곽성 두 장수도 잃고 말았다.

한편 노준의는 욱령관昱嶺關의 싸움에서 승리했으나 사진, 석수, 진달, 양춘, 이충, 설영 여섯 장수를 잃었다.

노준의의 군사는 즉시 흡주성을 함락시키고 송강의 군사와 합세하여 청계淸溪의 방원동으로 쳐들어갔으나 크게 고전하였다. 여기서 구붕, 장청, 정득손, 단정규, 위정국, 이운, 석용의 일곱 장수를 잃고 진명도 최후를 마쳤다.

그리고 수군의 이준, 완소오, 완소칠, 동위, 동맹은 뱃사공으로 가장하여 60척의 배에 군량을 가득 싣고 적에게 거짓으로 항복했다.

이보다 앞서 항주성을 공격할 무렵, 시진과 연청은 밀정으로서 방랍에게 잘 보여 그의 딸 김지 공주金芝公主의 남편이 되어 있었고 연청도 관원으로 채용되어 있었다. 그리하여 이준, 완소오 등과 합류하여 청계성에 불을 질렀다. 이것을 신호로 송강, 노준의의 군사는 성 안으로 쳐들어가서 일대 접전을 벌였다. 그 결과 궁전은 불타 버리고, 많은 적장들이 전사했다. 송강의 군사 중에서도 욱보사, 손이랑, 추연, 두천, 이립, 탕륭, 채복, 완소오 등 여러 장수를 잃었다. 방랍을 찾아 방원동을 샅샅이 뒤졌으나 그는 발견되지 않았다. 완소칠은 궁중에 깊숙이 들어가 방랍이 착용하고 있던 방천관과 곤룡포를 찾아내어 몸에 걸치고 천자로 으스대어 사람을 크게 웃겼다. 그날 방원동에는 시체가 산더미처럼 쌓였고 피가 강을 이루었는데 방랍의 군사는 약 2만여 명이 전사했다.

방랍은 산속 깊숙이 도망쳤으나 앞서 하후성을 뒤쫓아 산속으로 들어간 채 행방불명이 된 노지심에게 사로잡히고 말았다.

이리하여 역적 방랍의 무리를 모조리 평정하였다. 송강은 군사를 항주의 육화사六和寺로 철수시키고 천자에게 보고하기 위해 인원을 점검했다. 도성을 나설 때 108명 중 10분의 7은 전사하고(항주에서 장횡, 목홍 등 6명 병사) 살아 돌아온 사람은 송강, 노준의, 오용, 관승, 임충, 호연작, 화영, 시진, 이응, 주동, 노지심, 무송, 대종, 이규, 양웅, 이준, 완소칠, 연청, 주무, 황신, 손립, 번서, 능진, 배선, 장경, 두흥, 송청,

추윤, 채경, 양림, 목춘, 동위, 동맹, 시천, 손신, 고대수, 이
렇게 36명뿐이었다.

64. 송강의 사망

노지심은 무송과 함께 육화사에 묵으면서 주위의 경치를 즐기고 있었다. 마침 달밤이었다. 두 사람이 승방僧房에서 자고 있는데 밤중에 갑자기 요란한 소리가 들려 왔다. 관서 關西 태생인 노지심은 유명한 전당강錢塘江의 물결 소리를 몰랐으므로 전고戰鼓 소리로 잘못 알고 벌떡 일어나 석장을 들고 밖으로 뛰어나가려고 했다. 그러자 다른 승려들이 깜짝 놀라며,

"왜 그러십니까?"

하고 물었다.

"전고 소리가 들렸소."

하고 대답하자 모두들 크게 웃으면서,

"그건 전당강의 물결 소리[潮信]입니다."

하고 말했다. 노지심은 깜짝 놀랐다.

"물결 소리라니요?"

승려들은 창문을 열고 강물이 흘러가며 파도치는 것을 가

르치면서,

"저 물결 소리는 낮과 밤에 두 번 일정한 시각에 들려옵니다. 오늘은 8월 15일이므로 바로 밤 12시에 들리게 되어 있습니다."

노지심은 그제야 알아차리고 손뼉을 쳤다.

"옳아, 이제 알겠소. 전에 지진선사가 써준 시에 '하夏를 만나면 금擒'이라고 한 것은 만송령萬松嶺 싸움에서 하후성을 생포하는 것을 말한 것이고, '납臘을 만나면 집執'이라고 한 것은 방랍方臘을 붙잡은 것을 말한 것이오. 그렇다면 나중의 두 구절 '조潮를 들으면 원圓, 신信을 보면 적寂'이란 조신潮信을 만나면 원적圓寂한다는 뜻인데 원적이란 뭔가?"
하고 말했다.

"아니, 승려가 되어 그것도 모르십니까? 사람이 죽는 것을 불문佛門에서는 원적이라고 합니다."

노지심은 웃으면서 말했다.

"그래? 그렇다면 나는 이제 죽게 되어 있군. 그럼 미안하지만 물을 좀 끓여 주지 않겠나? 목욕을 하고 싶소."

노지심은 목욕을 마치고 선상禪床에 올라가 책상다리를 하고 앉은 채 그대로 숨을 거두었다.

무송은 그대로 육화사에 머물러 있다가 출가出家하여 80세에 세상을 떠났는데 이것은 나중의 이야기이다.

보름쯤 지나 송강은 개선하라는 명령을 받고 항주를 떠났다. 그때 임충은 중풍에 걸려 육화사에서 무송의 병구완을 받고 있다가 반년 후에 세상을 떠났다. 양웅은 등에 종기가 나서 죽고, 시천은 곽란霍亂(콜레라)에 걸려 죽었다. 그리고 단도현丹徒縣에서 보내 온 편지에 의하면 전에 요양 중이던 양지는 이미 세상을 떠나 그 고장에 묻혔다는 것이었다.

연청은 주인 노준의에게 유서遺書를 남기고 어디론가 사라져 버렸다.

소주까지 왔을 때 이준은 중풍에 걸렸다는 핑계로 병상에 드러누워 동위, 동맹과 함께 뒤에 남았다. 그리고 송강이 떠난 후 비보 등 네 사람과 함께 모두 일곱 명의 태창太倉(지금의 강소성)의 항구에서 배를 타고 외국으로 떠났다. 그리하여 마침내 섬라국暹羅國(지금의 태국)의 영주領主가 된 것도 나중의 이야기이다. (《수호지》의 속편인 《수호후지》는 이 이야기를 주제로 한 것이다.)

이리하여 송강 일행이 동경에 도착했을 때의 두령들의 수는 불과 27명밖에 되지 않았다. 사흘 후 천자를 배알하였는데 다음과 같은 서훈敍勳이 하달되었다.

선봉사先鋒使 송강에게는 무덕대부武德大夫를 수여하고 초주楚州 안무사安撫使 겸 병마도총관兵馬都總管에 임명함.

부선봉副先鋒 노준의에게는 무공대부武功大夫를 수여하고 여주廬州 안무사 겸 병마부총관에 임명함.

군사軍師 오용은 무승군 승선사武勝軍承宣使로 임명함.

관승은 대명부大名府 정병마총관正兵馬總管으로 임명함.

호연작은 어영御營 병마지휘사兵馬指揮使로 임명함.

화영은 응천부應天府 병마도통제兵馬都統制로 임명함.

시진은 횡해군橫海軍 창주滄州 도통제로 임명함.

이응은 중산부中山府 운주鄆州 도통제로 임명함.

주동은 보정부保定府 도통제로 임명함.

대종은 연주부兗州府 도통제로 임명함.

이규는 진강鎭江 윤주潤州 도통제로 임명함.

완소칠은 개천군蓋天軍 도통제로 임명함.

그 밖에 주무를 비롯한 15명의 부장副將들도 각각 관직을 임명받았다.

송강이 동생 송청과 함께 고향인 산동 운성현 송가촌宋家村으로 돌아가 보니 아버지는 이미 세상을 떠났다. 그리하여 극진히 장례를 지내고 구천현녀묘九天玄女廟를 다시 세웠다.

그리고 송청을 고향에 남게 하여 농사를 짓게 하고 자기는 동경으로 돌아왔다. 이윽고 대종이 작별 인사를 하러 왔다.

"연주 도통제의 직위는 반납하고 태안주의 악묘嶽廟에 들어가 조용히 여생을 보내고 싶습니다. 이는 최부군崔府君(저승의 신)이 맞으러 온 꿈을 꾸고 깨닫게 되었습니다."

하고 말하는 것이었다. 대종은 자기 말대로 태산으로 들어가 도사가 되고, 몇 달 뒤 이렇다 할 병도 앓지 않았는데 세상을 떠나고 말았다.

완소칠은 개천군의 도통제가 되어 부임했으나 몇 달도 되지 않아 관원의 모함을 받아 관직을 빼앗겼다. 그는 평민이 되었으나 오히려 속으로는 그것을 기뻐하면서 석갈촌石碣村으로 돌아와 옛날처럼 어부로 늙어 어머니를 봉양하다가 예순 살에 세상을 떠났다.

시진도 스스로 사직하고 창주 횡해군으로 돌아가 일개 평민으로서 평안한 만년을 보내다가 별로 앓지도 않고 세상을 떠났다. 이응은 시진, 완소칠 등이 작위를 사임했다는 소식을 전해 듣고 중풍을 앓는다는 핑계로 작위를 사임하고 고향인 독룡강으로 돌아가 두흥과 함께 그 고장의 부호로 살다가 세상을 마쳤다.

또한 관승은 대명부의 병마총관으로서 부하의 신뢰가 두터웠으나 어느 날 연병鍊兵을 마치고 돌아오는 길에 술에 취해 말에서 떨어진 것이 원인이 되어 목숨을 잃고 말았다.

호연작은 그 후 대군을 이끌고 대금국大金國의 군사와 싸우다가 회서淮西에서 전사했다.

주동은 대금국의 군사를 무찔러 큰 공을 세우고 태평군太平軍의 절도사節度使가 되었다.

그 밖에 황신은 전의 임지인 청주로 돌아가고 손립도 손신, 고대수와 함께 등주登州의 관원이 되었다. 추윤은 벼슬을 거절하고 등운산登雲山으로 돌아갔다. 채경蔡慶과 관승은 북경으로 돌아가 평민이 되었다. 배선은 양림과 함께 음마천飮馬川으로 돌아갔다. 장경도 고향 담주潭州로 돌아가 평민이 되었다. 주무와 번서는 출가出家하여 공손승의 제자가 되었다. 목춘도 게양진揭陽鎭으로 돌아가 평민이 되었다.

능진은 포술砲術의 명인名人이라 화약국火藥局의 관원이 되었다. 안도전은 동경으로 돌아와 태의원太醫院의 의관醫官이 되었고, 황보단은 어마감대사御馬監大使가 되었으며 김대견은 내부內府의 어보감御寶監이 되었다. 소양은 채 태사의 집에서 서생이 되었고 악화는 왕 도위王都尉의 집에서 집사로 한평생을 평안히 살았다.

휘종 황제 때는 채경, 동관, 고구, 양전 등 네 간신奸臣이 천하를 문란하게 만들었던 시대였다. 특히 고구와 양전은 천자가 송강 등에게 공로에 대한 후한 대접을 한 것이 못마땅했다. 그리하여 어떻게 해서든지 송강과 노준의를 없애 버리려고 의논한 끝에 먼저 노준의를 여주에서 동경으로 불러들였다. 노준의는 천자를 배알한 후 주연에 참석했다. 이때 고구와 양전은 몰래 음식에 수은水銀을 타놓았다.

그리하여 노준의는 임지로 돌아가는 도중 허리에 통증이 생겨 말을 탈 수가 없어 배를 탔는데 회하淮河에서 그만 물에 빠져 목숨을 잃고 말았다.

이것을 재빨리 알아낸 네 간신은, 송강이 이 소식을 듣고 의심을 품기 전에 천자를 설득하여 어주御酒를 하사하게 하고 그 속에 독을 타서 초주楚州의 송강에게 칙사勅使를 시켜 전달케 했다.

송강은 초주의 안무사로서 백성들로부터 부모와 같은 존경과 사랑을 받고 있었다. 그 후 반년쯤 지나 갑자기 조정에서 어주를 하사했으므로 고맙게 받아 마셨다. 그런데 곧 배가 아프기 시작했다. 술에 독이 들어 있었던 것이다. 그제야 송강은 간신들의 간계에 빠진 것을 알아차렸다.

'나는 불행하게도 죄인이 되었지만 조정에 대해서는 한 번도 딴 마음을 품어 본 적이 없다. 지금 천자는 경솔하게 간신들의 말을 듣고 나에게 독주를 내렸다. 죄없는 목숨을 잃는 것은 원통한 일이지만 할 수 없다. 다만 마음에 걸리는 것은 이규다. 그는 윤주의 도통제로 있으나 내가 간계에 걸려 죽은 것을 안다면 다시 산으로 돌아가 관군에 항거하여 우리의 충성심을 헛되게 하지는 않을까?'

그는 이렇게 생각하고 곧 윤주로 사자를 보내 의논할 일이 있으니 즉시 오라고 이규에게 전했다.

그 무렵 이규는 나날이 권태로워서 날마다 술만 마시고 있었다. 송강으로부터 기별을 받은 이규는 곧 달려왔다.

"모두 뿔뿔이 흩어져 쓸쓸해서 제일 가까운 자네를 불렀네. 좀 의논할 일도 있고 해서……."

"뭔데요, 의논할 일이?"

"우선 한 잔 하지."

술을 거나하게 마신 뒤 송강은 시치미를 떼고 말했다.

"듣자니 조정에서 칙사를 보내 나한테 독주毒酒를 내릴 모양이야. 만일 죽게 되면 어떻게 하는 것이 좋겠나?"

"모반을 일으켜야 합니다, 형님!"

하고 이규가 큰 소리로 말했다.

"그렇지만 지금은 군대도, 말도 없고 형제들도 뿔뿔이 흩어졌어. 이제와서 어떻게 모반을 일으킨단 말인가?"

"아닙니다. 진강에 내가 거느린 군사가 3천 명은 되고 이곳 초주의 사람들을 모두 움직여 한바탕 합시다. 다시 한 번 양산박의 옛 터로 돌아가서 조정의 간신들을 물리치도록 합시다. 간신들 밑에서 속을 썩이기보다는 그게 훨씬 나을 것입니다."

"그럼 다시 의논하기로 하세."

이튿날 이규가 돌아가면서 말했다.

"형님, 언제쯤 의병義兵을 일으킬 겁니까? 나는 언제든지 뛰어오겠어요."

"자네, 나쁘게 생각 말게. 사실은 전날에 조정에서 칙사가 와서 나에게 독주를 내려 나는 그것을 이미 마시고 말았네. 내 목숨은 오늘내일 하고 있지. 나는 한평생 충의忠義의 두 글자를 지켜 오면서 조금도 딴 생각을 품어 본 적이 없네. 그런데 조정에서는 나에게 죽음을 요구했어. 그렇지만 나로서는 설사 조정으로부터 배신을 당해도 반기를 들 생각은 없네. 내가 죽으면 혹시 자네가 모반을 일으켜, 내가 양산박에서 하늘을 대신하여 도를 행한 충성심을 더럽히지나 않을까 염려되어 자네를 부른 거야. 어제 마신 술에 실은 독을 탔네. 유주에 돌아가면 자네도 틀림없이 죽을 거야. 죽으면 이리로 오도록 하게. 이곳 초주 남문 밖에 요아와蓼兒洼라는 곳이 있는데 그곳 경치가 양산박과 꼭 같네. 내가 죽으면 그곳에 묻어 달라고 부탁했지. 자네 혼령만이라도 이곳에 와서 나와 만나지 않겠나?"

송강은 말을 마치고 눈물을 흘렸다.

"그래도 좋아요, 좋아! 살아 있을 때도 형님을 섬겼고, 죽어서 혼령이 되어서도 나는 형님의 부하요!"

이규도 이렇게 말하고 눈물을 흘렸으나 기분 탓인지 모르지만 어쩐지 몸이 무거웠다. 그리고 윤주로 돌아가자 곧 독이 몸에 퍼져 목숨을 잃었다. 이규는 임종 때,

"내가 죽으면 초주의 요아와 송강 형 곁에 묻어 줘."

하고 말했다.

송강은 이규와 작별한 날 밤에 세상을 떠났다. 유언대로 요아와에 묻혔고 며칠 후 이규의 유해도 윤주에서 운반되어 송강 옆에 묻혔다.

무승군의 승선사가 된 군사軍師 오용은 부임한 후 마음이 울적하여 언제나 송강 생각을 잊지 못했다. 어느 날 밤에 꿈을 꾸었는데 송강과 이규가 오용의 옷자락을 잡아당기며,

"우리는 지금 독주를 마시고 죽어 초주 남문 밖 요아와에 묻혀 있소. 옛정을 생각하여 한번 찾아오지 않겠소?"

하고 말했다. 오용은 깜짝 놀라 꿈에서 깨어나 마냥 흐느껴 울었다. 그는 곧 부하를 이끌고 초주로 달려갔다. 과연 송강은 죽어 있었다. 오용은 요아와의 송강 무덤 앞에 엎드려 울면서 말했다.

"나는 본래 시골의 한 유생儒生으로서 당신이 목숨을 건져 주어 오늘에 이르기까지 오랫동안 즐겁게 살아 왔소. 당신은 나라를 위하다 죽었으면서도 꿈에 나타나 이 소식을 알려 주었소. 이제 나는 아무것도 당신에게 보답할 수 없소. 차라리

저승에 가서 당신을 만나고 싶소."

그는 말을 마치고 울면서 손수 목을 매어 죽으려고 했다.

그때 뜻밖에도 화영이 나타났다. 그도 오용과 같은 꿈을 꾸고 응천부에서 뛰어왔던 것이다. 그는 오용의 말을 듣자,

"나도 함께 죽어야겠소. 이처럼 조정의 의심을 받다가 그들의 간계에 걸려 형벌을 받게 된다면 그때 가서 후회한들 무슨 소용이 있겠소. 차라리 지금 세상에 깨끗한 이름을 남기고 함께 죽는 것이 낫겠소."

"그것은 안 돼. 나는 홀몸이니까 죽어도 무방하지만 자네는 처자가 있는 몸이야."

"그 점은 걱정할 것 없소. 충분히 저축해 둔 것도 있고 나중 일은 처가에서 돌봐줄 거요."

두 사람은 손을 마주 잡고 울다가 나뭇가지에 목을 매달아 죽었다.

그리하여 요아와에는 네 개의 무덤이 생겼다. 초주의 사람들은 송강의 덕을 사모하여 이곳에 사당을 짓고 계절마다 제사를 지냈다.

그 후 도군 황제는 어느 날 지하도를 통해 이사사의 집에 행차하여 묵었다. 잠시 눈을 붙이고 있는데 꿈에 대종이 나타나 천자를 양산박의 충의당으로 안내했다. 그러나 송강이 나타나며 지금까지의 경위에 대해서 자세히 말했다. 황제는 독주에 관한 이야기를 듣고 깜짝 놀랐다. 그때 송강 뒤에서 이규가 나타나며,

"황제, 네놈은 간신배들과 놀아나 우리를 독살했어. 이곳에서 만났으니 요절을 내고 말 테다! 지금이야말로 원수를

갚을 때야!"

하고 두 자루의 도끼를 휘두르면서 황제에게 덤벼들려고 했다. 황제는 깜짝 놀라 잠에서 깨났다. 이 꿈 이야기를 이사사에게 했더니 그녀는 송강을 두둔했다.

이튿날 황제는 태위 숙원경(그도 천자와 같은 꿈을 꾸었다)에게 명하여 사자를 초주에 보내 조사하게 했다. 과연 송강 등은 독주를 마시고 죽은 것이 사실이었다.

황제는 크게 분노하여 고구와 양전을 불러 호되게 책망했다. 그리고 숙 태위로부터 송강 등의 충성심에 대하여 자세히 듣고는, 송강을 '충렬의제령응후忠烈義濟靈應侯'로 추봉追封하고 하사금下賜金을 내려서 양산박에 큰 사당을 짓도록 하였다. 그리하여 송강 이하 108명의 혼령을 모시게 하는 한편 '정충지묘靖忠之廟'라는 어필御筆 액자를 하사했다.

그 후 송 공명의 영전에서 비를 내려 주기를 빌면 곧 비를 내려 주었으므로 백성들은 계절마다 제사를 게을리하지 않았다. 그것은 초주의 요아와에서도 마찬가지여서 오늘에 이르기까지 그 고적古跡은 엄숙히 지켜져 내려오고 있다고 한다.

(끝)

▨ 옮긴이 소개

시인, 번역문학가.
고려대학교 철학과 졸업.
저서로는《문》(시집),《현대시 10강》
《한국 현대시 해부》등이 있으며,
역서로는《쇼펜하우어 인생론》《마하트마 간디》등이 있음.

수호지(하)

1987년 8월 20일. 초판 1쇄 발행
1994년 3월 30일   초판 5쇄 발행
2003년 8월 10일   2판   1쇄 발행

지은이   시   내   암
옮긴이   최   현
펴낸이   윤   형   두
펴낸데   범   우   사

등 록   1966. 8. 3. 제 10 - 39호
121-130 서울시 마포구 구수동 21-1호
전 화 717-2121 · 2122/FAX 717-0429

＊ 파본은 교환해 드립니다.   교정 · 편집/김영석 · 윤아트

ISBN 89-08-03303-3 04820   (홈페이지) http://www.bumwoosa.co.kr
      89-08-03202-9 (세트)   (E-mail) bumwoosa@chollian.net

출판 37년이 일궈낸 세계문학의 보고

대학입시생에게 논리적 사고를 길러주고 대학생에게는 사회진출의 길을 열어주며,
일반 독자에게는 생활의 지혜를 듬뿍 심어주는 문학시리즈로서
범우비평판은 이제 독자여러분의 서가에서 오랜 친구로 늘 함께 할 것입니다.

(全류 새로운 편집 · 장정 / 크라운변형판)

범우사
서울시 마포구 구수동 21-1호
TEL 717-2121, FAX 717-0429
http://www.bumwoosa.co.kr
(천리안 · 하이텔 ID) BUMWOOSA

주머니 속에 친구를!

범 우 문 고

문고판/각권 값 2,000원 ▶ 계속 펴냅니다

온 고 지 신 (溫 故 知 新) 으 로 2 1 세 기 를 !

 범우사

서울시 마포구 구수동 21-1호 TEL 717-2121, FAX 717-0429
http://www.bumwoosa.co.kr (천리안·하이텔 ID) BUMWOOSA